GOLDMANN

Buch

Eva Wylie ist eine ganz besondere Heldin: Sie ist groß, sie ist kräftig, sie ist clever, und sie ist Schwergewichtscatcherin. Wenn sie nicht unter dem Grölen der Fans als »Londoner Killerqueen« bei Abendveranstaltungen auftritt, verdient sie ihren Lebensunterhalt zusammen mit ihren beiden Hunden als Nachtwächterin auf einem Autofriedhof. Beides nicht gerade Rentnerbeschäftigungen, doch in richtige Schwierigkeiten gerät sie erst bei ihrem dritten Job: Für den einflußreichen chinesischen Restaurantbesitzer Mr. Cheng überbringt sie hochexplosive Sendungen. Damit macht sie sich nicht gerade Freunde, und schnell findet sie sich auf zwei Abschußlisten wieder. Sie muß ihre ganze Gewitztheit aufbieten und viel Glück entwickeln, um die Jagd offen zu gestalten. Und gleichzeitig bereitet sie sich intensiv auf den Catchkampf ihres Lebens vor...

»Schweres Geschütz« ist ein absolut origineller, hinreißender Krimi, gelungen, witzig und kritisch zugleich, mit einer Heldin, die in der Krimi-Welt ihresgleichen sucht.

Autorin

Liza Cody wuchs in London auf, studierte Malerei an der Royal Academy School of Art und arbeitete als Textildesignerin, Möbelbauerin, Malerin und Fotografin, bevor sie zu schreiben begann. Ihre sechs bisher erschienenen Kriminalromane wurden mehrfach preisgekrönt und gehören zu den herausragenden Werken der modernen englischen Kriminalliteratur. Sie lebt in Somerset.

Außerdem beim Goldmann Verlag

Doppelte Deckung (41259)

LIZA CODY

Schweres Geschütz

ROMAN

Aus dem Englischen
von Regina Rawlinson

GOLDMANN VERLAG

Deutsche Erstausgabe

Die Originalausgabe erschien unter dem Titel
»Bucket Nut« bei Chatto & Windus, London

Umwelthinweis:
Alle bedruckten Materialien dieses Taschenbuches
sind chlorfrei und umweltfreundlich.
Das Papier enthält bereits Recycling-Anteile.

Der Goldmann Verlag
ist ein Unternehmen der Verlagsgruppe Bertelsmann

Made in Germany · 1. Auflage · 5/93

Umschlaggestaltung: Design Team München
Umschlagfoto: Schott, Köln
Satz: IBV Satz- und Datentechnik GmbH, Berlin
Druck: Elsnerdruck, Berlin
Verlagsnummer: 42171
Lektorat: Ulrich Genzler
Redaktion: Regina Kammerer
Herstellung: Ludwig Weidenbeck
ISBN 3-442-42171-3

1

Im Gang brüllte sich ein kleiner Kerl die Lunge aus dem Hals. Sah richtig lieb aus mit seinem grauen Regenmantel und dem Schal. Die Schlägerkappe hing ihm übers Auge.

»Gemeines Kampfschwein!« brüllte er.

Ich konnte ihn in dem Gegröle und Geschrei deutlich hören. Komisch, auf was für Ideen die Leute kommen.

»Halt die Schnauze!« Ich zeigte ihm den Stinkefinger.

Aus dem Augenwinkel sah ich, wie die Blonde Bombe sich wieder hochrappelte. Ich drehte ihr den Rücken zu.

In der zweiten Reihe hüpfte ein altes Muttchen vor Wut auf dem Sitz herum.

»Du Tier«, kreischte sie. »Du potthäßliche... Schlampe!«

»Selber Schlampe«, schrie ich.

Die Blonde Bombe boxte mich in den Rücken, und ich knallte in die Seile. Die erste Reihe wurde lebendig. Ich kriegte Schuhe, Programmhefte und Handtaschen um die Ohren gehauen. Ich wälzte mich in die Ringmitte.

Die Blonde Bombe schmiß sich auf mich und drehte mir den Arm auf den Rücken.

Die erste Reihe tobte.

»Mach sie alle«, heulten sie. »Reiß ihr den Arm aus.«

Die Blonde Bombe krallte sich in meine Haare und riß mir den Kopf hoch. So eine linke Titte.

»Paß auf«, sagte ich. »Denk an meine Zähne.«

Sie wußte, daß ich Zahnschmerzen hatte, trotzdem knallte sie mein Gesicht auf die Bretter. Blöde Kuh.

Mit ihr auf dem Rücken stemmte ich mich hoch, bis ich auf allen vieren war. Sie schlang mir den Arm um den Hals. Das kriegt sie nie richtig hin, bei ihr kommt dabei immer eher ein Würgegriff raus als eine Klammer. Aber so was sieht keiner, auch nicht die in der ersten Reihe. Und die erste Reihe war mittlerweile völlig aus dem Häuschen.

»Aua-aua-aua«, jaulte ich, um die Stimmung anzuheizen.

Die Blonde Bombe drückte mir mit voller Kraft die andere Hand ins Gesicht. Sie ist wirklich eine Ratte. Sie wußte genau, daß ich Zahnschmerzen hatte. Ich wurde fuchtig.

Ich spannte die Quadrizepse und kam langsam hoch. Sie hing wie eine Klette an mir. Ihre Brüste quetschten sich gegen meine Schulterblätter, und der Drahtkörbchen-BH, mit dem sie sich die Oberweite vergrößerte, stach mir in die Wirbelsäule.

Sie dachte, ich würde mich hinstellen. Sie lernte es eben nie.

Als ich mich halb aufgerichtet hatte, rollte ich mich nach vorne ab und legte sie flach auf den Rücken. Ich drehte mich um und landete in letzter Sekunde auf ihren Schultern. Sie hatte nicht mehr genug Puste, um eine Brücke zu machen. Jetzt hatte ich sie.

Der Ringrichter kam angeschlendert. Er ließ sich Zeit, weil es im Zuschauerraum plötzlich ganz still geworden war.

»Eins...«, sagte er.

»Du Tier!« brüllte jemand. »Du feiges, dreckiges Tier!«

Und schon gellten die Buhs durch den Saal. Es hört sich an wie auf dem Viehmarkt, wenn ich einen Kampf gewinne.

Die Bombe wollte eine Brücke machen. Aber ich war so stinksauer auf sie, daß ich sie nicht hochkommen ließ.

»Zwei«, sagte der Ringrichter zögerlich.

Die Buhs verfolgten mich bis in die Garderobe. Es war ein guter Abend gewesen.

Ich will dir einen kostenlosen Rat geben. Wenn du es in diesem Leben als Bösewicht zu etwas bringen willst, rechne nie mit Applaus. Zähl lieber die Buhs. Das ist der sicherste Weg herauszufinden, wie gut du wirklich bist.

Als wir in dem kalten Korridor hinter der Halle um die Ecke bogen, konnte ich sie immer noch buhen hören. Die Falsche hatte viel zu schnell gewonnen.

»Au, mein armer Rücken«, jammerte die Bombe. »Bei den Würfen könntest du ruhig ein bißchen vorsichtiger sein. Morgen früh bin ich bestimmt grün und blau.«

»Und du hättest ruhig mal an meine Zähne denken können«, sagte ich. »Du wußtest doch, daß ich Zahnschmerzen habe.«

»Hatte ich vergessen«, sagte sie. Verlogenes Stück. Ihr rieselten die Pailletten von dem schicken Trikot, und sie zog eine Glitzerspur hinter sich her. Aber ich hatte nicht die Absicht, ihr das zu sagen, vor allem nicht, nachdem sie keine Rücksicht auf meine Zähne genommen hatte.

Als wir in die Garderobe kamen, saß da schon ihr unterbelichteter Freund rum.

»Armes Baby«, sagte er zur Bombe. Mich sah er böse an. Ich hätte nett zu ihm sein sollen, weil er mich nach der Show wieder mit nach London nehmen wollte. Deshalb hätte ich wohl seiner Meinung nach das arme Baby gewinnen lassen müssen.

»Mach die Biege«, sagte ich. »Ich will mich umziehen.«

»Ich habe schon mehr nackte Frauen gesehen als du warme Mahlzeiten«, sagte er. So ein Blödmann.

»Bei mir gibt's nichts zu spannen«, sagte ich. »Da hast du dich verrechnet.«

»Meinst du etwa, da leg ich gesteigerten Wert drauf?«

»Dann schieb ab«, sagte ich.

Aber er wollte der Bombe mit den fettigen Flossen die Schultern massieren. Sie hätte einem fast leid tun können, wenn sie sich nicht so genüßlich schnurrend an ihn geschmiegt hätte.

Will eigentlich jeder Mensch gebraucht werden? Wollen sich eigentlich alle Frauen begrapschen lassen – sogar von einem Schwachkopf mit fettigen Flossen? Also, ich weiß die Antwort darauf nicht, aber ich bin schließlich ein anderes Kaliber. Natürlich bin ich nicht besonders gern groß und häßlich, aber man muß zugeben, daß fast alles im Leben auch seine guten Seiten hat. Zum Beispiel ist es sehr gut, wenn man nicht von dem unterbelichteten Macker der Blonden Bombe beliebäugelt wird, auch wenn er einen Ford Granada fährt.

In diesen alten Theatern auf dem Land heizen sie die Garderoben nicht. Wahrscheinlich war das Gebäude sowieso längst zum Abbruch freigegeben. Eine Dusche gibt es nicht. Man muß sich einigermaßen mit einem Waschbecken in der Ecke behelfen.

Das würde mir an sich nichts ausmachen. Der Schuppen war fürs Catchen sowieso nicht geeignet, und solche Dreckslöcher sind noch das Beste, was man auf den untersten Stufen der Karriereleiter überhaupt erwarten darf.

Was mir allerdings doch etwas ausmachte, war die Tatsache, daß ich schwitzend und mit Zahnschmerzen solange in der Zugluft herumstehen sollte, bis seine Lordschaft die Blonde Bombe genug getätschelt hatte.

Aber ich mußte höflich bleiben. Der letzte Zug aus dem Möhrenland nach Hause war bestimmt schon seit Stunden weg. Je größer die Entfernung von London, desto früher der letzte Zug, das weiß jedes Kind. Irgendwie mußte ich wieder zurück.

»Mach schon«, sagte ich. »Zieh Leine.« Ich bemühte mich wirklich um einen freundlichen Ton.

»Eva ist schüchtern«, sagte die Blonde Bombe. Na ja, was soll man auch sonst von einer Catcherin erwarten, die im Ring Lippenstift der Marke Champagner Fizz trägt?

»Schüchtern? Eva Wylie? Daß ich nicht lache.«

Es gibt nichts Erbärmlicheres als einen Schwachkopf, der sich Schlauheiten herausnimmt, und kein Ford Granada gibt einem das Recht, mich zu beleidigen. Ich stopfte seinen Kopf ins Waschbecken und drehte den Hahn auf. Dann schnappte ich mir meine Puma-Sporttasche, Jacke und Schuhe. Es war besser zu verschwinden, bevor ich richtig böse wurde.

Im Korridor lief ich Mr. Deeds in die Arme. Er sah selber ziemlich böse aus.

»Wenn ich fünfzehn Minuten will«, sagte er, »dann will ich fünfzehn Minuten. Keine sieben. Keine zehn. Auch keine zwölfeinhalb.«

»Tut mir leid, Mr. Deeds«, sagte ich. Mr. Deeds ist der Boß.

»Reiß dich zusammen, Eva«, sagte er. »In solchen Kuhkaffs haben sie für Frauen im Ring sowieso nicht viel übrig. Es war schwer genug, euch überhaupt ins Programm zu kriegen. Du mußt den Zuschauern was bieten für ihr Geld.«

»Ich bin ausgerutscht«, sagte ich. »Und Stella hat einen schlimmen Rücken. Wir konnten nichts dafür, Mr. Deeds.«

»Ausgerutscht? Das soll wohl ein Witz sein!« sagte er. »Ich bin doch nicht blind. Ausgerutscht! Und es sollte mich verdammt noch mal nicht wundern, wenn Stella tatsächlich einen schlimmen Rücken hätte – jetzt, nach dem Kampf!«

»Tut mir leid, Mr. Deeds«, sagte ich noch einmal. Ich hatte langsam die Nase voll davon, im zugigen Korridor zu stehen und mich zu entschuldigen. Ich entschuldige mich nicht gerne, schon gar nicht, wenn mir die Zähne weh tun, aber es bleibt dir nicht viel anderes übrig, wenn dein Brötchengeber sauer auf dich ist.

»Wenn du dich an die Spielregeln hältst, Eva, kannst du eine schöne Stange Geld verdienen«, fuhr er fort. »Aber wenn du uns verarschst, fliegst du raus. R-A-U-S. Kapiert?«

»Raus.«

»Genau«, sagte er. »Nächste Woche sieht es anders aus, okay?«

»Okay, Mr. Deeds.«

Seine Zigarre paffend watschelte er von dannen. Fetter Saftsack. Immer sind es die fetten Saftsäcke, die einem das Gehalt bezahlen. Er hat einen Hintern wie ein Elefant. Das Problem ist nur, er hat auch ein Gedächtnis wie eine Elefant.

Ich war irgendwie angeschlagen nach dem Gespräch mit Mr. Deeds, aber ich wollte unbedingt noch zu Harsh, bevor ich ging. Ohne die Geschichte mit Stella der Bombe wäre ich noch geblieben und hätte mir seinen Kampf angesehen. Harsh ist klasse. Er ist ein Athlet, und ein größeres Kompliment gibt es nicht.

Ich klopfte an seine Garderobentür. Leider war er nicht allein, wie ich gehofft hatte. Eigentlich nicht überraschend. Richtig nette Typen gibt es nicht so viele, und Harsh kann einfach jeder gut leiden.

Seine Freundin machte mir die Tür auf. Ich kann sie nicht ausstehen. Na ja, ich sage zwar, ich kann sie nicht ausstehen, aber eigentlich kenne ich sie gar nicht. Sie ist ein winziges Persönchen, und in dem eisvogelblauen Sari, den sie heute abend trug, sah sie wie eine Prinzessin aus. In ihrer Nähe komme ich mir immer vor wie ein Heuhaufen in einem Hurricane. Ich hätte mich lieber doch waschen sollen.

»Hallo, Eva«, sagte Harsh. Er stand an der Wand und dehnte seine Achillessehnen. Er gehört zu den wenigen, die sich vor dem Kampf anständig warm machen. Darum hat er auch seltener Verletzungen als die meisten anderen. Außerdem hat er eine tolle Körperbeherrschung. Ich wärme mich auch richtig auf. An der Körperbeherrschung arbeite ich noch.

»Möchtest du eine Cola, Eva?« fragte Soraya. Sie hat reizende Manieren, aber ich kann sie trotzdem nicht leiden.

»Ich wollte gerade gehen«, sagte ich. Es war immerhin möglich, wenn auch nicht sehr wahrscheinlich, daß Harsh vorschlug, ich sollte noch bleiben, und mich hinterher in die Stadt mitnahm.

»Bis nächste Woche dann«, sagte er.

»Wir übernachten in Bath«, sagte Soraya zu mir. Und dann fiel mir ein, daß alle außer Stella der Bombe und mir noch einen Auftritt im Pavillon hatten.

»Also dann, bis die Tage«, sagte ich, als ob ich wunschlos glücklich wäre.

»Gute Nacht, Eva«, sagte Soraya. Und Harsh lächelte mich an. Er hat ein wunderbares Lächeln, der Harsh. Strahlend weiße Zähne, alle genau in der richtigen Größe.

Wenn ich genug Kämpfe an Land ziehen kann und wenn ich mich in der Meisterschaft einigermaßen gut schlage, dann lasse ich mir die Zähne richten. Ich kenne einen wirklich guten Zahnarzt, und ich spare auch schon darauf, aber so was geht ganz schön ins Geld.

2

Auf Schlacke kannst du nicht schleichen.

Diesen Trümmerhaufen nennen sie das Grand Theatre, dabei ist noch nicht mal der Parkplatz auf der Rückseite besonders grandios. Kunterbunt stehen die Wagen auf Schotter und Schlacke durcheinander. Das Grand Theatre! Ein grandioser Witz.

Immerhin war der Parkplatz nicht beleuchtet. Das ist das Gute an den beschissenen Auftritten im Möhrenland – die Parkplätze sind nie beleuchtet. Du könntest fast meinen, sie wollen, daß du dich selber bedienst.

Ich fand einen Renault 12, der mich quasi einlud, ihn mir auszuborgen – die Fahrertür schloß nicht richtig, und die Verkabelung war lose. Als ich ihn angelassen hatte, sah ich, daß der Tank noch fast voll war.

Eigentlich tat ich dem Besitzer einen Gefallen – vorausgesetzt, er war versichert.

Wozu sich Sorgen um eine Mitfahrgelegenheit in die Stadt machen, wenn dir die Möhrenmampfer ihre Autos praktisch hinterherwerfen?

Obwohl es noch nicht besonders spät war, als ich in Frome losfuhr, war kaum mehr einer auf den Straßen. Dadurch fühlte ich mich irgendwie einsam. Ich habe gern ein bißchen Trubel um mich rum, aber so was kannst du im Möhrenland lange suchen. Wahrscheinlich gehen sie alle früh in die Heia, nachdem sie sich ihre Mary-Poppins-Videos reingezogen haben. Nicht mal eine offene Frittenbude konnte ich finden. Was diese Landeier wohl treiben, wenn sie mal Spaß haben wollen?

Ich hatte Hunger. Wer so gebaut ist wie ich, braucht nach sportlicher Betätigung was zu essen. Aber ich habe noch einen kostenlosen Rat auf Lager: Halte nie in einer Kleinstadt, in der du dir gerade einen Wagen geborgt hast, an, um dir was zum Essen zu besorgen. Jeder ist mit jedem verwandt, einer sieht dich immer und holt die Bullen.

Ich hatte mir in den letzten paar Jahren viel Selbstbeherrschung angeeignet. Also fuhr ich stur an allen Kneipen vorbei und hörte nicht auf meinen knurrenden Magen.

Harsh hat mir mal was über den berühmtesten Ringkämpfer aller Zeiten erzählt. Er hieß Milon von Kroton, und er hat im Training immer ein Kalb durch die Gegend gewuchtet. Immer dasselbe Kalb. Das Kalb wurde größer und schwerer, und Milon mußte stärker und immer stärker werden, um es überhaupt noch schultern zu können. Harsh meinte, Milon wäre seiner Zeit voraus gewesen, und mit dieser Geschichte ging es ihm um die

Grundprinzipien des Krafttrainings und darum, daß man die Muskeln langsam an immer größere Belastungen gewöhnen muß.

Milon hat fünf olympische Medaillen gewonnen, also würde ich mir an deiner Stelle eine höhnische Bemerkung über seine Trainingsmethoden lieber verkneifen. Hätte Milon von Kroton allerdings Ähnlichkeit mit mir gehabt, hätte er sein Kalb früher oder später mit Röstkartoffeln und viel Soße verspeist.

Es ist nicht ratsam, an Röstkartoffeln zu denken, wenn du halb verhungert bist – jedenfalls nicht, wenn du unbeschadet an der nächsten Dönerbude vorbei und in einem geliehenen Wagen aus der Stadt kommen willst, ohne geschnappt zu werden.

Ich hasse es auf dem Land. Je weiter du von der Stadt weg bist, desto dunkler wird es, und mit den Scheinwerfern fängst du lauter tote Sachen ein. Andauernd überfährst du Leichen – Igel, Kaninchen, Füchse und Viecher, die schon von so vielen Wagen plattgefahren worden sind, daß du nicht mehr erkennen kannst, was sie mal waren. Hat es Federn, war es ein Vogel, hat es keine, kannst du bloß raten.

Du wirst aus stieren, grünen Augen angeglotzt.

Alles auf dem Land ist entweder gefährlich oder tot. Menschen sind vielleicht tatsächlich nicht viel besser als Tiere, aber wenigstens lassen sie andere Menschen nicht tot auf der Straße rumliegen. Sie bringen sie weg, damit sie nicht wieder und wieder überfahren werden. Du mußt dir bloß mal vorstellen, wie es in London aussehen würde, wenn einfach alles, was unter die Räder kommt, liegen gelassen würde.

Und dann das Essen.

Fünfzig Kilometer hinter Frome hielt ich an einer Imbißstube. Sie wollten gerade zumachen, als ich ankam, und es waren bloß noch ein paar Reibeplätzchen übrig. Reibeplätzchen! Ich muß schon sagen. Auf dem Land kann ich es ehrlich nicht aushalten.

Einmal haben sie versucht, mich aufs Land zu verpflanzen. Ich war sieben Jahre alt, und es war irgend so ein Pflegschaftsdeal. Ich sollte von einem komischen Ehepaar in Pflege genommen werden, das in Cambridgeshire ein großes Haus hatte, wo sie sich Ponys und Hunde und ungefähr noch fünf andere Kinder hielten. Es war einer von den Deals, bei denen alle Sozialarbeiterinnen glasige Augen und feuchte Höschen bekommen.

»Was meinst du, wie es dir da gefallen wird, Eva«, haben sie gewiehert. »Viel Platz zum Toben. Und lauter grünes Gras und Bäume.«

Meiner Meinung nach haben diese Sozialklempner nicht die leiseste Ahnung von Stadtkindern. Wir mußten um neun ins Bett. Wir hatten nichts zu tun. Die Ponys waren hinterlistige Biester. Die Hunde haben gefurzt und hatten Flöhe und haben das schöne grüne Gras vollgeschissen. Und was das komische Ehepaar angeht, die beiden waren Religionsfreaks, die haben erwartet, daß sich alle Kinder miteinander vertragen sollten.

Wie kommen die Leute bloß darauf, daß du mit jemandem gut auskommen mußt, bloß, weil er genauso alt ist? Kinder, die in Pflege gegeben werden, kommen schließlich von überall her. Sie sind durcheinander. Ganz egal, aus was für einer Familie du kommst, dein Zuhause vermißt du immer. Manche Kinder wollen dich einmachen, manche Kinder klauen, manche Kinder machen ins Bett, manche Kinder spielen mit Feuer, manche Kinder können nicht sprechen. Und so was soll nun prima miteinander auskommen und dankbar sein für das Gras und die tückischen Ponys.

Die Natur soll dir ja angeblich guttun. Aber das stimmt nicht. Die Natur beißt und sticht oder vergiftet dich, einfach nur so. Und außerdem gibt es auf dem Trafalgar Square mehr Vögel, als ich je auf dem Land zu sehen gekriegt habe – die toten auf den Straßen mitgerechnet.

Nein. London ist der einzige Ort, wo es zum Aushalten ist. Laß dir bloß nichts anderes erzählen.

In London kommst du immer durch: Irgendwie kannst du da immer ein paar Kröten machen – und ein Plätzchen zum Pennen findet sich auch. Zimperlich darfst du nicht sein, aber wenn du überleben willst, ohne daß dir zu viele Fragen gestellt werden, dann geht das nur in London.

Du darfst allerdings nicht auf den Kopf gefallen sein. Was man von mir nun wirklich nicht behaupten kann. Viele Leute glauben, ich wäre dumm – weil ich eine ziemliche Kante bin. Dicke Muckis, kleines Hirn, stimmt's? Na, wer das meint, der ist in etwa so helle wie 'ne Eierkohle.

Und wer das mir gegenüber laut ausspricht, der fängt sich ein dickes Knie ein.

Ich ließ den Wagen am Bahnhof Waterloo stehen und schlappte zu Fuß nach Hause.

In dem Jahr hatte ich ein Zuhause. Und einen richtigen Job.

Der Zaun war oben mit Stacheldrahtschlingen gesichert. Ich holte die Schlüssel raus und sperrte die Vorhängeschlösser am Tor auf. Vorsichtshalber pfiff ich – wiii-uuuuu. Es war nach Mitternacht, und die Hunde waren bestimmt ausgehungert.

Sie kamen aus dem Dunkeln auf mich zugeflogen, rammten mir die Köpfe gegen Knie und Oberschenkel.

»Hallo, Ramses«, sagte ich. »Hallo, Lineker.«

Sie waren keine üblen Kerle, dafür, daß sie Hunde waren, nur ein bißchen übereifrig. Sie liefen vor mir her zum Zwinger, und ich schloß auf. Ich mischte ihnen ein paar Schaufeln Hundeflokken unter ihre ekelige Futterpampe und wartete, bis sie es runtergeschlungen hatten.

Dann nahm ich die Taschenlampe und machte meine Runde.

Das Gelände war weitläufig, also dauerte es seine Zeit. Am besten war es auf dem Gebrauchtwagenparkplatz, weil der nämlich beleuchtet war. Ich mußte bloß den Zaun überprüfen und zwischen den Wagen nachsehen, ob auch keiner auf den Rücksitzen kampierte.

Als nächstes überzeugte ich mich, ob die Türen zum Verkaufsraum und den Büros abgeschlossen waren.

Am schlimmsten war es auf dem Schrottplatz. Zwar gab es da einen großen Scheinwerfer, nur war leider die Birne hinüber. Ich habe es Mr. Gambon schon dreimal gesagt, aber der ist ein echter Geizkragen.

»Der Schrott ist doch Tausende wert«, habe ich zu ihm gesagt. »Sie haben da haufenweise Ersatzteile rumliegen. Mit einer Glühbirne wäre mir sehr geholfen.«

»Faules Stück«, sagte er. Zu mir! Wie konnte ich aber auch so blöd sein, ihn um etwas zu bitten, was mir die Arbeit erleichtert hätte? Genausogut hätte ich ihm gleich eine Lizenz zum Neinsagen geben können.

Demnächst muß ich mal den Besitzer deswegen anhauen, dachte ich. Aber seitdem er nach Ongar gezogen ist, kriege ich ihn kaum noch zu Gesicht.

Lineker schnupperte an einem Haufen Eisenstangen, aber Ramses hielt auf den Zaun zu. Ich folgte Ramses, weil er so aussah, als ob er etwas Bestimmtes angepeilt hätte. Als ich ihn einholte, biß er gerade einer großen Ratte das Hinterteil ab.

Oben am Zaun brannten ein paar trübe Funzeln, und darunter hing ein Schild, auf dem »Armour Protection« stand. Ich weiß nicht, was Armour Protection ist oder ob es hier so was je gegeben hat, aber der einzige Schutz, den die Anlage jetzt hatte, waren Ramses, Lineker und ich.

3

Mein Zuhause war ein aufgebockter Wohnanhänger.

Der Besitzer von dem ganzen Krempel kauft nicht nur gebrauchte PKWs und Nutzfahrzeuge, sondern manchmal auch Caravans und Wohnmobile. Meine Kiste hatte fast ihr ganzes Leben in der Gegend von Poole Harbour in Dorset verbracht, und wenn das Wetter feucht genug ist, mieft die Einrichtung immer noch nach Salzwasser und Meeresschimmel.

Ich hätte ja lieber einen fahrbaren Untersatz mit Rädern, dann könnte ich ihn im Notfall an einen Wagen hängen und mit Sack und Pack umziehen. Um einen stillgelegten Hänger vom Fleck zu kriegen, mußt du ihn auf einen Laster hieven, und so was braucht seine Zeit.

Aber als der Besitzer mich eingestellt hat, konnte er mir nur diese Kiste ohne Räder anbieten. Und – Mief hin oder her – ich mußte zugeben, ein Platz im Obdachlosenasyl konnte dagegen nicht anstinken.

Zu der Zeit paßte mein gesamtes Hab und Gut noch in eine Plastiktüte. In den sechs Monaten, die ich in dem Hänger wohne, hat sich ein bißchen mehr angesammelt, aber ich kann mir etwas darauf einbilden, daß ich trotzdem im Falle eines Falles innerhalb von zehn Minuten mit dem Nötigsten bepackt und abmarschbereit sein könnte.

Ich will dir ein Geheimnis verraten – ich schleppe ständig eine Zwei-Unzen-Tabaksdose mit mir herum, und in dieser Dose habe ich alles, was ich zum Licht- und Feuermachen, zum Kochen und für kleinere Wehwehchen brauche. Wachsstreichhölzer, eine flach geschabte Kerze, Skalpellklingen, Draht, ein Sägeblatt, wasserfestes Pflaster, Nadel und Faden, Aspirin, Teebeutel und Brühwürfel. Schon erstaunlich, was man alles in einer Zwei-Unzen-Tabaksdose unterbringen kann, wenn man wissenschaftlich vorgeht.

Die Idee habe ich aus dem SAS Survival-Handbuch. Ich fühle mich sicherer damit, und ich kann es nur jedem empfehlen, der regelmäßig mitten in der Nacht hochschreckt, weil er vor Überschwemmungen, Feuersbrünsten, radioaktiven Niederschlägen oder Obdachlosigkeit Angst hat. Laß dir eins gesagt sein: Sei stets auf das Schlimmste gefaßt, dann schläfst du besser.

Die Nacht ist für mich die schlimmste Zeit. Ich gehe lieber weg und unternehme was, als daß ich alleine im Dunkeln liege und nicht einschlafen kann. Darum ist dieser Nachtwächterjob auch so ideal für mich. Ich darf nicht einschlafen, und wenn ich Gesellschaft brauche, sind immer Ramses und Lineker da oder ich kann durch den Zaun mit irgendwelchen Nachtschwärmern ein paar Worte wechseln.

Nachdem ich meinen Rundgang beendet hatte, ging ich zum Hänger, weil ich Kohldampf hatte. Ein Briefumschlag klebte an der Tür. Ich riß ihn auf und las den Zettel im Licht der Taschenlampe. Er war von heute, und es stand eine Nachricht darauf: *Morgen abend um sechs, Mr. Cheng.*

Mr. Cheng macht nie viele Worte. Mr. Cheng ist überhaupt ein sehr zugeknöpfter Mensch. Wahrscheinlich glaubt er, ich kann nicht lesen und er tut mir einen Gefallen, wenn er mir kurze

Briefe schreibt. Er meint, alle Nicht-Chinesen wären dumm, und verglichen mit Mr. Cheng sind sie es vielleicht sogar. Ich könnte ihn jederzeit kleinkriegen und in die Tasche stecken. Aber das würde ich mir nie erlauben, weil sich Mr. Cheng nämlich keine Unverschämtheiten gefallen läßt.

Ich steckte den Zettel ein und schloß die Tür auf.

Ich war sehr zufrieden. Was Mr. Cheng auch von mir wollte, es lief auf jeden Fall hinaus, daß ich mir morgen ein bißchen Knete nebenbei verdienen konnte. Extraknete ist nie zu verachten. Mit diesem Job verdiene ich mir das Nötigste – ein Dach über dem Kopf und was zum Essen –, aber wenn ich was auf die hohe Kante legen oder mir die Zähne richten lassen will, brauche ich einen kleinen Nebenverdienst. Deshalb das Catchen und Mr. Cheng.

Ich ließ die Hängertür offen, damit der Meeresmief abziehen konnte. Ehrlich gesagt, miefte ich selber nicht schlecht. Wegen dem Krach mit dem Macker der Blonden Bombe hatte ich mich in Rübenstadt nicht waschen können.

Harsh sagt, ein Kämpfer muß in Dingen der Körperpflege immer hundertprozentig auf sich achten, also pumpte ich mir Wasser hoch und setzte zwei volle Kessel aufs Gas.

Ich habe auch einen Heißwasserboiler, aber der braucht Strom, und ich verbrauche im Hänger keinen Strom. Wer Strom verbraucht, kriegt Stromrechnungen. Der Hänger ist ans Netz angeschlossen und hat einen Zähler, aber der Mensch, der den Zähler abliest und entscheidet, was ich zu blechen habe, ist Mr. Gambon. Und nachdem er mich in den ersten Monaten ein paarmal saftig übers Ohr gehauen hat, habe ich beschlossen, daß ich auf den Scheißstrom verzichten kann. Ich habe Taschenlampen, und ich habe Gas. Wenn das Gas alle ist, besorge ich mir eine neue Flasche, und wenn die Batterien leer sind, kaufe ich mir neue.

Ich bin mein eigener Herr. Stimmt's?

Nachdem ich mich gewaschen hatte, zog ich mir einen sauberen Trainingsanzug an. Dann machte ich mir eine Kanne Tee und wärmte ein paar Büchsen Eintopf auf. Harsh sagt, ich soll grünes

Gemüse essen, aber in dem Eintopf waren nur Kartoffeln und Möhren. Zwar nicht gerade grün, aber immerhin Gemüse, das mußte reichen. Harsh sagt auch, daß ich kein Weißbrot essen soll. Aber ich mag kein Graubrot und vor allem kein Vollkornbrot, mit den ganzen Körnern drin. Es kommt vor, daß man sich Zahnschmerzen einfängt, wenn man draufbeißt.

Es kommt auch manchmal vor, daß ich denke, Harsh redet nur Scheiße. Fast alles, was er mir rät, ist entweder anstrengend oder es schmeckt nicht.

Kompromißbereit aß ich zwei Schnitten Weißbrot und zwei Schnitten Graubrot.

Beim Essen starrte ich mein Plakat an. Ich hatte die Taschenlampe so hingestellt, daß das Licht voll darauf fiel. »Eva Wylie«, stand darauf, »Die Londoner Killerqueen.«

Auf dem Foto sah ich nach rechts in die Kamera. Ich war ganz in Schwarz und ließ meinen Bizeps spielen. Kein schlechter Bizeps, auch wenn ich es selber sage.

»Brutal«, sagte ich zu mir. »Echt brutal.«

Es gab mir das Gefühl, auf dem richtigen Weg zu sein. Es gab mir das Gefühl, real zu sein.

Aber nach einer Weile sah ich nach unten in den Topf. Ich sollte nicht aus dem Topf essen, ich weiß, aber ich bin ja alleine, also macht es nichts. Die verkrusteten Eintopfreste auf dem Boden erinnerten mich irgendwie an die toten, von vielen Wagen plattgefahrenen Füchse auf der Straße.

Ich fragte mich, wo wohl die Zeit geblieben war, und schon ging es mir nicht mehr so gut. Die Zeit macht das manchmal – offenbar spielt sie Bockspringen mit sich selber. Und dann fühlt man sich ganz verloren.

Lineker bellte, also riß ich mich zusammen und sah nach, was anlag.

Lineker ist ein schönes Tier. Nichts als Muskeln. Sein kurzes Fell ist so glänzend, daß es aussieht, als hätte ihn einer mit der Spraydose eingesprüht. Aber sein Bellen… irgendwie fistelig und übergeschnappt, wie die Stimme eines kleinen, rothaarigen Mannes.

Ramses hat O-Beine und einen Stiernacken. Er bellt nicht oft, aber wenn er bellt, hört es sich an wie ein Elektrobaß – eigentlich ziemlich melodisch, aber auch gefährlich.

Vor dem Zaun standen zwei Jugendliche, die mit Stöcken nach Lineker stocherten. Lineker war total aus dem Häuschen. Aber Ramses stand im Dunkeln und wartete.

Wenn du zwei Jungs auf einem Haufen siehst, hast du zwei Leute vor dir, die was im Schilde führen. Das weiß jedes Kind. Ich wette mit dir um einen Wochenlohn, daß drei Viertel von allem Unheil auf dieser Welt von männlichen Jugendlichen im Alter zwischen acht und achtzehn Jahren angerichtet wird.

Was soll's? Solange sie in meinem Revier nichts anrichten, kann es mir egal sein.

Ich sagte: »Ihr seid aber spät noch unterwegs.« Bloß nichts überstürzen, das ist die Devise. Ich hätte sie sofort wegjagen können, aber ich behielt meine relaxte mentale Einstellung bei. Wenigstens mal jemand, mit dem man reden konnte.

Der Bursche mit dem Stock trat vom Zaun weg. Sein Kumpel sagte: »Wir haben bloß mit dem Hund geredet.«

»Seid lieber vorsichtig«, sagte ich. »Er ist ziemlich bösartig.«

»Mein Bruder hat einen Dobermann«, sagte der Junge mit dem Stock zu niemand bestimmtem. Sein Kumpel glotzte mich komisch an.

»Du bist ja gar kein Kerl«, sagte er plötzlich. »Du bist ja 'ne Tussi.«

»Das gibt's doch nicht!« sagte sein Kollege.

»Ungelogen.«

»Godzilla!« Er schmiß den Stock an den Zaun, und sie hauten ab. Lineker stürzte mit wütendem Gebell hinter ihnen her.

»Verpißt euch, ihr Arschgesichter!« brüllte ich.

Eigentlich schade. Seit die Polizei die Mädels aus der Mandala Street umquartiert hat, ist es in dieser Ecke ein bißchen ruhig geworden. Ich hätte schon Glück haben müssen, wenn ich bis um halb acht, wenn ich den Männern den Platz aufsperrte, noch mit irgendwem ein Wort wechseln konnte.

Die Typen reden nicht viel mit mir, aber sie respektieren mich.

Sie respektieren mich aus zwei Gründen. Erstens – ich kann mit den Hunden umgehen. Zweitens – es sind keine Diebstähle mehr vorgekommen, seit ich hier das Kommando habe. Nicht ein einziger.

Mehr erwarte ich auch gar nicht. Nur ein bißchen wohlverdienten Respekt.

4

Ich wachte ungefähr um zwei Uhr nachmittags auf. Sonnenlicht quetschte sich durch die orangeroten Vorhänge, und im Hänger sah es aus, als ob es brannte.

Die riesige Schrottpresse malmte und krachte, begleitet von der vertrauten Geräuschkulisse aus Geschepper, Gepolter und Männergeschrei.

Auf einem Schrottplatz ist es nie zu leise zum Schlafen.

Ich sprang auf und brachte rasch meine Dehnübungen hinter mich.

Ich wollte meine Ma besuchen, und ich mußte vor drei Uhr bei ihr sein.

Das ist die beste Zeit, wenn du mit meiner Mutter reden willst, solange sie noch alle beisammen hat. Vor eins steht sie nicht auf, und ansprechbar ist sie erst, wenn sie den ersten Schnaps intus hat. Dann hat sie ein paar gute Stunden, aber danach geht es rapide bergab mit ihr, bis sie ungefähr um vier Uhr in der Früh wieder ins Bett geht.

Sie hat es im Leben nicht leicht gehabt, also kannst du dir deine Vorwürfe sparen.

Wenn man sagt, daß jemand es im Leben nicht leicht gehabt hat, stellt man sich doch einen alten Menschen vor, oder? Na los, du kannst es ruhig zugeben.

Dabei ist meine Ma noch nicht mal vierzig, und sie könnte auch noch ziemlich gut aussehen, wenn sie nur ein bißchen auf sich achten würde. Wenn sie abends ausgeht, aufgedonnert und aufgetakelt wie ein Christbaum, sieht sie richtig knackig aus –

wenn ihr das Licht nicht gerade ins Gesicht strahlt. Du glaubst es kaum, daß sie stockbesoffen ist und daß ihr schon in ein paar Stunden das Make-up verschmiert am Kinn klebt.

Sie wohnt in einem Hochhaus, im zweiten Stock – was von Vorteil ist, weil nämlich der Aufzug nie funktioniert. Und wenn man bedenkt, in was für einem Zustand sie immer nach Hause kommt, würde sie die meisten Nächte auf der Treppe verbringen, wenn sie nur eine Etage höher wohnte.

Der Wind pfiff trotzdem durchs Treppenhaus, und ziemlich eklig sogar, auch weiter unten. Ich klopfte bei ihr an und wartete.

Als sie kam, öffnete sie die Tür nur einen Spalt und lugte hindurch wie ein verschrecktes Kaninchen. Jedesmal, wenn sie die Tür aufmacht, sieht sie aus, als ob sie Angst hat, was mich bei ihrem Lebenswandel auch gar nicht wundert.

Als hinter mir ein paar Kids auf dem Skateboard vorbeizischten, zuckte sie zusammen.

»Komm lieber rein«, sagte sie und drehte sich um.

Als sie an der Schlafzimmertür vorbeikam, zog sie sie zu. Das bedeutete, daß sie letzte Nacht einen Kerl an Land gezogen hatte, der noch immer seinen Rausch ausschlief.

Wie schon gesagt, du darfst ihr keine Vorwürfe machen – irgendwie muß jeder zusehen, wie er das Geld für die Miete zusammenkriegt.

Wir gingen in die Küche durch.

Du denkst jetzt womöglich, daß es von allen Zimmern in diesem Loch, das meine Mutter ihr Zuhause nennt, in der Küche am schlimmsten aussieht. Falsch gedacht. Es sieht am besten aus. Und das erklärt sich ganz einfach dadurch, daß sie die Küche nie benutzt, höchstens mal, um sich eine Tasse Pulverkaffee aufzubrühen. Das Essen kommt in Mas Leben erst nach dem Trinken. Wenn sie Hunger hat, holt sie sich einen Hamburger.

In der Küche sagte sie als allererstes zu mir: »Wenn er reinkommt, sagst du, du bist meine Schwester, ja?«

Ich lachte, und sie muß mir wohl irgendwas angemerkt haben, denn sie sagte: »Vergiß es – du bist eine Nachbarin.«

Ich sagte: »Wo wir gerade von Schwestern reden...«

»Fang bloß nicht wieder damit an«, fiel sie mir ins Wort. »Mir platzt der Kopf.«

Ich setzte schweigend den Kessel auf und machte uns zwei Tassen Pulverkaffee. Sie holte eine Flasche aus dem Schrank unter der Spüle und kippte sich einen Schuß in die Tasse.

»Nur damit es weggeht«, sagte sie. Sie kann das Lügen nicht lassen, meine Ma.

Ich gönnte ihr ungefähr eine Minute, dann sagte ich: »Es ist wichtig, Ma. Hast du was gehört?«

»Das ist der einzige Grund, warum du herkommst«, sagte sie. »Um mir wegen ihr Löcher in den Bauch zu fragen. Alles andere ist dir doch scheißegal, sogar deine arme, alte...«

»Mutter«, ergänzte ich. Sie kann sich nicht überwinden, das Wort in den Mund zu nehmen.

»Du sollst das nicht sagen«, fauchte sie und warf über die Schulter einen Blick auf die Tür. Sie trat sie zu. Sie hatte nackte, dreckige Füße, und ihre dicken Onkels waren schief, weil sie immer in zu spitze Schuhe gequetscht wurden.

»Was soll ich denn sonst zu dir sagen?« fragte ich. Ich wurde langsam wütend.

»Ich habe schließlich einen Namen.«

»Und ich habe eine Schwester!«

»Jetzt halt endlich den Rand!« schrie sie. »Sie will nichts mit dir zu schaffen haben. Guck dich doch an.«

»Woher willst du das wissen?« schnauzte ich sie an. »Wir haben uns immer gut vertragen.«

»Das ist ewig her.«

»So lange auch wieder nicht.«

Dann hörten wir, trotz der Brüllerei, plötzlich die Klospülung.

Ma stand auf. Sie nahm ihre Tasse und den Kaffee, den ich mir gemacht hatte. Sie wollte ins Schlafzimmer.

»Die Tür findest du alleine«, sagte sie zum Abschied.

Am liebsten hätte ich was zerdeppert.

Aber frühes Training zahlt sich aus, und wenn wir als Kinder überhaupt eine Lektion gelernt haben, dann war es die, immer auf Zehenspitzen um Mas Männer rumzuschleichen. Wenn Ma einen Mann im Haus hatte, sind wir entweder schnell verduftet oder wir haben so getan, als wären wir nicht da. Ma war nie besonders wählerisch mit den Typen, die sie anschleppte.

Das war im Grunde ihr Unglück.

Ich ging ins Wohnzimmer. Mir kam der Gedanke, daß Ma eigentlich nie Kinder hätte haben dürfen.

Aber sie hat sich welche angeschafft. Und eins davon war ich.

Das andere war Simone.

Das Wohnzimmer war die reinste Müllkippe. Alter, kalter Rauch hing dick in der Luft. Bierdosen und Aschenbecher waren vom Couchtisch auf den Fußboden gewandert. Irgendwer hatte am Fernseher eine Flasche zertrümmert, und ein angebissener Hamburger war in den Teppich getreten worden. Im großen und ganzen sah es aus wie auf einer von dieser Landstraßen, für die ich nichts übrig habe.

Hätte Ma mal einen Freund wie Harsh gehabt, dachte ich, wäre alles viel sauberer gewesen. Und Harsh wäre vielleicht mein...

Daran durfte ich nicht denken.

Das, wonach ich hinterher war, lag hinter dem Fernseher unter einem Stapel von Mas »Wahre-Liebe«-Illustrierten. Sie liest den Schrott nicht mehr – sogar meine Ma lernt manchmal noch was dazu –, aber immer, wenn sie umzieht, schleppt sie den alten Plunder mit, ihre Bücher, wie sie dazu sagt.

Unter Mas Büchern lag ein altes Fotoalbum. Unsere Oma hat es Ma hinterlassen, als sie gestorben ist. In dem Album klebte ein Bild, das ich sehen wollte. Es war das letzte Foto, auf dem Simone und ich zusammen drauf waren.

Ich blätterte das Album rasch durch. Die Bilder von Ma als jungem Mädchen wollte ich nicht sehen. Davon kriege ich immer einen Kloß im Hals, weil sich Simone als Zehnjährige und meine Ma als Zehnjährige sehr ähnlich gesehen haben. Unheimlich ähnlich.

Ich fand die Seite. Da waren wir, bei unserer Oma im Wohnzimmer.

Ich weiß noch ganz genau, wann das Bild gemacht worden ist. An Simones zwölftem Geburtstag, zwei Tage, bevor sie in Pflege kam und weggeholt wurde. Also war es zwei Tage vor dem Tag, an dem ich sie zum letzten Mal gesehen habe.

Sonst waren wir immer zusammen weggeschickt worden. Und wenn wir zurückdurften oder abgehauen waren, haben wir uns bei Ma wieder getroffen. Und wenn wir Ma nicht finden konnten, sind wir zu unserer Oma gegangen.

Aber damals haben sie uns getrennt. Und ungefähr ein Jahr später ist dann meine Oma gestorben.

Simone ist nie wieder nach Hause gekommen.

Ich habe später gehört, daß sie zu Pflegeeltern gekommen ist, und bei denen muß es ihr wohl gefallen haben, weil sie dageblieben ist. Oder, was eher wahrscheinlich ist, sie hat ihnen gefallen, und sie haben sie zum Dableiben überredet.

Es war schwer, Simone nicht zu mögen, aber ich muß dir sagen, daß sie kein charakterfester Mensch war. Sie ließ sich leicht überreden. Vor allem, wenn ich nicht bei ihr war und sie nicht daran erinnern konnte, wo wir hingehörten.

Ich starrte lange auf das Gesicht von früher. Sie war so hübsch. Kaum einer wußte, daß wir Schwestern waren. Ich war größer als sie, obwohl ich ein Jahr jünger bin. Und hübsch bin ich noch nie gewesen.

Am allerwichtigsten war es, ihr Gesicht nicht zu vergessen. Manchmal habe ich einen Alptraum. Ich gehe die Straße runter, und eine Bettlerin hält mir die Hand hin. Und ich gehe einfach vorbei. Ich erkenne Simone erst, als sie mich ruft. »Eva«, sagt sie. »Ich hätte dich überall wiedererkannt. Aber du hast mich vergessen.«

Aber ich habe sie nicht vergessen. Und eines Tages finde ich sie. Es muß einfach so kommen, weil schließlich jeder sagt, daß Blut dicker ist als Wasser. Und deshalb weiß ich auch, daß Simone nach mir sucht. Sie sucht mich bestimmt. Und sie kann mich nur finden, wenn sie zuerst Ma findet, weil ich viel erlebt habe, seit wir uns das letzte Mal gesehen haben.

Ma hat auch viel erlebt, aber wenigstens ist sie im selben Stadtviertel geblieben. Und darauf setze ich. Darum gehe ich Ma alle paar Monate besuchen. Darum und natürlich auch, weil Blut nun mal dicker ist als Wasser, und das gilt sogar für Ma.

Irgendeiner muß schließlich die Familie zusammenhalten.

5

Die Geräusche, die aus Mas Schlafzimmer kamen, hörten sich so an, als ob jemand einen Asthmaanfall hatte.

Ich wußte, daß ich noch ein bißchen länger ungestört im Wohnzimmer rumschnüffeln konnte. Dazu hatte ich nicht oft Gelegenheit. Ich klappte das Album zu und fing an, den Rest des Bücherstapels nach Briefen durchzusuchen.

Bei Ma mußte man nämlich auf alles gefaßt sein. Sie war imstande, Briefe ungeöffnet wegzuwerfen, wenn sie Angst hatte, es könnten Rechnungen oder Vorladungen sein.

»Nichts wie Scherereien«, sagte sie dann. »Scherereien mit einer Briefmarke auf dem Umschlag.«

Manchmal, wenn sie wieder ein paar Schnäpse zuviel gekippt hat, befördert sie einfach alles, was durch die Tür kommt, mit einem Fußtritt in die Ecke. Sie könnte eine halbe Million im Toto gewonnen haben oder am nächsten Tag wegen Sozialhilfebetrug vor Gericht müssen. Sie würde es nie erfahren.

Ich mußte mit einer Sozialarbeiterin auf die Beerdigung von meiner Oma. Dafür haben sie mich extra rausgelassen.

Ma war nicht da. Sie sagte, es wäre ihr zu sehr an die Nieren gegangen, aber wenn du mich fragst, hatte sie einfach einen im Kahn.

Ich ging hin, weil ich dachte, Simone wäre da. Und – jetzt hältst du mich bestimmt für eine richtige Kuh – ich war Oma richtig dankbar dafür, daß ich ihretwegen aus dem Jugendheim raus konnte und Simone sehen durfte.

Aber Simone war auch nicht da.

Das war die große Frage, die sich mir hinterher gestellt hat: Warum nicht? Warum war Simone nicht gekommen?

Ma wußte es nicht. Sie war stinksauer auf mich, weil ich sie deswegen andauernd gelöchert habe.

Monate später, als ich meine Strafe abgesessen hatte und wieder zu Hause war, fand ich einen Brief. Er war von Simones Sozialarbeiterin, und sie hatte geschrieben, sie wäre nach eingehenden Gesprächen und Beratungen mit Simones neuer Familie zu dem Schluß gekommen, daß es nicht im Interesse des Kindes wäre, es einer solchen emotionalen Belastung auszusetzen.

Mit anderen Worten, sie hatten es ihr verboten.

Hätte Ma mir das gesagt, hätte ich mir nicht monatelang Gedanken und Sorgen machen brauchen.

Aber Ma hatte den Brief noch nicht mal aufgemacht.

Verstehst du jetzt, was ich meine?

»Nicht im Interesse des Kindes« – tolle Phrase, was? Als Kinder hatten wir einen Witz. Der ging so. Frage: Was ist der Unterschied zwischen einem Sozialarbeiter und einem Pitbullterrier? Antwort: Der Pitbullterrier rückt das Kind wieder raus.

Ich mußte aufhören, an die alten Zeiten zu denken. Ich hatte schon einen Kloß im Hals.

Aber bei dem Gedanken an Sozialarbeiter kam ich auf eine Idee.

Es war Jahre her, seit ich das letzte Mal Simones Pflegeeltern besucht hatte. Vielleicht konnte ich die Adresse rauskriegen und ihnen einen Besuch abstatten. Freuen würden sie sich nicht darüber. Beim letzten Mal hatte es ihnen auch nicht gefallen, aber damals war ich noch ein Kind gewesen. Damals wußte ich noch nichts von Selbstdisziplin und einer relaxten mentalen Einstellung.

Das asthmatische Gekeuche aus Mas Schlafzimmer ebbte ab. Als es ganz still wurde, stand ich auf und ging zur Tür.

Dann sagte eine laute Stimme: »Wo zum Henker ist meine Brieftasche?«

Ich hätte früher wieder gehen sollen.

Ma sagte was, was ich nicht verstehen konnte.

Dann sagte er: »Her damit, du Schlampe!«

Und damit fing der Ärger an.

Ma kam ins Wohnzimmer gestürmt, die Haare hingen ihr ins Gesicht, sie hatte nichts an. Sie verkroch sich hinter dem Sofa.

Als er hinter ihr herkam, zog er sich noch den Reißverschluß an der Hose hoch. Er hatte kein Hemd an, und seine Tätowierungen waren nicht zu übersehen.

Ma sagte: »Du mußt sie im Club vergessen haben, du mußt sie im Club verloren haben, du mußt…«

Aber so blöd war er denn doch nicht. Er sagte: »Ich habe nirgendwo was verloren. Rück sie raus, du Schlampe.«

»Dann muß sie im Auto sein. Im Treppenhaus…«

»Schnauze!«

»Ich helf dir suchen…«

Er langte über das Sofa, packte ihr Handgelenk und drehte es gemein herum.

»Du Mistkerl!« kreischte Ma.

»Du diebisches Flittchen!« sagte er und ballte die Faust.

Daraufhin krallte ich mich mit der einen Hand in seine Haare, mit der anderen in seinen Hosenboden. Ich stellte mich hin, als wäre ich im Ring, riß ihn um und hob ihn gleichzeitig hoch.

Er flog im hohen Bogen bis zur Tür, wo er auf dem Hintern landete.

Ma wurde über die Rückenlehne mitgerissen und fiel in die Polster. Das Sofa kippte um.

Sie mußte die Brieftasche des Mistkerls wohl unter ein Polster gestopft haben. Kaum lag das Sofa nämlich auf der Seite und die Polster waren überall auf dem Boden verstreut, konnte ich sie deutlich sehen.

Ma sah sie auch, sie hörte nämlich auf zu kreischen und setzte sich drauf.

Ich fühlte mich großartig.

Der Gipskopf auf dem Boden sagte: »Wer bist du denn?«

»Abmarsch, Mister.«

Er wollte aufstehen, aber ich trat ihm den Arm weg, und er kippte wieder um.

Er wollte nicht kämpfen. Schade eigentlich, weil ich wirklich in Stimmung war. Er rutschte irgendwie auf dem Hosenboden aus dem Zimmer. Im Korridor rappelte er sich hoch und schoß wie ein Windhund aus der Startbox zur Wohnungstür raus.

Ich ging ins Schlafzimmer, sammelte seine restlichen Klamotten ein und brachte sie ihm nach draußen.

Er stand fröstelnd in dem zugigen Treppenhaus. Tätowierungen halten nicht besonders gut warm.

Er sagte: »Die hat meine Brieftasche geklaut.«

»Du hast ja gehört, was sie gesagt hat«, meinte ich. »Du mußt sie verloren haben. Und jetzt zieh Leine, sonst gehe ich noch nach unten und spring dir auf die Karre.«

Wenn du einen Mann kleinkriegen willst, brauchst du bloß seinen Wagen bedrohen. Er nahm seine Klamotten und ging.

Als ich wieder reinkam, hockte Ma immer noch auf dem Fußboden. Irgendwo hatte sie eine Flasche aufgetrieben, die sie sich nun hinter die Binde goß.

Sie sagte: »Er hat mir weh getan. Er hat mir den Arm verrenkt.« Ein Geplärre wie von einem Kleinkind.

Ich sagte: »Zieh dir was über.«

Ich war richtig gut drauf, aber ich konnte es nicht leiden, daß Ma nichts anhatte. Sie sah so schwach und jämmerlich aus.

»Zieh dich an«, wiederholte ich.

»Mein Arm tut weh«, sagte sie, an der Flasche nuckelnd. »Ich glaube, ich muß zum Arzt.« Sie blieb einfach sitzen.

Mir reichte es. Ich war schon draußen und hatte die Tür hinter mir zugeknallt, da fiel mir Simones alte Adresse wieder ein. Ich klopfte und wartete. Ich klopfte noch mal.

»Ja?« schrie Ma hinter der Tür.

»Die Familie«, schrie ich zurück. »Simones Pflegeeltern. Wo wohnen die?«

»Du bist eine Nervensäge«, sagte sie durch den Briefkastenschlitz. »Weißt du das? Du bist eine richtige Nervensäge.«

Ich wartete. Irgendwie dachte ich, sie würde vielleicht dieses eine Mal was für mich tun. Aber es passierte nichts. Also ging ich.

Solange ich denken kann, wird Ma schon von Männern verprügelt. Das kann man ihnen nicht mal unbedingt verdenken. Manchmal würde ich ihr am liebsten selber eine scheuern.

Ich kann bloß nicht verstehen, warum sie sich das immer noch gefallen läßt.

Man braucht sich doch nur im Fitneßstudio ein bißchen Kraft antrainieren. Wenn man stark ist, nehmen sich die Männer keine Frechheiten raus.

Mich schlägt keiner mehr – es sei denn, ich werde dafür bezahlt.

Ich hoffe, Simone ist stark. Wenn irgendwer Kraft wirklich nötig hat, dann ein hübsches Mädchen.

Natürlich war ich von Geburt an im Vorteil. Ich bin schon immer ziemlich bullig gewesen. Aber die Statur allein macht es auch nicht. Bullige Schwächlinge kennen wir doch alle.

Nein. Laß dir einen Tip geben – wenn du dir auf dieser Welt Respekt verschaffen willst –, sieh zu, daß du was anderes in die Arme kriegst als Pudding.

6

Die nächsten paar Stunden verbrachte ich im Fitneßstudio beim Krafttraining.

Harsh trainiert auch in Sams Studio, nur war er an dem Tag noch im Land der Kohlköpfe.

Aus einem Stimmungstief kommst du am ehesten mit hartem Training wieder raus. Aber in Gesellschaft trainiert es sich leichter. Wenn du allein bist, langweilst du dich und wirst nachlässig, und ehe du dich's versiehst, achtest du nicht mehr auf deine Körperhaltung. Wenn du darauf nicht achtest, läufst du Gefahr, falsch zu heben und dich zu verletzen.

An dem Tag hatte ich den Laden jedenfalls ganz für mich alleine, und die Zeit wurde mir lang, aber trotzdem duschte ich hinterher gründlich und wusch mir die Haare.

Ich rief bei meinem Promoter an und erfuhr, daß ich am kommenden Wochenende für einen Kampf engagiert war. Noch mehr Kohle.

Wo die Hanteln am Nachmittag versagt hatten, wirkte die

Aussicht auf Geld, so daß ich wesentlich besser gelaunt war, als ich mich um sechs in Mr. Chengs Restaurant meldete.

Das Beijing Garden hieß früher Peking Garden, aber aus irgendeinem Grund hat Mr. Cheng letztes Jahr den Namen geändert. Das Restaurant war noch nicht richtig geöffnet, als ich ankam, aber richtig geschlossen war es auch nicht mehr. Wegen Mr. Chengs Verwandten und Freunden und wegen den Glücksspielen im ersten Stock ist es eigentlich nie ganz zu.

Ich trug meine schwarze Lederjacke. Mr. Cheng mag mich in der Jacke – er meint, darin sehe ich aus wie ein Gangster. Hätte mich ein kleines Vermögen gekostet, die Jacke, wenn ich sie bezahlt hätte.

Als ich ankam, lehnte Mr. Cheng hemdsärmelig auf der Theke und bearbeitete seinen Taschenrechner. Er hat einen Sinn für Zahlen. Ich glaube, er mag sie lieber als Essen oder Menschen.

Er sagte: »Habbenkleinjobfüddieva.«

Er meinte: »Ich habe einen kleinen Job für dich, Eva.« Aber er redete so schnell, daß ich es mir erst mal übersetzen mußte.

»Tantaboln«, sagte er.

Okay, dachte ich – Tante abholen. Schon kapiert.

»Hinter«, fuhr er fort, »färsseinneabnertrokassirn.«

»Was?«

Er sah hoch. »Wassenlos, Eva? Bissetaub, oder was? Ich habe gesagt, hinterher fährst du in die Abernathy Road kassieren.«

»Ach so«, sagte ich. »Okay, Mr. Cheng, wird erledigt.«

Er hielt mir die Hand hin. »Schlüssel«, sagte er.

»Wo?«

»Fristree.«

Das hieß, daß der Rover auf dem Parkplatz in der Frith Street stand. Ich nahm den Schlüssel und ging. Mr. Cheng redet zuviel.

Ich mochte den Rover. Er war groß und schwarz, und er wurde beachtet. Und es war mal eine Abwechslung, einen Wagen mit der Erlaubnis des Besitzers zu fahren.

Trotzdem, ganz legal war die Sache nicht. Ganz legal geht es bei mir nie ab, wenn du es unbedingt wissen willst. Tatsache ist nämlich, daß ich keinen Führerschein habe. Ich bin eine gute

Fahrerin, ich habe noch nie einen Unfall gebaut, aber ich habe den Schein nicht. Dazu müßte ich die Prüfung machen. Dazu müßte ich Formulare ausfüllen, und mein Name würde in einem Behördencomputer landen. Darauf kann ich verzichten.

Anstandshalber hätte ich Mr. Cheng die Sache mit dem Führerschein sagen sollen. Aber er hat mich schließlich nie danach gefragt. Und wer keine Fragen stellt, bekommt von mir auch keine Antwort.

Er hat bloß gefragt: »Kannst du fahren, Eva?« Was sich eher wie »Kannzefaaneva?« anhörte.

Ich sagte: »Ja.« Das war's auch schon.

Mr. Cheng hat mich dann als Fahrerin angeheuert, weil er auf dem Weg zum Flughafen Geschäftliches zu bereden hatte. Wahrscheinlich ging es um ziemlich krumme Geschäfte, weil er jemand brauchte, der kein Chinesisch konnte. Mein Chinesisch ist in etwa so gut wie sein Fachwissen über das Catchen, also passen wir ausgezeichnet zusammen.

Ich fuhr gern mit dem Rover Autobahn. Man fühlte sich so nobel dabei.

Nach sechs Uhr abends durch die Stadt bis zur Edgware Road zu gurken, war allerdings was anderes. Die ganze Zeit bloß stop-go-stop. Manchmal glaube ich, London erstickt.

Tante Lo wohnte in einem Apartmenthochhaus. Da hatten sie einen Türsteher, der Aufzug funktionierte, und niemand kam auf die Idee, Geschlechtsteile an die Treppenhauswände zu sprühen.

Obwohl mich der Türsteher gut kannte, ließ er mich erst rein, nachdem er mit Tante Lo telefoniert hatte.

Ich bin noch nie in Tante Los Wohnung gewesen. Es läuft immer auf die gleiche Tour ab – ich gehe nach oben, läute, warte. Sie beäugt mich durch den Spion, hängt die Kette vor und sagt durch den Türspalt: »Bist du das, Eva?« Wenn sie hundertprozentig sicher ist, daß ich es tatsächlich bin, kommt sie mit der Handtasche vor der Brust auf ihren Zehn-Zentimeter-Absätzen rausgestökkelt.

Tante Lo muß mindestens fünfundsechzig sein, aber sie trägt

immer die modernsten Teenagerschuhe, die du dir vorstellen kannst. Ansonsten ist sie von dem kleinen Wolljäckchen bis zur Kunstlederhandtasche ganz Mr. Chengs Tante. Aber diese Schuhe!

Sie reißt auch gerne Witze, nur bringt sie leider jedesmal dieselbe Schote. Und an diesem Abend war es genauso wie an allen anderen Abenden auch.

Sie sagte: »Wann heiratest du, Eva?« Und schon prustete sie heiser los.

Ich sage: »Die Männer sind alle nicht mein Kaliber, Mrs. Lo.« Und ich wartete, bis sie alle vier Türschlösser abgesperrt hatte.

Als sie soweit war, fuhren wir mit dem Aufzug nach unten, und sie sagte: »Irgendwann muß ich wirklich mal einen Brief nach Hause schreiben – und dann besorge ich dir einen schönen, großen Chinesen.« Prust-prust-prust, bis wir unten waren.

Ich kann Tante Lo gut leiden. Sie ist eine patente Type. Wenn im Beijing Garden einer Probleme hat, kriegt er von allen Seiten den Rat zu hören: »Frag Tante Lo.« Nur bei Mr. Cheng klingt es wie »Frachtalo«.

Auf der Rückfahrt zum Restaurant nahmen wir noch zwei Männer mit. Sie waren ein gutes Teil jünger als Tante Lo und warteten an der Kreuzung Cabal Street auf uns.

»Große Party heute abend«, sagte Tante Lo. Und als die beiden Männer hinten einstiegen, schnaubte sie und sagte: »Nicht groß genug für dich, Eva?«

»Im Leben nicht.«

»Prust-prust-prust!«

Mr. Cheng kam aus dem Beijing Garden auf den Bürgersteig. Er hatte sich die schwarze Jacke angezogen, um Tante Lo aus dem Wagen zu helfen. Nachdem er Tantchen im Restaurant abgeliefert hatte, kam er noch mal zurück und gab mir einen anderen Schlüssel.

»Nimmenastra.« Das hieß, sein heißgeliebter Rover sollte nicht in eine abgewrackte Gegend wie Notting Hill Gate.

Außerdem gab er mir einen unbeschrifteten, weißen Briefumschlag.

»Beismie«, sagte er.

Ich parkte den Rover und stieg gehorsam in den Astra um.

Mr. Chengs Anweisungen hören sich vielleicht ein bißchen merkwürdig an, aber sie sind immer präzise. Und wenn ich mich genau daran halte – Tante abholen, bei Smith vorbeischauen, die Knete abliefern –, dann bezahlt er mich auch präzise. Bei ihm gibt es nie so was wie »Schönen Dank, Eva, du hast was gut bei mir«. Er sagt noch nicht einmal danke. Ich kriege meine Kohle und in der nächsten Woche vielleicht den nächsten Job.

Bei Mr. Cheng weißt du immer, wo du dran bist. Allerdings weißt du nie, was er eigentlich treibt oder was er denkt. Aber das paßt mir ausgezeichnet.

Bermuda Smith hat eine Kellerbar – Musik, Tanz, Speisen und Getränke. Von jedem etwas. Er engagiert gute Bands.

Die Weißen kommen wegen der Musik und der Atmosphäre, aber sehr wohl fühlen sie sich nicht unter den ganzen Schwarzen.

Die Bullen kommen wegen der Drogen.

Mr. Cheng betritt den Laden überhaupt nicht. Nicht mal seinen Rover läßt er in die Gegend.

Ich weiß nicht, was für Geschäfte er mit Bermuda Smith macht, aber jedesmal, wenn ich mit einem unbeschrifteten, weißen Briefumschlag auftauche, etwa alle zwei Monate, gibt Bermuda Smith mir eine Plastiktüte für ihn mit.

Die Plastiktüte ist immer mit Isolierband zugeklebt, also kann ich dir nicht sagen, was drin ist. Ich glaube, ein Haufen Kohle.

Wenn du jetzt vielleicht denkst, das wäre die Chance für mich, einen Riesencoup zu landen, hättest du dich schön geschnitten. Und ich will dir auch sagen warum. Als ich das erstemal für Mr. Cheng etwas abholen mußte, hat er mich beschatten lassen. Und das Paket, das ich abgeholt habe, war eine Attrappe. Das weiß ich, weil er es mir später gezeigt hat. Er hat kein Wort gesagt. Er hat das Päckchen nur mit der Lupe untersucht, um zu sehen, ob ich es mit einer Rasierklinge aufgeschlitzt hatte. Dann hat er es aufgemacht. Es war bloß zerschnittenes Zeitungspapier drin. Und eine kleine Brandbombe. Schon allein bei dem Gedanken kam mir der Schweiß.

Später hat Tante Lo zu mir gesagt: »Wenn du dem Affen Angst machen willst, mußt du ihm erst zeigen, wie du das Huhn tötest.« Sie sagte, das wäre Mr. Chengs Lebensphilosophie.

Mr. Cheng ist ein Mann, der weiß, wie man sich Respekt verschafft.

Es war noch zu früh, im Club war nichts los. Da geht eigentlich immer erst nach zehn die Post ab. Ich ging gleich in Bermuda Smiths Büro durch.

Es heißt, Bermuda Smith ißt Hundefleisch, um härter zu werden.

Es heißt, Bermuda Smith hat vier Frauen.

Er sieht aus wie ein Drahtkleiderbügel. Wenn er irgendwo hart durchgreifen will, muß er sich ein paar Schlägertypen besorgen. Er hat jede Menge Gold – im Gebiß.

»Hi, Eva!« sagte er. »Was gibt's Neues?«

Er tut immer sehr freundlich mit mir, wegen Mr. Cheng.

Ich gab ihm den Umschlag, er glotzte ihn an.

»Dann ist es wohl wieder soweit«, sagte er. Seine Miene heiterte sich aber schnell wieder auf. »He, Eva, kennst du den schon? Was ist der Unterschied zwischen einem tollwütigen Hund und einer Frau, die ihre Tage kriegt?«

»Keine Ahnung, Mr. Smith«, sagte ich.

»Lippenstift!« Er gackerte, dann kniff er den Mund zusammen und sagte: »Warte an der Bar, Eva. Bestell dir was.«

»Ich hab nicht die ganze Nacht Zeit«, sagte ich. Wenn ich für Mr. Cheng arbeite, kann ich ziemlich pampig werden.

»Immer schön cool bleiben«, sagte er. Er machte ein finsteres Gesicht und zeigte mit dem Finger auf meinen Bauchnabel. »Du kannst Cheng was ausrichten«, sagte er. »Bestell ihm, ich stehe immer noch unter Druck. Ich will Action. Bestell ihm das. Du kannst gehen.«

Ich ging an die Bar. Ich wünschte mir, Bermuda Smith würde mir eines Tages vorschlagen, in seinem Büro zu warten. Das Büro ist vollgestopft mit Spielsachen – elektrische Eisenbahnen, Autos, Feuerwehrwagen, Teddybären – sogar Puppen. Es heißt, er will verlorene Zeit aufholen.

Der Barkeeper zapfte mir ohne zu fragen ein Bier. Ich trank und sah dabei der Band auf der Bühne am anderen Ende des Kellers beim Aufbau zu. Sah aus wie 'ne Ego-Truppe. Du weißt schon: schwarzer Sänger, schwarze Musiker und drei weiße Backgroundsängerinnen. Andersrum gibt's die auch. Ich weiß selber nicht wieso, aber ich finde immer, so was ist was für den Arsch.

Da saß ich also und sah mir an, wie die drei weißen Frauen versuchten, ihre Mikrofone zu testen, während die Männer hinter ihnen rumstöpselten. Ich kümmerte mich um meinen eigenen Kram, aber allmählich merkte ich doch, daß ich auffiel.

Das ist nichts Ungewöhnliches. Ich bin eine sehr auffällige Erscheinung. Aber es ist lästig.

Zwei weiße Typen am Ende der Bar glotzten mich an und tuschelten hinter vorgehaltener Hand. Sie merkten, daß ich sie gesehen hatte, aber sie hörten nicht auf.

Ich kann ein bißchen fuchtig werden, wenn man mich anglotzt.

»Einmal gucken kostet 'nen Fünfer«, sagte ich. »Sonst geht nach Hause und setzt euch vor die Glotze. Ich bin hier nicht der Pausenclown.«

Darauf kriege ich eine von zwei Reaktionen – entweder sie werden verlegen, oder sie werden selber sauer. Mir kann es egal sein.

Diesmal passierte allerdings weder das eine noch das andere. Der Typ, der die größten Augen gemacht hatte, stieg von seinem Hocker und kam angeschlappt. Er zückte die Brieftasche und gab mir einen Fünfpfundschein.

Ich ließ es darauf ankommen, schnappte mir den Fünfer und widmete mich wieder meinem Bier, ohne ein Wort zu sagen. Er stand einfach nur da und sah mich an. Tja, schließlich hatte er bezahlt, also hatte er wohl das Recht dazu. Aber sauer war ich trotzdem noch.

Nach einer Weile sagte er: »Fünf Pfund die Stunde.«

»Du kannst mich mal«, sagte ich.

»Nein, das war mein voller Ernst.«

»Verpiß dich«, sagte ich. Ich sah ihn nicht mal an. Er hatte eine geschraubte Ausdrucksweise. Mit solchen Spießern wirst du lokker fertig, wenn du ein bißchen grob mit ihnen umspringst. Grobheiten sind sie nicht gewöhnt.

Aber der Typ blieb stur. Er sagte: »Das Angebot war ernst gemeint.«

Ich sagte: »Bist du immer noch da?« Ich schoß ihm einen Blick zu, der ihn eigentlich vom Hocker hätte reißen müssen.

»Ich bin Bildhauer«, sagte er.

»Du bist ein Wichser.«

»Das auch«, sagte er ganz umgänglich. Du kannst über diese Spießer sagen, was du willst – sie wissen, wie man Beleidigungen wegsteckt. Das sind sie wahrscheinlich gewöhnt.

Er ließ nicht locker. »Ich mache wirklich keine Witze. Ich bin Bildhauer. Das einzige, was mich interessiert, sind Formen. Wußten Sie, daß Sie ein außerordentlich gutes Modell abgeben würden?«

Jetzt hatte ich aber wirklich die Nase voll.

Ich sagte: »Und wußtest du, daß du eine außerordentlich gute Leiche abgeben würdest?«

Er lachte.

Der Mann hatte Nerven!

»Deine Sorte kenne ich«, sagte ich und ließ ihn an meiner Faust schnuppern. »Amüsier dich ruhig. Aber bitte nicht auf meine Kosten. Ich gebe dir fünf Minuten, mir aus den Augen zu kommen. Danach kannst du deinen Zähnen auf Wiedersehen sagen.«

Er stolperte zurück und sah jetzt tatsächlich ein bißchen mitgenommen aus.

In dem Augenblick kam eine von den Backgroundsängerinnen an die Bar und bestellte sich einen Brandy-Soda. Sie sah umwerfend aus – nichts als Haare und Zähne.

Ich sagte: »Wenn du ein Modell brauchst, warum fragst du sie nicht? Vielleicht fällt sie auf dich rein. Und bis dahin kannst du wieder unter den Klodeckel kriechen, unter den du gehörst.«

Der »Bildhauer« schlich sich zu seinem Kollegen am anderen Ende der Bar zurück.

Die Sängerin lächelte mich müde an und sagte: »Richtig so, gib's ihm.« Sie hörte sich auch wie eine Spießerin an.

Der Barkeeper brachte den Brandy-Soda. Sie kippte ihn ex. Danach sah sie nicht mehr ganz so müde aus.

»Männer sind doch das Allerletzte«, sagte sie mit ihrer Kristallglasstimme und wanderte wieder zu ihrer Band rüber.

Nach dieser Geschichte schmeckte mir das Bier nicht mehr, und ich stellte mich in eine dunkle Ecke neben dem Notausgang. Es stört mich nicht, wenn ich verarscht werde, solange ich mich revanchieren kann. Aber ich wollte keinen Streit anfangen, während ich für Mr. Cheng die Runde machte, denn, und das ist klar wie Kloßbrühe, er hätte davon Wind bekommen.

Also stand ich im Dunkeln und kochte vor mich hin.

Ich war auch deshalb wütend, weil ich dem »Bildhauer« gesagt hatte, er könnte seinen Zähnen auf Wiedersehen sagen. Ich meine, wie zum Geier soll man seinen eigenen Zähnen auf Wiedersehen sagen? Mit dem Satz hatte ich mich doch als Vollidiotin abgestempelt. Wahrscheinlich machte er sich jetzt noch mit seinem Freund darüber lustig.

Ich knurrte immer noch vor mich hin, als Harry Richards mit Bermuda Smiths Plastiktüte ankam.

Harry war früher Boxer, Leichtschwergewicht. Aber das ist Jahre her. Als ich ihn kennenlernte, hatte er seine zweite Karriere als Schwergewicht beim Catchen schon fast hinter sich. Er mußte immer mit einer roten Maske kämpfen, weil er so ein rundes, gutmütiges Gesicht hat, daß ihm den Bösewicht keiner abgenommen hätte.

Damals stand ich selber noch nicht im Ring. Ich war eher eine Art Mädchen für alles, habe als Ordner ausgeholfen und mich durch Anschauungsunterricht im Catchen weitergebildet.

Harry ist alt – über fünfzig auf jeden Fall –, aber er trainiert immer noch ab und zu. Er ist nicht ganz aus der Fasson gegangen. Er sieht immerhin noch so brauchbar aus, daß er bei Bermuda Smith als Rausschmeißer unterkommen konnte.

»Yo, Eva«, sagte er. Er gab mir die Tüte, die wie immer zugeklebt war. »Du siehst aus, als ob du gleich einen Anfall kriegst.«

»Ich bin nicht gut drauf, Harry«, sagte ich.

»Nein?« sagte er. »Hast du Lust, später noch mal vorbeizukommen und ein bißchen mit anzupacken?«

»Wobei?«

»Neue Band. Viel Betrieb. Könnte heiß hergehen, deshalb brauchen wir nachher Verstärkung. Willst du den Job?«

»Kommt drauf an, was Mr. Cheng noch von mir will.« Ich war mir nicht sicher, ob Mr. Cheng es gern gesehen hätte, wenn ich für Bermuda Smith arbeitete. Aber das Angebot reizte mich. Und es ging mir schon wieder besser, seit ich wußte, daß Harry Richards mir den Job zutraute.

»Weiß du was, Harry?« sagte ich, nachdem ich es mir überlegt hatte. »Wenn ich frei bin, komme ich.«

Wir gingen zusammen zur Tür.

Ich sagte: »Was ist denn das für ein Saftsack an der Bar?«

»Welcher?« Harry drehte sich um. »Der ist harmlos, Eva. Ist bloß ein Künstler. Wohnt in Holland Park. Trinkt gerne, spielt gerne Saxophon mit der Band. Wenn sie ihn lassen.«

Er grinste und fügte hinzu: »Spielt beschissen, Eva.«

7

Mr. Cheng ist wie eine Spinne in einem Spinnennetz. Er hat Kontakte in ganz London, aber er geht nie selber irgendwohin.

An dem Abend hatte ich noch drei Briefumschläge auszutragen und drei Pakete abzuholen.

Es wäre einfacher und schneller, wenn Mr. Cheng mir alle Umschläge auf einmal geben würde und ich eine Adresse nach der anderen abklappern könnte. Aber das ist nicht Mr. Chengs Methode. Nach jeder Auslieferung und Abholung mußte ich erst wieder zurück ins Spinnennetz.

Du glaubst jetzt vielleicht, daß Mr. Cheng mir nicht traut, weil ich keine Chinesin bin. Aber die meisten Leute, die für ihn arbeiten, sind Chinesen, und mit denen macht er es genauso. Er setzt nie alles auf eine Karte.

Als ich fertig war, so gegen elf, packte mich einer von den Köchen in eine Ecke und stellte einen Riesenteller mit Hühnchen, Zuckerschoten und Reis vor mich hin. Das ist noch was Gutes an der Arbeit für Mr. Cheng. Du kriegst immer was zu essen. Der Koch gab mir einen Löffel. Er glaubt, daß ich mit Stäbchen nicht umgehen kann, und er hat recht.

Ich hatte den Teller halb leergespachtelt, als mir Mr. Cheng meinem eigenen Briefumschlag brachte. Ich legte den Löffel weg, schlitzte den Umschlag auf und zählte das Geld. Er stand dabei und wartete.

Sieht nach schlechten Manieren aus, was? Aber ich zähle das Geld nur deshalb immer sofort nach, damit Mr. Cheng nicht meint, er hätte es mit einer Idiotin zu tun.

Tatsächlich mache ich es genau wie er. Außerdem ist mir schon öfter aufgefallen, daß die Leute einen nur dann für dumm halten, wenn man etwas anders macht als sie selber.

Sobald ich gesehen hatte, daß die Kohle stimmte, sagte ich: »Danke, Mr. Cheng« und griff wieder nach dem Löffel. Er knurrte und ging. So läuft es jedes Mal ab, was mir richtig gut tut.

Da war ich also, die Nacht war noch jung, und der nächste Job wartete schon auf mich. Nachts habe ich gern möglichst viel zu tun.

Aber da ich auch Pflichten hatte, borgte ich mir als erstes einen Wagen aus, einen roten Vauxhall Nova. Ich war in Eile, also brauchte ich einen kleinen Wagen mit ein bißchen Power unter der Haube. Die Kiste ging ab wie eine Rakete, Richtung Süden, auf meine Seite vom Fluß.

Mr. Gambon hatte die Hunde rausgelassen, das macht er immer, bevor er zuschließt. Er haßt sie, sagt er. Aber eigentlich hat er bloß Angst vor ihnen. Er hat an ihrem Zwinger Rolläden anbringen lassen, die er mit der Fernsteuerung bedienen kann, genau wie andere Leute ihr Garagentor, und zwar von der Straße aus. Mr. Gambon ist ein ziemlicher Waschlappen.

Ich weiß auch nicht wieso, aber Kampfhunde gehen immer als erstes auf den Unterleib los. Sogar wenn sie friedlich sind, ist das die Stelle, wo sie einen rammen. Ich knallte Lineker das Knie gegen die Brust, um ihn daran zu erinnern, daß er auf Distanz bleiben sollte. Aber die Hunde hatten Hunger, und sie folgten mir auf Schritt und Tritt, während ich über den Schrottplatz ging und den Zaun auf Löcher hin überprüfte.

Aber ich fütterte sie noch nicht. Sie sollten erst was zu fressen kriegen, wenn ich aus dem Club wieder da war. Satte Hunde schlafen ein.

Eigentlich soll ich, nachdem Mr. Gambon die Tore verriegelt hat, auf dem Schrottplatz bleiben, bis morgens die Arbeiter aufkreuzen. Aber wenn ich mich daran halten würde, könnte ich mir meine Karriere als Catcherin wohl gleich von der Backe putzen. Und die ganzen Extrajobs, die ich brauche, damit ich mir früher oder später die Zähne machen lassen kann, könnte ich auch vergessen.

Nachdem ich meine Runde gedreht hatte, lief ich zum Hänger. Es wurde Zeit, die Kohle zu bunkern.

Wer meint, ich wäre dumm, ist blöde. Wenn es nämlich darum geht, meine Ersparnisse zu verstecken, bin ich sehr clever. Spätestens wenn deine Bank oder Sparkasse pleite macht und wenn deine kleine Plastikkarte nur noch ihr Eigengewicht in Plastik wert ist, kannst du erleben, wie clever ich bin.

Und wenn du meinst, ich verrate dir, wo ich meine Kohle bunkere, dann bist du noch blöder, als ich dachte.

Es ist doch schließlich so: Meine Ersparnisse werden von einem Stacheldrahtzaun und von Ramses und Lineker gesichert. Sie sind an einer Stelle versteckt, die außer mir keiner kennt. Und wenn du zufällig darauf stoßen solltest, was mehr als unwahrscheinlich ist, dann wartet immer noch eine böse Überraschung auf dich.

Kannst du das von deinem Geld auch sagen? Wetten, daß nicht?

8

Harry Richards sammelte seine Truppen am hinteren Ende von Bermuda Smiths Kellerbar. Wir hielten uns im Dunkeln, um die Gäste nicht zu erschrecken. Wir waren auf alles gefaßt. Wir kriegten Sandwichs auf Kosten des Hauses, aber nichts zu trinken. Harry Richards ist kein Trottel.

Bermuda Smith ging früh heim. Er ist auch kein Trottel.

Die Band spielte. Die Sänger sangen. Die Gäste aßen und tranken, und sie tanzten, bis die Söckchen qualmten.

Nicht passierte.

Um so besser, daß wir die halbe Miete schon im voraus kassiert hatten – bar auf die Kralle.

Ich bin Profi, das heißt, ich arbeite nur für Geld. Aber als Profi hat man auch Verantwortung. Also blieb ich wachsam, nicht wie ein paar andere, die am Tisch saßen und Karten spielten. Allerdings hätten diese Typen sowieso nicht mit einer Frau gezockt. Ich blieb allein und hielt die Augen offen.

Der sogenannte Bildhauer saß mit drei Freunden an einem Tisch. Er zog die »Ich bin Künstler. Ich kann mich besaufen, wo ich will«-Schau ab. Seine Freunde waren nicht ganz so dämlich. Ich hatte den Eindruck, als ob sie versuchten, ihm gut zuzureden, es mit dem roten Vino etwas langsamer angehen zu lassen. Das war vernünftig. Wenn es in dem Club nämlich tatsächlich Rabatz gab, war er nur einer von vielen weißen Wichsern – und nicht der Mann aus dem Volke, wie er sich einbildete.

Ich hoffte fast, daß sich etwas zusammenbraute. Wenn richtig die Fetzen flogen, konnte ich ihm vielleicht irgendwie helfen, nur um ihm mal zu zeigen, wen er da eigentlich verarscht hatte. Andererseits hätte ich genausogut gar nichts machen können. Dann hätte er es sicher auch kapiert. So oder so, ich hatte einen Trumpf in der Hand.

Ich kam ein bißchen ins Träumen. Ich träumte, daß ich seinen weißen Künstlerpopo aus der Scheiße hievte, ihm Saxophon und Brieftasche zurückgab und er sagte: »Du liebe Güte, Eva, wo haben Sie nur diese Körperbeherrschung gelernt. Es tut mir wirklich leid, daß ich Sie beleidigt habe.« Und mit seinem affektiertesten Akzent sagte er: »Ich bitte ergebenst um Verzeihung.«

Ergebenst um Verzeihung! – Ich mußte leise lachen.

Ich sah mir die Backgroundsängerin an, die gesagt hatte, Männer wären doch das Allerletzte, und probierte es selber mal aus.

»Männer sind doch das Allerletzte«, sagte ich zu dem Möchtegernkünstler, der diesmal zerzaust und konfus vor mir in der Gosse stand.

»Ich bitte ergebenst um Verzeihung«, antwortete er.

Na und? Man wird sich doch wohl noch einen kleinen Tagtraum genehmigen dürfen, oder?

Der Leadsänger war ein Angeber, ein Master of the Universe. Nichts als Mund und knallenge Hosen. Stimme hatte er, das mußte man ihm lassen, aber ansonsten war alles nur Schau. Er trällerte eine Zeile und legte dann das hübsche Köpfchen auf die Seite, als ob er auf das Echo lauschte. Und natürlich, aus dem reizenden kleinen Backgroundharem schallte das Echo harmonisch zu ihm zurück. Ein Egotrip, wie er im Buche steht.

Aber irgendwas stimmte nicht. Die Tussi, für die die Männer das Allerletzte waren, sah so aus, als ob sie von den beiden anderen gestützt werden müßte. Die schimmernden Goldhaare fielen ihr ins Gesicht, und der Kopf war zu schwer für ihren Hals. Ab und zu verpaßte sie ihren Einsatz.

Die ersten Gäste lachten schon über sie. Man merkte, daß langsam alle auf der Bühne sauer wurden. Sie verdarb dem Angeber die Show.

Zwischen zwei Nummern sagte er was zu ihr. Was besonders Nettes wird es wohl nicht gewesen sein, weil sie nämlich plötzlich die Haare nach hinten warf und ihn anfunkelte.

Man konnte ihn schon verstehen. Besoffene sind was Lästiges, vor allem, wenn man auf sie angewiesen ist.

Bei der nächsten Nummer war sie ein bißchen besser, aber sehr verläßlich wirkte sie immer noch nicht. Ich beobachtete sie genau. Sie interessierte mich. Warum sollte eine Frau, für die die Männer das Allerletzte waren, so einen Sänger anhimmeln? Sie war klein und wirklich hübsch, hatte lange Beine, lange Haare, lange Wimpern. Alles, was an ihr lang sein sollte, war auch lang. Sie sah genauso aus, wie es die Illustrierten gerne hätten.

Die kann es sich leisten, was gegen Männer zu haben, dachte ich.

Ich hatte den Gedanken, daß sich manche Frauen Haß auf Männer leisten können, noch nicht zu Ende gedacht, da kippte sie von der Bühne. Wahrscheinlich hatten die beiden anderen keine Lust mehr, sie zu halten. Eine von ihnen machte nämlich einen Schritt zur Seite, und schon fiel sie um.

Ein paar Gäste machten uh und ah, ein paar Tänzer blieben stehen und drehten sich um. Aber die Band kam nicht aus dem Takt. Und sie lag einfach platt auf dem Rücken, daß man ihren Schlüpfer sehen konnte.

Harry Richards schob sich nach vorne durch, weil das die Art von Arbeit war, für die er bezahlt wird. Allerdings kippen normalerweise die Zuschauer um, nicht die Stars.

Er wollte sie wieder auf die Beine stellen, aber sie wollte davon nichts wissen. Sie fing an zu brüllen: »Laß deine dreckigen Pfoten von mir« und »Schweine, ihr seid alle Schweine«.

Und dann kamen die Bullen angetanzt.

Eigentlich war es lustig. Da warten wir alle auf Randale von den Zuschauern, und was passiert? Wir haben die Polizei am Hals.

Jetzt erst hörte die Band auf zu spielen. Es wurde so still, daß man hören konnte, wie Päckchen mit illegalen Stoffen raschelnd und plumpsend auf den Boden fielen und mit einem Tritt weiterbefördert wurden. Ein paar Schwarze drängelten sich in der Tür zum Männerklo.

Ich glaube, ich war die einzige, die gelacht hat. Ich war cleaner als clean. Und ich wußte, wo der Hinterausgang war. Das war wichtig, denn so clean ich auch war, die Bullen haben eine Datenbank, und ich habe ein Vorstrafenregister. Und mein Register ist nicht ganz so clean wie ich – hauptsächlich sind es zwar nur Jugendstrafen, aber trotzdem... Es war ratsam, sich schnell zu verdrücken.

Anscheinend war das in Bermuda Smiths Kellerbar die Idee des Abends. Alle wollten weg, die einen hektisch, die anderen cool und lässig – und ihren Shit ließen sie liegen.

Die einzigen, die sich nicht bewegten, waren ein paar weiße Spießer, die einfach sitzen blieben, die Hände vor sich auf dem Tisch, und ziemlich dämlich aus der Wäsche guckten. Was war es bloß, was ihnen keiner gesagt hatte?

Und Goldlöckchen. Ich sah, wie ihr jemand auf der Flucht zum Klo auf die Hand trat. Sie fing an zu weinen.

Es war die Art, wie sie weinte, die mich so fertigmachte. Sie weinte, und dabei blickte sie traurig um sich, wie ein kleines Mädchen, das allen zeigen will, daß es weint. Alle sollen sehen, daß sie weint, weil sie sich hundertprozentig sicher ist, daß schon irgendein netter, freundlicher Erwachsener kommt und sie rettet, daß ihr einer die Tränen trocknet und ihr Bonbons gibt. So weinen nette Kinder aus netten Familien. Darauf verlassen sie sich einfach, und wenn es ihnen noch so dreckig geht. Andere Kids sparen sich die Tränen, weil sie wissen, daß Weinen Zeitverschwendung ist. Sie sind sich hundertprozentig sicher, daß sich keiner einen Scheißdreck um sie schert.

Und für wen weinte unser Goldlöckchen? Von wem wollte sie sich die Tränen trocknen lassen? Das kann ich dir verraten, ich habe nämlich gemerkt, wie sie sich nach ihm umgeschaut und auf ihn gewartet hat. Sie weinte für ihren blöden Master of the Universe, den Typ mit der Hose und dem 1000-PS-Turboego. Träum weiter, Goldlöckchen.

Das alles sah ich, während ich furchtbar lässig auf den geheimen Ausgang zuschlenderte, der in Bermuda Smiths Büro führte. Die Bullen bemühten sich nach besten Kräften, die Stampede aufzuhalten, und einer von den Oberleutnants brüllte: »Alles stehenbleiben!« Träum weiter, Führer – manche Leute gehorchen nicht aufs Wort, und schon gar nicht, wenn man sie anbrüllt.

Dann hätte es wirklich ein bißchen haarig werden können. Irgendwer schmiß nämlich eine Tränengaspatrone ins Getümmel.

Du kannst es dir vorstellen, ja? Alles kreischte, hustete, weinte und rannte durcheinander. Tische und Stühle flogen durch die Gegend, kaputte Gläser. Also, so was nenne ich Anarchie.

»Stehenbleiben!« brüllte der Führer dem tobenden Mob zu. Wie blöd kann man eigentlich noch sein?

Aber Führer können eben nur eingleisig denken. Wenn sie sich erst mal in eine Aufgabe verbissen haben, versuchen sie auch, sie zu Ende zu bringen, ganz egal, was sich rings um sie tut.

Und in diesem Fall tat sich eine ganze Menge – unter anderem machte die halbe röchelnde Truppe einen Abgang.

Ob ich gelacht habe? Ich dachte, ich könnte mich nie wieder einkriegen.

Ich stolperte ziemlich zufrieden durch das Chaos. Wenn die Anarchie am größten ist, ergibt sich immer die Gelegenheit, das eine oder andere mitgehen zu lassen. In einer Krise achten die Leute nicht auf ihre Wertgegenstände.

Trotzdem, Tränengas in einem geschlossenen Raum zeigt früher oder später bei jedem Wirkung, und schon bald liefen auch mir Augen und Nase, genau wie allen anderen. Ich kriegte kaum noch Luft, obwohl ich mir eine Serviette vors Gesicht hielt.

Ich weiß nicht, warum ich es gemacht habe. Später habe ich mir eingeredet, ich hätte es gemacht, weil Goldlöckchen so jämmerlich aussah. Aber das stimmte nicht.

Was passierte, war jedenfalls folgendes.

Ich kriegte keine Luft mehr. Ich hatte genug Hühner gerupft. Ich lief vor der Bühne über die Tanzfläche und stolperte über Goldlöckchen, die noch immer auf dem Boden lag. Sie war nicht allein. Eine Bullentante versuchte sie hochzuziehen. Die Tante trug zwar keine Uniform, aber ein Bulle war sie, da gab es kein Vertun. Wer hätte sich wohl sonst die Mühe gemacht, in dem ganzen Trubel eine arme Besoffene zu verhaften?

Goldlöckchen war in einer furchtbaren Verfassung.

Ich sagte: »Zieh Leine, Alte.« Und ich hob Goldlöckchen hoch. Ich warf sie mir über die Schulter und zischte durch Bermuda Smiths Privattür.

Wie schon gesagt, ich werde nie begreifen, warum ich es gemacht habe.

9

Zuerst sagte sie: »Wo ist Calvin?« Und dann kotzte sie auf den Bürgersteig.

Ich war ihr dankbar. Sie hätte mir schließlich auch hinten auf die Lederjacke kotzen können, aber sie hatte gewartet, bis wir draußen waren. Lady bleibt eben Lady.

Dann sagte sie: »Wo ist meine Tasche?«

Ihre Tasche war natürlich da, wo sie sie vor dem Auftritt hingestellt hatte. Das erklärte ich ihr, aber es schien sie schon nicht mehr zu interessieren.

Sie sagte: »Er ist weg. Er hat mit das Herz gebrochen.«

»Quatsch«, sagte ich. »Das Herz ist ein Muskel.«

Und dann fiel sie in Ohnmacht.

Freundlichkeit ist harte Arbeit. Mit einer ohnmächtigen, besoffenen Sängerin auf dem Buckel kann man sich keinen Wagen ausborgen, also zog ich ihr, so weit es ging, das Kleid runter und setzte sie erst mal irgendwo ab.

Um ein Haar hätte ich sie wirklich sitzenlassen. Wir waren schließlich in Notting Hill und die Polizei schnüffelte überall rum, so daß ein passender Untersatz schwer zu finden war. Ich konnte nur einen Fiat Panda auftreiben, eine richtige Sardinenbüchse, in die mich normalerweise keine zehn Pferde reingekriegt hätten.

Goldlöckchen wohnt bestimmt in Hampstead oder Highgate, jedenfalls garantiert nicht bei mir in der Nähe, dachte ich mir. Und dann dachte ich, bestimmt ist sie einfach aufgestanden und hat sich ein Taxi nach Hause genommen. Sie war eine von der Sorte, die einen Taxifahrer dazu hätte bringen können, sie ohne einen müden Penny in der Tasche bis nach Watford zu fahren.

Aber andererseits hatte ich sie nicht gerade an einer Bushaltestelle abgeladen. Sie hockte in einer abgelegenen Seitenstraße, die nicht besonders vornehm war. Also wollte ich wenigstens noch mal umkehren und sehen, ob sie weggekommen war.

Sie war noch da.

Und so kam es, daß Goldlöckchen zu mir auf den Schrottplatz zog.

Ich mußte sie zusammenknicken, damit sie in den Fiat Panda paßte. Ich mußte sie über den Platz tragen. Ich mußte sie in mein eigenes Bett legen.

Und je später es wurde in dieser Nacht, desto mehr Sorgen machte ich mir. Sie war nicht nur betrunken, sie war krank. Sie mußte andauernd brechen. Sie zitterte vor Kälte. Und sie glühte.

Ich wußte nicht, was ich machen sollte. Eine Betrunkene ins Bett zu packen ist ein Klacks. Aber mir war noch nie im Leben schlecht gewesen, also wußte ich nicht, was ihr fehlte, und ich wußte nicht, ob ich sie wärmen oder kühlen sollte.

Ich fuhrwerkte herum wie ein einarmiger Tapezierer.

Wenn sie zitterte und wimmerte, deckte ich sie zu. Dann wieder hätte sie den Schlafsack am liebsten aus dem Fenster geschmissen. Ein andermal sagte sie: »Bitte, Wasser.« Und dann kotzte sie es in den Eimer.

Ihre Augen gefielen mir auch nicht. Manchmal kamen sie ihr aus dem Kopf gequollen, als ob sie auf dem elektrischen Stuhl säße, dann wieder kugelten sie in den Höhlen herum wie Murmeln in einem Becher.

Wie schon gesagt, Freundlichsein ist harte Arbeit, aber das Schlimmste an der ganzen Sache war, daß ich Angst hatte, sie könnte sterben. Ich hatte keine Ahnung, wie ich eine Leiche in meinem Hänger erklären sollte. Mit ein Grund dafür, daß ich wie eine Ratte mit juckendem Schwanz durch die Gegend raste, war also auch der, daß ich sie wenigstens solange am Leben halten wollte, bis ich sie am Morgen irgendwie loswerden konnte.

Aber am Morgen, gleich nachdem ich die Hunde gefüttert und in den Zwinger gesperrt hatte, trank Goldie ein paar Schluck Wasser, behielt sie bei sich und schlief ein. Bevor sie einschlief, sah sie mich an, als ob wir uns noch nie begegnet wären, und sie sagte: »Danke.«

Nur danke, sonst nichts. Aber wegen der Art, wie sie es sagte, so als ob sie es wirklich ernst meinte, hatte ich es nicht mehr so eilig, sie loszuwerden.

Ich machte auf dem kleinen Gaskocher Wasser heiß und kochte mir einen Tee. Dann setzte ich mich zu ihr aufs Bett und sah zu, wie sie schlief. Mir zitterten die Hände, und es tat mir hinten im Hals weh. Ich dachte, ich hätte mich angesteckt.

Schließlich warf ich im Wohnzimmer die Polster vom Sofa auf den Boden und legte mich schlafen. Es war ein anstrengender Tag gewesen, und ich war müde.

Ich träumte, Simone und ich wären wieder in der Schule – genauer gesagt, in einem Erziehungsheim, in die wir im wirklichen Leben immer gesteckt wurden. Und wir beschlossen, abzuhauen – genau, wie wir es im wirklichen Leben immer gemacht hatten. Wir kamen an eine Mauer, und Simone sagte: »Nein, ich kann nicht. Das ist zu hoch. Wir kriegen Ärger.« »Ärger haben wir jetzt schon genug«, sagte ich. »Komm, ich mach dir eine Räuberleiter.« Sie stellte einen Fuß in meine Hände, und ich sah, daß sie weiße Satinpantöffelchen trug, die mit kleinen, roten Edelsteinen besetzt waren. »Wo hast du denn die Schuhe her?« fragte ich. Und ich hievte sie auf die Mauer. »Das sind meine gläsernen Schuhe«, sagte sie. Und während ich noch da stand, fielen die kleinen, roten Edelsteine wie Regentropfen herunter, und ein paar verfingen sich in meinen Haaren. Ich bückte mich danach, weil Simone sehr eigen war, wenn es um ihre Schuhe ging. Aber auf einmal wurden sie ganz flüssig. »He!« rief ich. »Du blutest.« Ich sah hoch und merkte zum ersten Mal, daß die Mauer oben mit Stacheldraht gesichert war. Und Simone hing darin fest. Ich wollte hinter ihr herklettern, um ihr zu helfen, aber die Mauer war höher geworden. Mir konnte keiner eine Räuberleiter machen. Also blieb sie, wo sie war, und ich blieb, wo ich war, mit Blut in den Haaren.

Ich hasse Träume.

Es war komisch, aufzuwachen und zu wissen, daß jemand in meinem Schlafzimmer lag. In all den Monaten, die ich schon hier wohnte, hatte außer mir kein Mensch den Hänger betreten. Ich schaute zu ihr rein, aber Goldie war immer noch k.o. Sie hätte tot sein können. So ruhig lag sie da. Aber bei jedem Ausatmen flatterte eines ihrer Goldlöckchen. Ich war erleichtert.

Ich machte die Schlafzimmertür fest zu. Ich hatte einiges zu erledigen, bei dem ich keine Zeugen gebrauchen konnte.

Am letzten Abend waren mir zwar nur ein paar Brieftaschen in die Hände gefallen, aber ich wollte nicht, daß jemand einen falschen Eindruck von mir bekam. Ich bin keine Diebin. Eigentlich nicht. Ich kann mir nur manchmal eine günstige Gelegenheit nicht entgehen lassen, und die Leute sind ja auch so unvorsichtig. Du würdest es kaum glauben, wie unvorsichtig manche Leute sein können. Sie hängen ihre Jacke über die Stuhllehne, obwohl die Brieftasche rausguckt. Sie stellen ihre Handtasche auf den Boden, wo sie sie nicht im Auge behalten können. Sie sind verrückt. Wenn du etwas hast, was du behalten willst, mußt du um Himmels willen auch darauf aufpassen. Wenn du nicht darauf aufpaßt, zeigst du damit Leuten wie mir nur, daß du es nicht willst. Und wenn du es nicht willst, nehme ich es mir. So einfach ist das.

Wenn du was von meinen Sachen haben willst, mußt du mich erst umbringen. Das ist auch einfach.

Die Beute auszusortieren war nicht besonders schwer. Ich interessiere mich nur für Knete. Plastik finde ich zum Kotzen. Ich weiß, daß es auch dafür Abnehmer gibt – genau wie für Führerscheine –, aber auf so was habe ich keinen Bock. Ist schon lästig genug, den restlichen Krempel loszuwerden, ohne daß er zu mir zurückverfolgt werden kann.

Die Knete steckte ich ein. Schon war nur noch ein kleiner Stapel Brieftaschen übrig. Normalerweise wären die mir nie in den Hänger gekommen. Sie wären auf dem Heimweg im Abfalleimer gelandet. Aber normalerweise rette ich auch keine Goldies – so was bringt einen aus dem Konzept.

Ich überlegte noch, da klopfte es plötzlich an der Tür, und ich wäre fast aus der Haut gesprungen vor Schreck. Kein Mensch klopft bei mir an.

Auf dem Boden lagen noch die Polster, auf denen ich geschlafen hatte, und zuerst wollte ich die Brieftaschen darunter verstecken. Aber dann erinnerte ich mich an Ma, und mir wurde schwummerig. Also stopfte ich sie hinter den Gasofen.

Es klopfte noch einmal.

Eigentlich hätte ich vorsichtig durch die Gardine lugen sollen, aber die Klopferei machte mich sauer, also tat ich genau das Falsche. Ich riß die Tür auf und brüllte: »Ja?«

Nie im Leben hätte ich die Tür aufmachen sollen, denn nun stand ich Auge in Auge der Bullentante von gestern abend gegenüber.

»Tag«, sagte sie und lächelte. Da wurde ich erst richtig mißtrauisch. Wer überleben will, darf der Polizei nie vertrauen, wenn sie lächelnd daherkommt.

»Eva?« sagte sie. »Eva Wylie?«

»Falsch verbunden«, sagte ich und knallte die Tür zu.

Sie klopfte noch einmal. Ich überhörte es.

Ich linste durch die Gardine. Sie stand ein Stückchen weiter weg und wartete. Sie sah relaxt und munter aus.

Warte noch ein bißchen, dachte ich, dann wird dir das Lachen schon vergehen. Ich bin ein sehr geduldiger Mensch, aber langsam wurde ich richtig giftig.

Ich schmierte mir Margarine auf ein paar Scheiben Brot und schraubte das Marmeladenglas auf. Ich hatte noch nicht gefrühstückt, wahrscheinlich war mein Blutzuckerspiegel zu niedrig. Davon werde ich auch giftig. Harsh sagt, ein Athlet muß darauf achten, daß der Blutzuckerspiegel immer gleich hoch ist, und das versuche ich auch. Aber wenn du allein lebst, kann man es schon mal vergessen.

Die Bullentante klopfte schon wieder. Ich aß drei Marmeladenbrote. Ich konnte länger warten als sie, und den ganzen Tag konnte sie sich da draußen wohl kaum die Beine in den Bauch stehen.

Als ich das nächste Mal durch die Gardine spähte, redete sie mit ein paar Arbeitern. Sie lachten. Das machte mich fuchtig.

Ich riß die Tür auf und baute mich mit verschränkten Armen auf der Treppe auf.

»Ja?« sagte ich, total cool. Wahrscheinlich hätte ich noch beeindruckender gewirkt, wenn ich das letzte Marmeladenbrot schon verdrückt gehabt hätte, aber in einer Krise kann man nicht an alles denken.

»Tut mir leid, wenn ich Sie beim Nachmittagstee störe«, sagte sie und kam näher.

»Wie spät ist es denn?« sagte ich.

Sie machte ein überraschtes Gesicht, aber sie sagte: »Zwanzig nach vier.«

Das war ein Hammer. Ich hatte verschlafen. Ich hätte eher auf zwei getippt.

»Ich suche Eleanor Crombie«, sagte sie.

»Wen?«

»Eleanor Crombie. Sie haben sie gestern abend aus dem Club mitgenommen.«

»Ach, die«, sagte ich. So hieß Goldie also mit richtigem Namen. Paßte wie die Faust aufs Auge. Sie sah aus wie eine Eleanor.

»Und?« sagte die Bullentante.

»Was und?«

»Wo ist sie?«

»Wer will das wissen?« Ich wollte die Hände in die Hüften stemmen und mich einschüchternd in Positur werfen, aber mir kam das Marmeladenbrot dazwischen. Also aß ich es lieber.

»Ich. Ich will das wissen«, sagte die Bullentante.

»Pech gehabt«, sagte ich mit vollem Mund.

Sie klopfte sich die Krümel vom Rock und sah langsam ein bißchen ungeduldig aus.

Obwohl es nur ein Zufallstreffer gewesen war, freute ich mich so über die Krümel, daß ich einlenkte.

»Ich weiß nicht, wo sie hin ist«, sagte ich. »Ich habe ihr aus der Patsche geholfen, aber das war es dann auch schon.«

»Ich dachte, sie wäre ohnmächtig geworden.«

»Die brauchte bloß ein bißchen frische Luft.«

»Sie haben sie nicht unterwegs irgendwo abgesetzt?«

»Hab keinen Wagen«, sagte ich brav.

»Ist sie abgeholt worden?«

»Keine Ahnung.« Langsam hatte ich die Nase voll. Ich biß wieder in mein Brot, sie machte wieder einen Schritt zurück. Tolles Gefühl, wenn man die Bullen rückwärts gehen lassen kann.

»Gehen Sie da öfter hin?« fragte sie.

»Wohin?«

»In den Club?«

Die bilden sich ein, die könnten einen einfach ausquetschen, die Bullen. Sie fragen, du antwortest. Aber wenn du mal was wissen willst, mußt du in die Bibliothek gehen.

»Sehen Sie das Schild da?« sagte ich und zeigte auf den Zaun. »Auf dem Schild steht Armour Protection. Das bin ich. Ich bin Armour Protection. In den letzten sechs Wochen ist hier auf dem Platz nicht ein Teil geklaut worden. Und wollen Sie wissen warum?«

»Warum?«

»Weil ich die ganze Nacht wach bin und aufpasse. Ich treibe mich nicht öfter in Clubs rum. Kapiert?«

»Okay, okay«, sagte sie. »Kein Grund, gleich in die Luft zu gehen.«

»Das war nur ein kleiner Vorgeschmack.« Ich ging in den Hänger und knallte die Tür zu.

Diesmal zog sie tatsächlich Leine. Ich beobachtete sie durch die Gardine. Sie hatte einen sehr geraden Rücken. In Uniform würde sie bestimmt toll aussehen, dachte ich. So ein Rücken in Zivil war die reinste Verschwendung.

Mir ging es richtig gut. Die Bullen lassen einen nicht oft das letzte Wort haben. Vielleicht war die Tante noch nicht lange genug bei der Truppe.

Aber ob es mir nun gut ging oder nicht, irgendwie mußte ich die Brieftaschen loswerden. Um ein Haar wären sie bei mir gefunden worden, und das war kein berauschendes Gefühl. Also steckte ich sie in die leeren Konservenbüchsen von gestern abend und in ein paar alte Baked-Beans-Dosen, sammelte den restlichen Abfall ein und band den Müllbeutel oben zu. Dann brachte ich die ganze Chose auf die Kippe. Ideal war es nicht, aber es mußte reichen.

Die Arbeiter auf dem Schrottplatz interessierten sich mehr für mich als sonst. Wahrscheinlich hätten sie gern gewußt, was die Bullen von mir wollten. Aber wie immer redete keiner mit mir.

Ein Glück, daß keiner von denen über Goldie Bescheid wußte, sonst hätten sie sie bestimmt bei der Bullentante verpfiffen.

Aber so, wie es war, konnte ich mir denken, was sie ihr gesagt hatten. »Nee«, hatten sie gesagt. »Eva lebt alleine. Die kriegt nie Besuch.« Und bis gestern abend wäre es auch wahr gewesen.

Es ist nicht gut, wenn über einen geredet wird. Ja, es ist sogar schlecht. In Bermuda Smiths Club mußte jemand über mich geplaudert haben, und das Resultat war eine Bullentante vor der Tür. Das war aus zwei Gründen merkwürdig. Erstens würde aus Bermuda Smiths Club kaum einer mit der Polizei reden. Zweitens weiß kaum einer, wo ich wohne.

Es war kein besonders großer Trost, daß die Bullen Goldie suchten und nicht mich, denn sie hatten mich gefunden, nicht Goldie.

Ich überlegte. Ich hatte schon seit Ewigkeiten keine Bewährungsauflagen mehr, da war ich mir ganz sicher, und mir fiel auch nichts Umwerfendes ein, wofür sie mich hätten verknacken können. Ich hatte mir nichts zuschulden kommen lassen, seit ich den Job auf dem Schrottplatz angenommen hatte und in den Hänger gezogen war. Aber bei den Bullen weiß man nie. Wenn der gute Ruf erst mal hin ist, kriegt man die weiße Weste nie wieder ganz sauber.

Ich beschloß, mich in nächster Zeit beim Brieftaschenklemmen und beim Autoausborgen besonders vorzusehen. Und ich überprüfte meine Überlebensausrüstung, weil ich sicher sein mußte, daß ich mich im Notfall sofort aus dem Staub machen konnte.

Dabei kam mir die Idee, mal wieder nach Goldie zu sehen. Sie schlief immer noch, was mir sehr recht war, denn solange sie schlief, konnte sie keine Fragen stellen, und ich konnte mich abregen und meine Übungen machen. Trotzdem hätte ich zu gern gewußt, weswegen sie gesucht wurde. Wie sie da in meinem alten Schlafsack lag, sah sie aus, als ob sie kein Wässerchen trüben könnte.

Mit ihr hatte ich mir eine ziemliche Verantwortung aufgehalst. Ich fühlte mich irgendwie gefesselt. Ich machte vierzig Liegestütze zur Entspannung. Es wäre toll, wenn ich sie auf den Knöcheln machen könnte, wie Harsh, aber dafür sind meine Hände nicht kräftig genug. Danach kamen noch ein paar Kniebeugen und Brücken für den Rücken dran. Am schwersten fiel es mir, mich aus der Rückenlage aufzusetzen. Ich weiß auch nicht wieso, aber ich kann mir einfach keine anständigen Bauchmuskeln zulegen. Schultern, Rücken und Beine sind nicht übel, auch wenn ich das selber sage. Aber der Bauch bringt mich manchmal zur Verzweiflung. Die Bauchmuskeln sehen einfach nicht richtig aus. Vielleicht ist es ein Flüssigkeitspolster. Vielleicht esse ich zuviel.

Ich sah mir mein Londoner Killerqueen-Poster an. Darauf sahen die Bauchmuskeln ziemlich ordentlich aus. Ein Glück. Mit einem Schwabbelbauch kann man kein Schwergewichtschampion sein. Na ja, das stimmt auch nicht ganz. Du solltest mal ein paar von den Männern sehen. Aber bei Männern und Frauen werden andere Maßstäbe angelegt, wenn es ums Aussehen geht. Frag mich nicht warum, aber so ist es.

10

Goldie wachte um zehn Uhr auf. Sie hatte vierzehn Stunden am Stück geschlafen, ohne sich viel zu rühren. Sie war fix und fertig – blaß und wackelig, der goldene Mop braun vor Schweiß.

Ich kochte Tee und machte eine Dose Tomatensuppe auf. Sie wollte duschen, und ich versuchte ihr zu erklären, daß der Boiler elektrisch war, aber sie hat es nicht gerafft.

»Kannst du den Strom nicht einfach anschalten?« fragte sie.

Ich erklärte ihr die Sache mit Mr. Gambon und dem Zähler, aber sie guckte bloß verständnislos.

»Wo bin ich?« fragte sie.

Ich erklärte es ihr. Sie guckte verständnislos und elend.

»Warum bin ich hier?« fragte sie. Sie konnte sich überhaupt nicht mehr an gestern abend erinnern.

Ich erzählte ihr von der Razzia, dem Tränengas und der Bullentante.

Sie guckte verständnislos, elend und ängstlich.

»Wo ist meine Tasche?« fragte sie.

Ich erklärte ihr, daß sie sie in Bermuda Smiths Club gelassen hatte.

»Scheiße, Scheiße, Scheiße«, sagte sie. Und nun guckte sie so, als ob sie zu allem Überfluß auch noch anfangen wollte zu weinen.

»Was hast du denn da drin?« fragte ich.

Sie antwortete nicht. Sie knallte sich einfach wieder ins Bett und starrte an die Decke, ein Bild des Jammers.

»Wieso sind die Bullen hinter dir her?« fragte ich.

»Ach Gott, ich weiß nicht«, sagte sie zur Decke.

»Reiß dich zusammen!« sagte ich. Mir wurde es allmählich selbst ein bißchen elend zumute. Ich dachte, ich hätte ihr einen Gefallen getan, dabei konnte ich ihr anscheinend gar nichts recht machen.

»Schrei mich nicht an«, sagte sie. »Mir geht's beschissen.«

»Trink deinen Tee«, sagte ich und stand auf. »Am Ende der Straße ist eine Bushaltestelle. Wenn du soweit bist, bring ich dich hin.«

»Du wirfst mich raus?« fragte sie mit einem sehr kleinen Stimmchen.

»Hast du kein Zuhause?« fragte ich bissig. »Meine Bude ist dir ja wohl nicht gut genug.« Ich schnauzte sie absichtlich derb an, nur um ihr zu zeigen, daß ich für sie auch nicht gut genug war.

Sie starrte mich an.

»Ich muß auch an meine Sicherheit denken«, erklärte ich ihr. »Ich will nicht, daß die Bullen hier rumschnüffeln. Und genau das hast du mir eingebrockt. Wegen dir stand bei mir schon die Polizei auf der Matte, und du bist nicht mal so anständig, mir zu sagen warum.«

Sie brach in Tränen aus.

»Ach, dreh das Wasser ab«, schrie ich.

Ich hasse es, wenn Frauen weinen. Ich weine nie. Ich warf ihr ein Handtuch zu, damit sie sich die Nase putzen konnte, und ging noch eine Kanne Tee machen. Eigentlich hätte ich lieber ein

Bier gehabt, aber wer Schwierigkeiten mit den Bauchmuskeln hat, sollte sich das Bier verkneifen. Bier und Bauchmuskeln sind Todfeinde.

Der Kessel dampfte schon vor sich hin. Ich hatte ihn aufgesetzt, damit Goldie sich waschen konnte, und dann hatte ich ihn vergessen.

»Verdammte Scheiße«, sagte ich und holte mir eine Dose Hofmeister aus dem Schrank. Ich riß sie auf und knallte mich aufs Sofa.

Es dauerte nicht lange, da kam sie hinter mir her. Sie hatte sich in eine Decke gewickelt und sah aus wie ein Waisenkind auf einem Dritte-Welt-Plakat.

Sie sagte: »Entschuldige, Eva, tut mir wirklich leid. Ich hatte ja keine Ahnung.«

»Wovon?«

»Daß die Bullen hier waren.«

Ich sagte nichts, und sie setzte sich zu mir.

Nach einer Minute sagte sie: »Ich habe Schulden.«

»Die Polizei interessiert sich doch nicht für deine Schulden.«

»Nein«, sagte sie. »Aber wenn man Schulden hat, kann man leicht noch in andere Schwierigkeiten geraten.«

Damit hatte sie recht. »Weiter«, sagte ich.

»Ich will dich da nicht mit reinziehen«, sagte sie. »Du wolltest doch nur einer Fremden helfen.«

Damit hatte sie auch recht. Langsam gefiel sie mir wieder.

»Das Schlimmste ist, daß ich meine Tasche im Club verloren habe«, fuhr sie fort. »Die Polizei hat sie bestimmt gefunden.«

»Na und?«

»Na, jetzt wissen sie, wer ich bin, wo ich wohne und was ich bei mir hatte.«

»Und was hattest du bei dir?«

Sie schwankte ein bißchen. Sie war weiß wie Milch.

Sie sagte: »Das willst du nicht hören, Eva. Wenn ich mal eben dein Telefon benutzen dürfte, könnte ich mich abholen lassen. Nach Hause kann ich nicht, aber ich habe Freunde, die mir helfen würden.«

»Kein Telefon.«

»Was?«

»Ich habe kein Telefon«, sagte ich.

Sie starrte mich mit offenem Mund an. Nichts hatte sie mehr umgehauen als die Tatsache, daß ich kein Telefon hatte.

»Neben der Post in der Kipling Street ist eine Zelle«, sagte ich.

»Das glaube ich einfach nicht«, sagte sie. »Du kannst doch nicht wirklich bei Taschenlampenlicht leben, ohne Strom und ohne Telefon. So lebt doch heute kein Mensch mehr.«

»Ich schon«, sagte ich. »Du bist hier diejenige, die Schulden hat. Du bist hier diejenige, die in der Patsche sitzt. Mach dir selber einen Reim drauf.« Ich war wirklich stolz auf mich. Sie war so platt.

»Jetzt iß erst mal deine Suppe und wasch dich.« Mittlerweile kam ich mir ziemlich freundlich vor. »Dann sehen wir weiter.«

Sie machte ein fast schuldbewußtes Gesicht.

»Was hast du?«

»Nichts.«

»Raus damit. Was ist los?«

»Ich mag keine Tomatensuppe«, murmelte sie und sah auf den Boden. »Und deine Seife... na ja, von der Sorte bekomme ich Ausschlag. Und dein Klopapier ist kratzig.«

»Sonst noch was?«

»Ich wollte dich nicht kränken«, sagte sie mit traurigen Augen.

»Wenn es um mein Klopapier geht, kann ich einiges einstekken«, sagte ich.

»Ehrlich, ich wollte dich nicht kränken. Aber ich habe nun einmal furchtbar empfindliche Haut.«

Ihre Haut sah aus wie Sahne. Aber das machte wohl auch der Unterschied zu meiner.

»Mach eine Liste«, sagte ich. »Was du brauchst, besorge ich dir bei Hanif. Der hat die ganze Nacht auf.«

»Ich habe kein Geld«, sagte sie. Als ob ich das nicht längst gewußt hätte. Ich fühlte mich toll. Sie sah aus wie ein Filmstar und redete geschwollen daher, aber ich hatte die Kohle. Ich hatte die Macht, ja oder nein zu sagen.

Sie schrieb eine Liste auf, und ich warnte davor, nach draußen zu gehen, wegen der Hunde.

Als ich aber dann die Straße raufging, dämmerte mir, daß sie mir überhaupt nicht erzählt hatte, was ich wissen wollte. Das hatte ich mir nur eingebildet, weil sie so eine weiche, vertrauensvolle Art am Leib hatte. Dabei hatte sie mir gar nichts gesagt. Wenn ich wieder zurück war, mußte ich sie mir noch mal vorknüpfen, und diesmal etwas energischer.

In Hanifs Laden war es dunkel und schummerig. Hanif gibt auch nicht gerne Geld für Strom aus, aber ihm bleibt nichts anderes übrig. Seine Frau kriegst du nie zu sehen – die schleicht irgendwo hinten im Lager rum –, nur zu hören kriegst du sie. Ihr kleiner Junge folgt den Kunden auf Schritt und Tritt und paßt auf wie ein Schießhund, daß auch ja keiner eine Packung Kekse mitgehen läßt. Er ist fast so ein guter Wachhund wie Ramses.

Mir war die Sache peinlich. Weiches Klopapier, samtige Seife und Spargelcremesuppe waren nicht gerade das, was Hanif in meinem Einkaufskorb erwartete. Ich schmiß noch ein paar Batterien dazu, damit er nicht meinte, ich wäre total übergeschnappt. Viel reden tut er sowieso nicht mit mir. Als ich das erste Mal bei ihm eingekauft habe, hat er mich »Sir« genannt, und davon hat er sich bis heute nicht wieder erholt.

Während ich bei Hanif einkaufte, fing es an zu regnen, und der kleine Junge verfolgte mich nur bis zur Tür. Manchmal trabt er noch fünfzig Meter auf der Straße hinter mir her, bis sein Vater ihn zurückpfeift. Ich weiß auch nicht wieso.

Ich machte, daß ich nach Hause kam. Nach der langen Trokkenheit verwandelte sich der Dreck auf dem Pflaster in Matsch, und im Regen roch die Straße wie angegammelter falscher Hase.

An der Ecke, wo der Zaun vom Schrottplatz anfing, sah ich ein Motorrad am Bordstein stehen. Eine Kawasaki, ein schweres Geschoß. Die Karre mußte ich mir ein bißchen näher betrachten. Sie war naß, aber der Sattel war so gut wie trocken. Der Fahrer war gerade erst abgestiegen, aber auf der Straße war keiner zu sehen.

Ich schloß auf und ging auf den Platz. Zu meiner Überraschung kamen mich die Hunde nicht begrüßen. Aber als ich fast beim Hänger war, hörte ich sie, Ramses' Baß, wo-wo-wo, und Linekers Räp-räp-räp. Ich schmiß die Einkäufe auf die Hängertreppe, schnappte mir die Taschenlampe und eine Brechstange und rannte zu ihnen, zum anderen Ende des Zauns.

Ich sah gerade noch, wie ein Typ im Motorradkombi vom Zaun wegsprang und die Straße runterrannte. Die Hunde setzten hinter ihm her. Ich folgte den Hunden. Wir liefen alle auf einer Höhe – er auf der einen Seite vom Zaun, wir auf der anderen. Ich machte genausoviel Krach wie die Hunde, schrie »Ej, du Wichser« und schlug mit der Brechstange gegen den Zaun. Die lautlose Gefahr bin ich nicht gerade, bei mir heißt die Devise eher: Auf sie mit Gebrüll. Und irgendwie scheint das zu wirken.

Wegen der Dunkelheit und den Bergen von Ersatzteilen kam ich langsamer voran als der Mann und die Hunde, und ich machte nicht viel Boden gut. Aber ich hörte noch, wie er die Kawasaki anließ – waarumm –, und ich sah sein Rücklicht hinter der Kurve verschwinden.

Die Hunde waren aufgeregt. Sie warfen mich gegen den Zaun, sprangen an mir hoch und rissen an meiner Jacke. Ich schrie auf sie ein, bis sie sich wieder beruhigt hatten. Sie hatten ihre Sache gut gemacht.

Wir gingen zu der Stelle, wo der ganze Ärger angefangen hatte. Der Zaun war unbeschädigt, aber der Typ hatte auf der anderen Seite eine Drahtschere auf dem Bürgersteig vergessen. Ich holte sie rein. Ich war stolz auf mich. Noch ein Erfolg für Armour Protection.

Aus dem Hänger kam Musik, ich hatte Goldie ganz vergessen. Ich sammelte die Einkäufe auf und ging rein zu ihr.

»Hast du bloß Metalica und Bonnie Raitt, sonst nichts?« sagte sie. »Was war denn das für ein Krach da draußen?«

Sie spielte Real Man, und sie hatte sich eins von meinen schwarzen Guns N' Roses T-Shirts geklaut. Es ging ihr fast bis zum Knie und stand ihr nicht schlecht.

»Ein Eindringling«, sagte ich, während ich die Einkäufe auspackte. »Wir haben ihn vertrieben.«

Plötzlich merkte ich, daß ich ihr am liebsten alles erzählt hätte, aber sie hatte sich schon Seife und Shampoo genommen und sich ins Badezimmer verzogen.

Gewaschen und geschniegelt kam sie wieder und wärmte sich die Spargelsuppe auf. Es war wirklich schön, so zu zweit beim Taschenlampenlicht zusammenzuhocken. Ich schloß eine neue Flasche an den Gasofen an, damit sie sich die Haare trocknen konnte. Da sie anscheinend keine Lust hatte zu reden, mußte ich erst auf den Busch klopfen.

»Das ist eine lange Geschichte«, sagte sie.

»Stört mich nicht«, sagte ich. Und das ist wahr, ich lasse mir gern Geschichten erzählen.

»Letztes Jahr um diese Zeit bin ich von zu Hause ausgerissen«, sagte sie. »Ich hatte Stunk mit meinem Alten. Du weißt ja, wie Väter sind.«

Eigentlich nicht. Wenn es etwas gibt, wovon ich überhaupt nichts weiß, sind es Väter, aber das behielt ich für mich.

»Ich habe mir mit ein paar anderen Frauen eine Wohnung genommen. Ich wollte Model werden, und ich habe auch Aufträge bekommen, für Kataloge und so, aber nie genug. Also habe ich nebenbei gekellnert und Hostess gespielt, das übliche eben, wo es nur auf ein hübsches Gesicht ankommt. Aber ich war die ganze Zeit mit der Miete im Rückstand. Mit den anderen Frauen war es dasselbe. Es ist furchtbar. Wenn man die nötigen Klamotten und das Make-up gekauft hat, bleibt nie genug Geld für die Stromrechnung übrig. Zum Schluß haben sie uns das Telefon und den Strom gesperrt, und der Hauswirt ist richtig gemein geworden. Also sind wir abgehauen.«

Sie seufzte. »Die anderen beiden haben aufgegeben und sind wieder nach Hause gegangen«, sagte sie. »Aber dafür war ich wohl zu stolz.« Sie seufzte wieder. »Oder zu dumm. Bei dem Job als Hostess hatte ich einen Typen kennengelernt, der bei einer Plattenfirma arbeitete. Mit dem bin ich dann zusammengezogen. Und er hat mir ein paar Auftritte bei Pop-Promos verschafft. Aber ich konnte nicht gut singen und tanzen. Wieder wollten sie bloß mein Gesicht. Also habe ich Unterricht genommen.

Ein paar Monate lief es ganz gut. Aber der Typ, mit dem ich zusammengelebt habe, war im Musikgeschäft, und ich mußte andauernd auf Parties. Und dazu dann noch der Unterricht. An sich sollte ich mich an der Miete beteiligen, und ich habe ihm auch Geld gegeben. Ehrlich. Aber er hat mich rausgeschmissen.«

Sie sah furchtbar traurig aus. Ich sagte: »Hast du ihn geliebt?«

»Das ist es nicht. Es ist bloß so komisch. Da wohnst du mit einem Typen zusammen, da schläfst du mit ihm und alles, und dann schmeißt er dich raus, weil du mit der Miete im Rückstand bist.«

Ich wußte nicht, was ich sagen sollte. Sie kam mir vor wie ein Säugling. Aber es war auch komisch, sich ihre Geschichte anzuhören. Ich hätte nämlich nie gedacht, daß auch Mädchen wie sie zusehen mußten, daß sie irgendwie das Geld für die Miete zusammenkriegten. Um solche Mädchen kümmerte sich doch immer irgendwer. Stimmt's? Und warum auch nicht? Schönheit läßt man sich eben was kosten.

»Wie alt bist du?« fragte ich.

»Zwanzig.«

»Und was war dann?« fragte ich. »Wie bist du an den Herrn der Hosen geraten, diesen Dingsbums, diesen Calvin?«

»An wen?«

»Calvin.«

»Der wird eines Tages noch ein ganz Großer«, sagte sie stolz. »Du hast ihn ja gesehen. Ist er nicht umwerfend?«

Und dann zog sie ein langes Gesicht. »Ach, du lieber Himmel«, sagte sie. »Calvin. Du errätst nie, was ich gestern abend für ihn gemacht habe.«

»Was denn?«

Aber in dem Moment hörten wir, wie die Hunde wieder verrückt spielten.

»Was gibt's denn jetzt?« sagte ich sauer. Mit Goldie zu reden, war lehrreich. Ich wollte nicht nach draußen. Aber weil die Hunde sich nicht wieder einkriegten, zog ich mir die Jacke an und ging.

Unter einer Laterne stand ein Wagen, und als ich nah genug

dran war, erkannte ich Mr. Chengs Astra. Ich beruhigte die Hunde und wartete am Zaun. Ein Mann stieg aus. Es war nicht Mr. Cheng. Aber das hatte ich mir sowieso schon gedacht, weil Mr. Cheng nie irgendwo hinging. Es war einer von seinen Jungs aus dem Beijing Garden. Den Namen wußte ich nicht mehr.

»Eva?« rief er.

»Ja?«

»Muß dich was fragen.«

»Ja?«

»Komm raus.«

»Nee«, sagte ich. »Keine Lust, mir noch mal mit den ganzen Schlössern einen abzubrechen. Komm du doch rüber.«

Aber er wollte nicht. Hatte wohl Schiß vor den Hunden.

»Mr. Cheng will wissen, ob du gestern abend noch mal in Bermuda Smiths Club gewesen bist«, rief er über die Straße.

»Wieso?«

»Jemand will dich gesehen haben.«

»Na und?« brüllte ich. Ich hatte einen Kloß im Hals. Bermuda Smiths Leute hatten mich nach allen Seiten verpfiffen.

»Warst du da?«

»Und wenn?«

»Mr. Cheng will dich sehen.«

»Wann?«

»Morgen.«

»Okay.«

Er stieg in den Astra und fuhr weg. Ich ging wieder zum Hänger. Ich war nicht glücklich.

»Bermuda Smith, das Arschloch«, sagte ich, während ich den Regen von der Jacke schüttelte. »Wenn der meint, ich tue ihm noch mal einen Gefallen, hat er sich aber geschnitten.«

Goldie sah hoch. Sie saß vor dem Ofen auf dem Boden und kämmte sich die Haare.

Sie sagte: »Arbeitest du für ihn?«

»Bin nur eingesprungen.« Ich erzählte ihr, wie ich in die Sache reingeschlittert war und daß Harry Richards früher Catcher gewesen war.

Sie sah wieder einmal total verdattert aus. »Hätte ich nie gedacht.«

»Was?«

»Daß du für Mr. Smith arbeitest... und daß Frauen solche Sachen machen.«

»Wenn du groß und stark und häßlich genug bist.«

»Du bist doch nicht häßlich«, sagte sie. »Du bist nur... anders.«

»Das kannst du wohl sagen«, sagte ich. »Anders.«

Ich war so glücklich, daß ich aufstehen und uns einen Tee machen mußte. Sie saß da und kämmte sich versonnen die Haare, und ich war mir fast sicher, daß sie an Calvin dachte.

Aber sie sagte: »Dieser Eindringling – der Typ mit dem Motorrad. Meinst du, der hat mich gesucht?«

Auf die Idee war ich überhaupt noch nicht gekommen. Schwaches Bild. Leute, die Ersatzteile klauen wollen, kommen normalerweise nicht mit dem Motorrad. Die fahren mit dem Lieferwagen vor. Und bevor Goldie aufgetaucht war, hatte ich auch nie so viele Besucher gehabt. Dabei fiel mir die Bullentante wieder ein.

Also sagte ich: »Du erzählst mir jetzt besser, was du dir gestern abend geleistet hast.«

Und sie sagte doch tatsächlich: »Kann ich dir vertrauen?«

Vielleicht weißt du es schon, vielleicht auch nicht, aber das war eine verdammt knifflige Frage. Man stellt sie und beantwortet sie, ohne groß darüber nachzudenken. Aber das ist falsch. Und außerdem, ist dir nicht auch schon aufgefallen, daß fast nie einer sagt: »Nein, du kannst mir nicht vertrauen?« Dabei ist das genau die Antwort, die die meisten Leute eigentlich geben sollten.

Also sagte ich: »Keine Ahnung. Kommt darauf an, was du mir anvertrauen willst.«

Sie starrte mich an.

Ich mußte es ihr erklären. »Ich könnte dich verpfeifen und dir Ärger machen, wenn ich deine Geheimnisse kenne. Aber genausogut könnte ich selber in der Scheiße landen, wenn ich sie nicht kenne. Verstehst du?«

Sie sah verwirrt aus.

Ich sagte: »Die Geheimnisse anderer Leute zu kennen, ist eine Verantwortung. Nur mal als Beispiel, ich hatte die Polizei hier. Ich bin auch kein Schneeweißchen, und ich kann keine Scherereien brauchen. Du mußt dich schon selber entscheiden.«

»Na gut«, sagte sie. »Ich erzähle es dir.«

Plötzlich war mir ganz komisch zumute. Ich konnte sie überhaupt nicht verstehen. Da hatte ich ihr mehr oder weniger deutlich gesagt, daß sie mir nicht trauen konnte, und das machte ihr nicht die Bohne aus.

»Du weißt doch, daß mir gestern abend schlecht war?« fing sie an.

»Ja.«

»Na ja, ich glaube, ich hatte eine Betäubungsmittelvergiftung.« Sie brach ab, weil sie sehen wollte, wie ich darauf reagierte.

»Ich dachte, du hättest den Kanal voll gehabt«, sagte ich und runzelte die Stirn.

»Ich habe zwar ein paar Glas getrunken, aber daher kam das nicht.«

»Ich kann Fixer nicht ausstehen«, sagte ich. Mir wurde richtig mulmig.

»Ich bin keine Fixerin. Ich habe vorher noch nie Heroin genommen. Das mußt du mir glauben.« Sie brach ab und schaute mich lange an, und ich sah, daß ihre Augen schwarze Ränder um das Blau hatten, so daß sie sehr tief und geheimnisvoll wirkten.

»Glaubst du mir?«

»Na schön«, sagte ich, weil es ihr anscheinend wichtig war.

»Calvin war Peter Pan«, sagte sie. »Und ich war Glöckchen.«

»Was?«

»Peter Pan«, sagte sie. »Du weißt schon. Aus dem Buch von J. M. Barrie.«

»Ich kann lesen, ob du's glaubst oder nicht«, sagte ich. Ich hatte das Gefühl, ich müßte mal wieder nach den Hunden sehen. Es war furchtbar heiß in dem Hänger.

»Sei doch nicht so«, sagte sie.

»Wie denn?«

»Böse«, sagte sie. »Ich meinte doch bloß, daß es in *Peter Pan* eine Stelle gibt, wo Captain Hook Peters Medizin vergiftet. Wendy stellt Peter einen Löffel Medizin hin. Captain Hook tut Gift rein. Und Peter Pan will Glöckchen einfach nicht glauben, daß es Gift ist. Um es ihm zu beweisen, schluckt sie das Gift selber und stirbt fast daran.«

»Schön blöd«, sagte ich.

»Ja? Dann bin ich auch blöd gewesen.«

»Ich meine doch nicht, daß *du* blöd bist.«

Sie seufzte. »Es war so. Ich habe entdeckt, daß Calvin Drogen nimmt. Das habe ich gestern abend gemerkt, weil er mir den Stoff in die Handtasche gesteckt hat. Wahrscheinlich hat er gedacht, bei mir wäre er besser aufgehoben. Schwarze Männer werden andauernd angehalten und durchsucht, weiße Frauen nie.«

Jetzt kam ich wieder mit, und schon ging es mir ein bißchen besser.

»Wir haben uns furchtbar gestritten deswegen. Ich habe ihm gesagt, daß er sich umbringt. Er hat gesagt, nur Idioten könnten mit dem Zeug nicht umgehen. Also habe ich den Stoff selber geschluckt – um es ihm zu zeigen. Und auch, damit für ihn nicht mehr soviel übrig war.«

»Du mußt ja total übergeschnappt sein«, sagte ich.

»Aber denk doch mal nach«, schrie sie. »Versetz dich doch mal in meine Lage. Ich war fix und fertig, weil er Heroin nahm. Ich dachte mir, wenn ich das Zeug auch nehme, müßte er sich um mich genausoviel Sorgen machen – und daß er sich selber dann mit anderen Augen sieht.«

»Und?«

»Und ihm war es scheißegal. Und als mir auf der Bühne schlecht geworden ist, hat er mich gefeuert.«

Allmählich sah ich klarer, jetzt verstand ich, was ich mit angesehen hatte und was sie meinte, als sie sagte, er hätte ihr das Herz gebrochen. Sie hatte sich für ihn geopfert, und er hatte ihr einen Fußtritt gegeben. Sie tat mir richtig leid, aber das änderte nichts daran, daß sie ein Idiot war.

»Du mußt mir was versprechen«, sagte ich.

»Was?«

»Daß du so einen Scheiß nicht noch mal machst. Das ist Schwachsinn. Der größte Schwachsinn, den ich kenne.«

»Ja«, sagte sie. »Aber jetzt kannst du dir denken, was passiert ist, ja? Calvins Stoff und Calvins Spritze sind in meiner Handtasche. Da komme ich nicht mehr ran, und nach Hause kann ich auch nicht mehr.«

»Du brauchst es mir nicht auszumalen«, sagte ich. »Ich schmeiß dich nicht raus, und verpfeifen tu ich dich auch nicht. Aber du mußt mir schwören, daß du so einen Scheiß nicht noch mal machst.«

»Keine Bange. Es war ekelhaft. Es war überhaupt nicht schön. Mir war kotzübel, und jetzt ist es vierundzwanzig Stunden her, und mir geht es immer noch nicht wieder richtig gut.«

»Du hast Glück gehabt«, sagte ich. »Stell dir vor, es hätte dir gefallen.« Dabei beließen wir es.

11

Am nächsten Tag nahm ich Goldie in Sams Fitneßstudio mit. Nach dem, was sie mir am Abend erzählt hatte, dachte ich mir, ein bißchen Gymnastik würde ihr guttun, außerdem hatten wir sowieso keine Milch fürs Frühstück. Und ich hoffte, Harsh zu sehen.

Goldie verursachte eine ziemliche Aufregung im Studio. Plötzlich haben sich alle an mich rangeschmissen, hallöchen, wie geht's, wie steht's. Man hätte meinen können, ich wäre allseits beliebt. Gruff Gordon kam angewanzt, Pete Carver und auch Danny Julio, der die eine Hälfte von einem Vater-und-Sohn-Team war. Der Sohn, Flying Phil, war auch da. Der heißt so, weil er tolle Flugnummern aus den Ecken und von den Seilen bringt.

Obwohl Goldie lächelte und die anderen begrüßte, merkte ich, daß sie nervös war, weil sie die Daumen in den Fäusten stekken hatte. Manche sagen, ich hätte kein Auge für solche Sachen, aber das stimmt nicht. Mir ist schon öfter aufgefallen, daß ängstliche Frauen die Daumen in die Fäuste klemmen. Keine Ahnung warum.

Gruff Gordon und Pete Carver waren richtige Schränke, die einem schon Angst machen konnten, wenn man den Anblick nicht gewöhnt war. Also gab ich Goldie ein bißchen Kohle, damit sie telefonieren und sich was zum Anziehen kaufen konnte. Sie konnte schließlich nicht ewig in meinem Guns N' Roses T-Shirt rumlaufen.

»Wer ist die Perle? Wer ist die Braut?« löcherten mich die Jungs. Ich log ihnen was vor.

Goldie und ich hatten ausgemacht, daß wir ihren richtigen Namen für uns behalten wollten, weil zu viele Leute ein krankhaftes Interesse für sie zeigten. Und da ich sowieso schon Goldie zu ihr sagte und ihr der Name gefiel, tauften wir sie auf Goldie Green um.

»Nicht zu fassen, daß die deine Freundin ist«, meinte Pete Carver.

»Wieso denn nicht?« sagte Gruff Gordon. Was nett von ihm war, wenn man mal davon absieht, daß Gruff Gordon immer einen ziemlichen Bockmist verzapft, und wenn er mal nett zu mir ist, frage ich mich sofort, was wohl dahintersteckt.

Ich ließ die beiden stehen und ging zum Aufwärmen auf die Matte. Vor dem Krafttraining muß man sich anständig aufwärmen. Manche von den Typen, besonders die jüngeren, kommen sich wie die größten Machos vor, wenn sie sich davor drücken. Aber dafür haben sie es dann auch nicht besser verdient.

Hinterher ging ich an die Geräte, und Danny und Phil Julio lösten mich auf der Matte ab, um ein paar neue Übungen einzustudieren. Ich war gerade am Bein-Curler, als Harsh reinkam und sich in der Ecke aufwärmte. Ich sah ihm zu und hakte seine Übungen im Geiste ab, weil ich wissen wollte, ob ich es genauso gemacht hatte wie er. Ich hatte nicht das kleinste bißchen vergessen, und ich war sehr zufrieden mit mir.

Dann kam Goldie zurück. Sie hatte sich ein schickes Lycrafummelchen gekauft und sah zum Anbeißen aus. Aber sie machte ein finsteres Gesicht.

»Ich kann keinen erreichen«, flüsterte sie mir zu. »Ich habe überall angerufen, aber es meldet sich keiner. Meine ganzen Freunde sind wie vom Erdboden verschluckt.«

Ich legte eine Pause ein. Wenn Goldie redete, vergaß ich mitzuzählen. Aber weil mir sowieso die Oberschenkelmuskeln weh taten, hatte ich wahrscheinlich genug getan.

»Mach dir nichts draus«, sagte ich. »Probier es später noch mal.«

»Aber...«, sagte sie und brach ab. Sie sah aus, als wäre der Weltuntergang nahe.

»Was aber?« Ich glühte direkt von der ganzen Anstrengung. So was heitert mich immer ungemein auf.

»Mensch, Eva«, flüsterte sie. »Ich bin total pleite. Ich werde gesucht, du weißt schon von wem, mein Freund hat mich sitzenlassen, ich kann noch nicht mal nach Hause, um mir saubere Klamotten zu holen, und jetzt habe ich auch noch Schulden bei dir.«

»Ich fütter dich doch gerne durch«, sagte ich. Es war mir ernst damit, weil es sich sowieso nicht zu einem Dauerzustand auswachsen würde. Nette Mädchen aus gutem Haus haben nette Spießereltern, die sie immer aus allem raushauen. Über kurz oder lang, dachte ich mir, würde sie sie anzapfen müssen, und dann schrieb sie wieder schwarze Zahlen. Ich an ihrer Stelle hätte das schon vor Monaten gemacht. Dann konnte sie mir das Geld zurückgeben. Sicher, sie hatte auch beim Gaswerk, bei der Post, beim Elektrizitätswerk, bei drei Vermietern und dem Putney Burrough Council Schulden. Aber das waren keine Menschen. Ich war ein Mensch.

»Du zahlst mir das Geld schon zurück«, sagte ich.

»Du bist ein Kumpel, Eva«, sagte sie, und mehr wollte ich sowieso nicht hören.

Ich drehte mich auf den Bauch und klemmte die Füße wieder unter die Stange. Diesmal stemmte ich die Gewichte rückwärts mit den Fußgelenken, eins, zwei, drei, vier... und belastete die Muskeln auf der Rückseite der Oberschenkel.

Im Liegen schaute ich an Goldie vorbei und sah, daß Mr. Deeds gekommen war. Er redete mit Gruff Gordon. Während sie miteinander plauderten, kamen sie quer durch das Studio auf uns zu.

Gruff Gordon blieb vor Goldie stehen. »Hast du mal Zeit für ein Pläuschchen, Girlie?«

»Ich heiße Goldie Green«, sagte Goldie. Würde hatte sie, das mußte man ihr lassen.

»Für dich Miß Green«, sagte ich, und schon hatte ich mich wieder verzählt.

»Nur immer weiter so, Eva«, sagte Mr. Deeds. »In Frome hast du der Blonden Bombe bloß die Muskeln zerfetzt. Wenn du so weitermachst, kannst du ihr vielleicht am Samstag das Rückgrad brechen.«

Er zwinkerte Gruff Gordon zu, der schnaubte.

Ich zog die Füße unter der Stange vor und drehte mich um. Ich hatte keine Lust, auf dem Bauch liegend mit diesen Leuten zu reden. Aber Mr. Deeds packte Goldie am Arm und schob sie zum Fenster. Ich wollte hinter ihnen her.

»Verzieh dich, Eva«, sagte Gruff und versuchte, mich mit dem Ellenbogen wegzuschubsen. »Das ist vertraulich.«

»Das hättest du wohl gern«, sagte ich. »Deine Sorte kenne ich.«

»Verzieh dich«, sagte er noch einmal.

Mr. Deeds kam zurück und sagte: »Immer mit der Ruhe, Eva. Hier geht's ums Geschäft, verstanden? Trainier du schön weiter.«

Goldie hatte die Arme vor der Brust verschränkt, und ich war mir sicher, daß sie sich an ihre Daumen klammerte, aber den Kopf hielt sie hoch oben. Ich konnte nichts mehr für sie tun, nachdem Mr. Deeds mich zurückgepfiffen hatte.

Ich ging an ein anderes Gerät, von dem aus ich die Unterhaltung am Fenster beobachten konnte. Diesmal trainierte ich Rükken und Schultern. Dabei drückt man eine Stange hinter den Schultern nach unten. Ich hatte einen solchen Kloß im Hals, daß ich mir das Mitzählen sparte.

Nach einer Weile kam Goldie wieder und sagte: »Sie haben mir einen Job angeboten, Eva. Ist das nicht toll?«

Ich schwitzte wie ein Schwein und sagte nichts.

»Ich soll Gruffs Dienerin sein. Von Samstag an. Ich kriege sogar Geld auf die Hand. Ist das nicht super?«

»Nein«, sagte ich. Ich ließ los, und die Stange schoß in die Höhe. Die Gewichte krachten runter. So was soll man eigentlich nicht machen, weil die Geräte darunter leiden. Aber das war mir egal.

Ich stand auf und ging zu Gruff und Mr. Deeds ans Fenster.

»Wenn sie für irgendwen die Dienerin macht«, sagte ich, »dann für mich und sonst keinen.«

Ich wünschte mir, ich wäre vor ihnen auf die Idee gekommen – Goldie, die mit meiner Robe in der Ringecke stand. Goldie, die mich anfeuerte.

Gruff fing an zu lachen. »Die Schöne und das Biest«, sagte er. »Wie blöd bist du eigentlich, Eva? Weiber haben keine Dienerinnen.«

»Und wieso nicht?«

Wir standen Zeh an Zeh voreinander. Ich hätte ihn in den Fettwanst boxen können. Ich stellte mir vor, wie meine Faust bis zum Handgelenk in seinem Speck versank.

Mr. Deeds schob Gruff beiseite. Er sagte: »Beruhige dich, Eva. Es ist alles entschieden. Ich wollte mir für die Schwergewichtler sowieso einen neuen Gag einfallen lassen, und da kommt mir deine Freundin wie gerufen.«

»Nein!«

»Sei vernünftig. Sie kann nicht deine Dienerin sein, das ist mein letztes Wort. Was meinst du, auf was für Ideen die Zuschauer sonst kommen?«

»Die denken sich doch sowieso schon ihr Teil«, sagte Gruff.

»Schnauze!« brüllte ich. Der Kerl konnte einen wirklich zur Weißglut bringen.

Goldie legte mir die Hand auf den Arm. »Es ist doch bloß ein Job«, sagte sie.

»Laß mich in Frieden«, sagte ich. »Es ist nicht bloß ein Job.«

Ich drehte mich um und marschierte wieder zu den Geräten. Diesmal nahm ich mir die Rudermaschine vor. Man sitzt darin, zieht die Stange mit aller Kraft nach hinten, bis man fast auf dem Rücken liegt und dann läßt man sie ganz langsam wieder los. Dabei muß man die ganze Zeit gegen den Widerstand ankämpfen. Ein sehr gutes Gerät für die Bauchmuskulatur. Und an meinen Bauchmuskeln mußte ich wirklich noch arbeiten.

Ich arbeitete an meinen Bauchmuskeln.

Harsh sagte: »Du hast zuviel aufgelegt, Eva. Hör auf.«

Ich hörte auf. Ich hatte ihn nicht kommen sehen. Er nahm ein paar Kilo runter, und ich fing von vorne an. Er sah mir zu.

»Wie viele?« fragte er.

»Keine Ahnung«, sagte ich. »Hab nicht mitgezählt.«

»Hör auf.«

Ich hörte auf.

»Du legst zuviel auf. Du zählst nicht mit. Willst du dich verletzen?«

»Nein.«

»Ich glaube, du willst dich verletzen.«

»Nein.«

»Steh auf.«

Ich stand auf, und Harsh setzte sich an das Gerät. Er zog die Stange gleichmäßig zurück.

»Paß auf.«

Er zog an und ließ los, langsam und rhythmisch, eins, zwei, drei, vier, fünf, bis zehn. Das Gerät gab kaum einen Ton von sich. Seine Bauchmuskeln waren hart und flach. Er hörte auf.

»Eine schlechte Technik ist schlimmer als gar keine Technik.«

»Ich weiß«, sagte ich.

»Mit deiner Wut tust du nur dir selber weh«, sagte er.

»Ich bin nicht wütend.«

»Warum nicht? Du bist übergangen worden.«

»Von wem, von diesen Fettsäcken? Ich lach mich krümmelig.«

»Gut«, sagte er. Er überließ mir das Gerät und ging. Ich fing wieder an zu ziehen. Diesmal machte ich es richtig. Schon bald ging es mir besser. Komisch, manchmal weiß ich gar nicht, daß ich was falsch mache. Dann brauche ich einen wie Harsh, der es mir sagt.

Harsh ist ein Purist. Er ist ein Catcher für Catcher. Schon möglich, daß er nicht das größte Schwergewicht aller Zeiten ist, mag sein, er ist kein Kassenmagnet und kein absolutes Zugpferd, mag auch sein, er ist der Wrestler, der den ersten Auftritt nach der Pause kriegt, wenn die Hälfte der Zuschauer noch an der Bar steht, aber manchmal, wenn er kämpft, kommen die anderen Catcher aus der Kabine und sehen sich seinen Kampf an. Und manchmal klatschen sie sogar Beifall. Harsh ist ein As. Mehr gibt es dazu nicht zu sagen.

Hinterher gönnte ich mir eine Verschnaufpause auf der Bank. Gruff Gordon und Pete Carver waren auf der Matte und gaben an, Goldie stand dabei und ließ sich von Mr. Deeds erklären, was sie zu tun hatte. Mr. Deeds hatte seine fette Flosse auf ihrer Schulter, aber das sah ich mir nicht lange mit an. Ich machte die Augen zu und atmete tief durch.

Sams Studio ist laut und stinkt, aber mir gefällt es. Allerdings würde es mir noch besser gefallen, wenn Leute wie Gruff Gordon woanders trainierten.

An dem Nachmittag machte ich früh Schluß. Mir taten alle Gräten weh, und die Zähne machten mir auch wieder zu schaffen. Es tat gut, unter der heißen Brause zu stehen und mir Schultern und Nacken massieren zu lassen.

In der Dusche mußte ich plötzlich an Ma denken und daran, daß sie mir nicht helfen wollte, Simone zu finden. Man hätte doch wirklich meinen sollen, sie wollte uns alle wieder zusammen haben. Simone war schon immer ihr Liebling gewesen, wenn sie, was nicht oft vorkam, überhaupt mal einen Gedanken an uns verschwendete. Und mir fiel ein, wie sie gesagt hatte: »Simone will nichts mit dir zu schaffen haben.«

Als ob sie erst vor einer Minute mit Simone geredet und als ob Simone gesagt hätte: »Mit Eva will ich nichts zu schaffen haben.«

Das konnte nicht wahr sein. Simone hätte so was nie gesagt. Wir waren nur aus einem einzigen Grund getrennt: Wir konnten uns nicht finden.

Aber mal angenommen, Ma wollte uns auseinanderbringen. Ich weiß, das hört sich unsinnig an, aber nehmen wir es mal an.

Unter dem heißen Wasserstrahl versuchte ich darüber nachzudenken. Es kam mir so unsinnig vor, aber andererseits war ich einfach mißtrauisch. Ma war schon immer gegen mich gewesen. Soweit ich zurückdenken konnte, war ich ihr ein Dorn im Auge gewesen. Es war ihr durchaus zuzutrauen, daß sie mich von dem einzigen fernhielt, was ich mir wünschte. Wenn man es sich recht überlegt, ist es eigentlich ein Wunder, daß ich soviel Familiensinn habe, bei dem Beispiel, das sie abgibt.

Und noch etwas – für Geld wäre Ma zu allem fähig. Angenommen, Simones Pflegeeltern hätten Ma Geld gegeben, damit sie sie in Ruhe läßt – damit sie mich auf Abstand hält. Ich bin nur ein einziges Mal bei diesen Leuten gewesen, und das war keine besonders schöne Erfahrung.

Während mir das Wasser auf den Kopf prasselte, hätte ich mich beinahe daran erinnert, was an dem Tag, an dem ich Simone besuchen wollte, nicht so schön gewesen war. Aber die Zähne taten mir ganz brutal weh, und ich drehte das Wasser ab.

Mir blieb wohl nichts anderes übrig, als mir schnellstens einen Zahnarzt zu suchen. Ich zog mich an und verließ die Umkleidekabine.

Im Studio spielten sich unglaubliche Dinge ab. Pete Carver schleuderte Gruff gerade quer über die Matte. Dann hob er Goldie hoch und warf sie sich über die Schulter. Goldie strampelte und zappelte.

»Eine kleine Showeinlage«, sagte Harsh zu mir. Er stand bei den Julios und sah sich das Spektakel an.

»Ein bißchen Geschrei könnte nicht schaden«, sagte Mr. Deeds zu Goldie. »Aber ansonsten sieht es nicht übel aus.«

»Ich habe 'ne Idee«, sagte Flying Phil. »Gruff ist schon einmal zu Boden gegangen, und Pete wird leichtsinnig. Er kidnappt Gruffs Dienerin, weil er auf sie steht und auf Gruff eifersüchtig ist.«

»Okay«, sagte Mr. Deeds. »Gruff, du bist total benebelt, okay? Du rappelst dich hoch. Du schaust dich nach Pete um, aber der ist aus dem Ring verschwunden, okay? Du suchst dein Mädchen. Wo ist sie geblieben?«

Gruff rappelte sich hoch, er wirkte beduselt – also nicht viel anders als sonst, wenn du mich fragst.

»Gebt ihm einen Oscar«, sagte ich.

Gruff stierte mich an.

»Wenn du die Sache nicht ernst nehmen kannst, Eva«, sagte Mr. Deeds, »dann mach dich vom Acker.«

»Das ist Showbusiness«, sagte Harsh leise. Harsh ist immer so weise, daß er mir manchmal ganz schön auf den Zwirn geht.

»Das ist doch ein Trauerspiel«, brummelte ich vor mich hin, daß es nur Harsh hören konnte. »Die sind so alt und fett, daß sie nicht mehr anständig kämpfen können. Wenn sie echte Schwergewichtler wären, würden sie sich für so eine Schau nicht hergeben.«

Harsh antwortete nicht, aber Danny Julio sagte: »Du hättest Gruff vor ein paar Jahren erleben sollen. Er war ein Gigant. Aber damals waren wir auch noch im Fernsehen, und es ging um richtiges Geld.«

Wenn Danny Julio anfängt, von seinen unzähligen Fernsehauftritten in der guten alten Zeit zu schwärmen, wird es höchste Zeit, sich aus dem Staub zu machen. Ich ging zur Tür.

Mr. Deeds sagte gerade: »Okay, Gruff, du siehst dein Mädchen. Pete hat sie. Jetzt will ich einen anständigen Tobsuchtsanfall sehen. Du mußt brüllen, richtig röhren. Wie der Incredible Hulk, ja?«

Ich ging in den Korridor. Goldie gönnte ich keinen Blick mehr. Was ging sie mich an? Sie gehörte ja nicht mal zur Familie.

Sie kam hinter mir hergelaufen. »Wo willst du hin, Eva? Warte.«

Ich blieb stehen, drehte mich aber nicht um.

Sie sagte: »Was soll das?«

»Was?«

»Das hier.«

»Du machst dich zum Affen.«

»Es ist doch nur wegen des Geldes«, sagte sie. »Ich bin doch total abgebrannt.«

»Du hast mich.«

»Aber du hast doch selber nichts.«

»Ich habe alles«, sagte ich. »Alles, was ich brauche.«

»Ich wollte dich nicht kränken. Wenn ich gewußt hätte, daß du es so schwer nimmst, hätte ich den Job nicht angenommen. Aber ich muß Geld verdienen. Ich kann dir doch nicht die ganze Zeit auf der Tasche liegen.«

»Schon in Ordnung«, sagte ich. Sie fand aber auch immer die richtigen Worte.

»Wirklich?«

»Ich habe doch gesagt, es geht in Ordnung.«

»Ja, aber wo willst du hin?«

»Zum Zahnarzt«, sagte ich.

Da hörten wir grauenhaften Lärm aus dem Studio. Es war Gruff Gordon, der den röhrenden Hirsch markierte.

Goldie sah mich an, ich sah sie an, und wir prusteten los. Als ich mich wieder beruhigt hatte, sagte ich: »Ich hol dich in ein, zwei Stunden ab.«

»Du vergißt mich nicht?«

»Ach was«, sagte ich.

»Hast du wirklich Zahnschmerzen?« fragte sie. »Du siehst ein bißchen blaß aus.«

»Ja.«

»Na dann, paß auf dich auf«, sagte sie. »Zahnschmerzen sind was Furchtbares.« Sie ging wieder ins Studio. Typisch Goldie. Sie fand immer die richtigen Worte.

Ich machte mich also auf die Suche nach einem Zahnarzt und dachte an nichts Bestimmtes. Ich hatte keinen Termin, aber ich dachte mir, ich könnte mich vielleicht irgendwo als Notfall dazwischenschieben lassen. Aber ich mußte wohl ins Träumen gekommen sein, die Zeit verging, und mit einemmal fand ich mich gleich um die Ecke vom Haus meiner Mutter wieder. Ich kann es nicht ausstehen, wenn mir so was passiert, weil ich dann nie genau sagen kann, wie ich irgendwohin gekommen bin. Aber die Sache hatte auch ihr Gutes: Die Zahnschmerzen waren weg. Wo sie abgeblieben waren, wußte ich auch nicht, aber beklagt habe ich mich trotzdem nicht.

Ma könnte eigentlich genausogut auf einem Schrottplatz wohnen wie ich. In der Gegend liegt so viel Abfall rum, und da stehen so viele auf Ziegelsteinen aufgebockte Wagen, daß es aussieht, als ob ihr Haus auf einer Müllkippe steht.

Ich stieg zu ihr hoch und klopfte. Sie machte nicht auf, aber drinnen konnte ich den Fernseher vor sich hinplärren hören. Ich klopfte noch mal.

Natürlich hatte ich mir eine selten blöde Zeit für einen Besuch bei Ma ausgesucht. Entweder war sie sternhagelvoll, oder sie war in der Kneipe.

Die Frau aus der Nachbarwohnung schaute zur Tür raus und fragte: »Was soll der Krach?«

»Ich wollte zu meiner Ma.«

»Die ist Ihre Mutter?« Die Frau beäugte mich einigermaßen überrascht von oben bis unten. »Wußte gar nicht, daß sie Kinder hat.«

Woher sollte sie auch? Ma läßt sich nicht gern in die Karten gucken.

»Sie ist weggegangen«, sagte die Frau. »Aber ihren blöden Kasten hat sie mal wieder laufen lassen.«

»Haben Sie vielleicht einen Schlüssel?« fragte ich.

»Die Wände sind dünn wie Papier«, sagte sie. »Sie könnte wirklich mehr Rücksicht nehmen, Ihre Mutter.« Sie hatte die Lippen vorwurfsvoll zusammengekniffen. Den Blick kannte ich.

»Sie hat es nicht leicht gehabt im Leben«, sagte ich. Immer dieselbe alte Leier.

»Leicht haben wir es alle nicht«, sagte sie. »Augenblick mal eben.«

Gleich war sie mit einem rosa Teigspachtel aus Plastik wieder da.

»Probieren Sie es mal damit«, sagte sie. »Die übernächste Tür geht damit auf.«

An dem Spachtel klebte zwar noch etwas eingetrocknetes Eigelb, aber er paßte genau zwischen Tür und Rahmen.

»Und jetzt feste drücken«, sagte die Frau.

Ich drückte feste, und das Schloß sprang auf.

»So, wie diese Hütten gebaut sind«, sagte die Frau, »ist man in seinem eigenen Bett nicht sicher.« Sie hielt mir die Hand hin, und ich gab ihr den Spachtel zurück.

»Danke«, sagte ich und ging rein.

»Und drehen Sie den verdammten Krach ab«, schrie sie hinter mir her.

Als ich Mas Fernseher ausgeschaltet hatte, konnte ich den Fernseher der Frau von nebenan durch die Wand hören. Und ihre Kinder hörte ich schreien. Anders kann man in diesen Buden nicht überleben. Man muß selber soviel Radau machen, daß man alles andere übertönt. Ich bin froh, daß ich keine Nachbarn habe.

Ich ging in Mas Schlafzimmer. Ob du's nun glaubst oder nicht – ich war noch nie in Mas Schlafzimmer gewesen, jedenfalls nicht in dieser Wohnung. Um ein Haar hätte mich der Schlag getroffen, weil nämlich auf ihrer unaufgeräumten alten Frisierkommode ein Bild von Simone in einem silbernen Rahmen stand. Und, was das Schönste war, es war ein Bild von Simone, wie ich sie nie gesehen hatte. Ein Bild von der erwachsenen Simone.

»Ich glaub, mich streift ein Bus!« sagte ich. Ich mußte mich auf Mas zerwühltes, verschwitztes Bett setzen. Mir war heiß und kalt und schwindelig, alles auf einmal. Und dann merkte ich, daß ich mir das Bild eigentlich gar nicht richtig ansehen konnte. Ich sah überall sonst hin, und es war fast, als ob ich es nicht sehen wollte.

Es bedeutete, daß ich Ma zu Recht verdächtigt hatte, und plötzlich fühlte ich mich innen ganz hohl.

»Du gemeines, verlogenes, hinterlistiges, altes Miststück«, sagte ich zu Ma, die nicht da war. Dann stand ich auf und riß alle Schubladen raus, erst von der Frisierkommode, dann von der Wäschekommode. Und ich kippte jede einzelne auf den Fußboden und trampelte auf ihren Klamotten rum. Und ich zerfetzte ein Kleid von ihr mit den bloßen Händen.

Während ich so vor mich hinwütete, sah ich auf einmal das alte Schmuckkästchen, in dem sie ihre Perlen und Ohrringe und Armreifen hatte. Und mir fiel ein, wie Simone und ich uns als Kinder mit Mas Sachen verkleidet hatten, wenn sie nicht da war, und daß Simone sich Mas Perlen umgehängt und Prinzessin gespielt hatte.

Dann tat es mir ein bißchen leid, daß ich so ein Chaos angerichtet hatte, und ich fing an, alles wieder wegzupacken. Denn schließlich und endlich war Ma einfach nur Ma, und sie hatte es wirklich nicht leicht gehabt im Leben.

Beim Aufräumen fand ich den Brief, nur den einen. Er kam von einem Anwalt aus Braintree in Essex. Er klemmte hinten in der Schublade, in der Ma ihre Unterwäsche verstaute, wenn sie es nicht vergaß. Ich warf nur einen kurzen Blick darauf, aber das reichte. In dem Brief ging es um »das Kind« und »unsere Mandanten«. Ich stopfte ihn in meine Jackentasche, lesen wollte ich ihn später.

Es wurde Zeit, der erwachsenen Simone ins Gesicht zu sehen. Ich starrte sie an, und sie schaute mich über die Schulter an. Sie trug ein goldenes und schwarzes Ballkleid, aber ihre Schultern waren nackt, und komischerweise ähnelte sie tatsächlich ein bißchen einer Prinzessin. Nur sah sie wie eine echte Prinzessin aus, weil nämlich das Kleid und die Frisur von Lady Di abgekupfert waren, so wie sie damals immer rumgelaufen ist. Und sie lugte unter den Augenwimpern hervor, genau wie die richtige Prinzessin Diana.

Ich war enttäuscht, aber ich konnte verstehen, warum Ma das Bild auf ihrer Frisierkommode haben wollte. Dann dachte ich mir, daß diese »Mädchen«-Klamotten genau die Sachen waren, die irgendwelche Pflegeeltern für ihr Goldstück aussuchten, und es ging mir gleich besser, seit ich wußte, daß Simone sich das Zeug nicht selber ausgesucht hatte. Aber trotzdem gefiel mir das Bild überhaupt nicht.

Mir gefiel das Bild, das an ihrem zwölften Geburtstag aufgenommen worden war. Ma hatte es nicht mehr verdient, also ging ich ins Wohnzimmer und klaute es aus dem Album. Ma würde es nicht merken. Sie hat ungefähr soviel Familiensinn wie eine Schmeißfliege, die ihre Eier auf einem faulen Stück Fleisch ablegt und dann abschwirrt.

12

Es war ein Tag wie auf der Wippe, auf, ab, auf, ab. Als ich von Ma wieder wegging, fand ich etwas, was ich in meinem ganzen Leben noch nicht gefunden hatte – einen Ford Cortina mit offenen Türen, mit Schlüssel im Schloß und warmem Motor. Ein Weihnachtsgeschenk. Ich habe es noch nie erlebt, daß einer einen Wagen so abstellt. Noch nie. Ich muß immer arbeiten für meine Schlitten, weil es mir keiner leicht macht. Keiner.

Was für ein Tag!

Ruck, zuck war ich wieder in Sams Studio. Als ich reinkam, sah ich Harsh komisch verdreht auf der Bank sitzen, und hinter ihm stand die Künstlertype aus Bermuda Smiths Club und malte ihn.

Ich staunte nicht schlecht, aber ich sagte bloß: »Wo ist meine Freundin Goldie?« Schließlich war ich wegen Goldie da, und ich konnte sie nirgends entdecken.

Harsh sagte: »In der Dusche.«

Und der Künstler sagte: »Nicht bewegen, bitte.«

»Was haben denn Sie hier verloren?« fragte ich.

»Das will ich Ihnen gleich erklären«, sagte er. Er sah Harsh an, er sah sein Bild an, aber mich sah er nicht an. Er hatte ganz schwarze Finger vom Kohlestift, und seine Hände flitzten wie Terrier über das Papier.

Ich sah mir das Bild an, und ich konnte erkennen, daß es Harsh darstellen sollte, obwohl es nur sein Rücken war. Das sah man an der Form seiner Kapuzenmuskeln. Schon wieder mußte ich mich wundern. Immerhin war der Künstler so helle, daß er einen guten Kapuzenmuskel erkannte, wenn er ihn sah.

»Deinem Kapuzenmuskel hat er alle Ehre gemacht«, sagte ich zu Harsh, für den Fall, daß er sich womöglich Sorgen machte. »Und der Latissimus ist auch nicht übel.«

Harsh sagte nichts, also ging ich in die Dusche, Goldie suchen. Sie bürstete sich die Haare unter dem Handtrockner, und sie glühte irgendwie von innen heraus. Ich freute mich, weil ich mir ja gleich gedacht hatte, daß ihr ein bißchen Sport nicht schaden konnte. Damit hatte ich recht behalten.

»Igitt!« sagte sie, als sie mich sah. »Dieser Gruff Gordon stinkt wie ein Zirkusbär, wenn er schwitzt, und Pete riecht auch nicht viel appetitlicher.«

»Die sind nicht in Form«, sagte ich. »Wenn man nicht in Form ist, stinkt man beim Schwitzen.«

»Das wußte ich gar nicht.«

»Tatsache«, sagte ich. »Dann kommen einem das Fett und das Gift aus den Poren.«

»Ehrlich?«

»Wenn man durchtrainiert ist, kommen nur Salz und Wasser raus. Und das stinkt fast überhaupt nicht.«

»Was du alles weißt!« sagte Goldie, die sich immer noch die Haare bürstete.

»Wenn man wissen will, wie gesund ein Mensch ist, braucht man bloß seinen Schweiß riechen.«

»Im Ernst?«

»Ja. Sollte mich nicht wundern, wenn Gruff Gordon morgen tot umfallen würde – so, wie der stinkt.«

»Hoffentlich läßt er sich damit noch bis nach Samstag Zeit«, sagte sie. »Wenn er nicht antreten kann, gibt mir Mr. Deeds die andere Hälfte von meiner Gage nicht.«

Ich wollte ihr von Simone und dem Brief vom Rechtsanwalt erzählen. Ich dachte mir, gebildet, wie sie war, könnte sie mir vielleicht erklären, was das alles zu bedeuten hatte. Aber sie schminkte sich gerade die Augen, und du kannst schließlich von keinem ein vernünftiges Wort erwarten, der sich gerade Linien um die Augen malt.

In den Augenwinkeln verschmierte sie die Farbe mit dem kleinen Finger, und wie durch ein Wunder wurden ihre Augen dadurch groß und geheimnisvoll. Ich habe nie verstanden, wie das funktioniert. Ich habe es einmal ausprobiert, aber ich sah aus, als hätte mir einer ein Veilchen geschlagen.

Sie starrte sich an und seufzte, obwohl ich beim besten Willen nicht kapieren konnte, was sie zu seufzen hatte.

»Gehen wir«, sagte sie und fing an, ihre Tüten und Taschen zusammenzusuchen. Sie hatte ganz schön eingekauft, und mir wurde fast ein bißchen mulmig, aber da fiel mir ein, daß Mr. Deeds ihr einen Vorschuß gegeben hatte.

»Er ändert die ganzen Plakate«, sagte sie. »Für Samstag.«

»Wer?«

»Mr. Deeds.«

»Wieso?«

»Mein Name soll noch drauf – Gruff Gordon und Goldie.«

»Ach ja?«

Ich schluckte, aber ich hatte einen Kloß im Hals, weil Gruff und Pete als Schwergewichtler immer ganz oben auf dem Plakat stehen. Das hieß, daß ihr Name auch ganz oben stehen würde. Und in größeren Buchstaben als meiner. Dabei konnte sie nicht mal kämpfen.

»Was hast du?« fragte sie. Irgendwie wußte sie immer, daß etwas nicht stimmte, wenn ich nur »ach, ja?« sagte. Das war wirklich zum Kotzen.

»Hör mal«, sagte sie und sah mich an. »Mach dir nichts draus.«

»Ich mache mir nichts draus.«

»Ich bin wieder mal nichts weiter als ein Gesicht«, sagte sie. »Ich kann doch überhaupt nichts. Keiner nimmt mich ernst. Ich bin ein Requisit. So was wie ein Talisman oder ein Maskottchen. Wie George gesagt hat, ein Gag.«

»Was für ein George?«

»Mr. Deeds. George Deeds.«

Das hörte ich zum ersten Mal. Jetzt arbeitete ich schon seit Monaten für ihn, aber daß er George hieß, hatte er mir nie gesagt.

»Mich kennt keiner«, sagte sie. »Keiner weiß, wer ich bin. Nur du. Ich bin nur ein Gesicht.«

Sie sah so traurig aus, daß ich sagte: »Deine Beine sind aber auch nicht von schlechten Eltern«, nur um sie aufzuheitern. Da fing sie so feste an zu lachen, daß ich dachte, sie würde ersticken. Ich mußte auch lachen, nur wußte ich leider nicht, wo der Witz war.

Wir hatten uns immer noch nicht wieder eingekriegt, als wir

ins Studio reingingen. Die Künstlertype hatte aufgehört zu malen und unterhielt sich mit Harsh.

Harsh sagte: »Reiß ihm nicht gleich den Kopf ab, Eva. Laß ihn erst mal ausreden.« Damit ging er in die Männerdusche.

»Interessanter Typ«, sagte der Künstler, der ihm nachsah.

»Also?« sagte ich. »Wie haben Sie mich gefunden?«

»Harry Richards hat mir gesagt, daß Sie hier trainieren«, sagte er. »Machen Sie doch nicht so ein Gesicht. Schließlich hat er mir ja nicht Ihre Adresse verraten oder so. Und ich mußte ihm wirklich ganz schön auf die Nerven gehen, um überhaupt etwas aus ihm herauszubekommen. Er kennt mich, und er weiß, daß auf mich Verlaß ist.«

»Blöder, alter Trottel«, sagte ich. Ich überlegte, wem Harry wohl noch von mir erzählt haben konnte. Aber bei den Bullen hätte er mich bestimmt nicht verpfiffen. Harry doch nicht.

»Augenblick«, sagte er. Er klopfte seine Taschen ab. Dann schüttelte er den Zeichenblock, bis ein kleines, glänzendes Heft rausfiel. Er hob es auf und gab es mir. Auf dem Titelblatt stand: *Shrodinger Gallery. Eine Ausstellung. Skulpturen von Dave de Lysle.*«

»Das bin ich«, sagte er. »Dave de Lysle.«

»Ich kann lesen«, sagte ich.

»Ich möchte Ihnen den Katalog geben, um Ihnen zu beweisen, daß ich kein Betrüger bin.«

»Ach, Sie sind bestimmt kein Betrüger.«

»Am besten erkläre ich es Ihnen schnell«, sagte er. »Ich sehe doch, daß Sie sich nicht mehr viel länger mit mir abgeben wollen. In der Nähe von Winnipeg in Kanada soll eine neue Sportanlage entstehen. Es wurde ein Kunstwettbewerb ausgeschrieben, den ich gewonnen habe. Ich soll einen Relieffries beziehungsweise eine Reihe von Relieffriesen für die Haupteingänge anfertigen, außerdem eine frei stehende Gruppe für einen Springbrunnen. Das Thema der Arbeit beziehungsweise der Arbeiten ist natürlich der Sport, körperliche Fitneß, Kraft, Energie etcetera. Der Stil soll figurativ sein. Ich brauche Modelle. Sie wären geradezu ideal. Ich zahle ein Stundenhonorar. Den üblichen Satz. Sie könnten sich die Zeit neben Ihren anderen Aktivitäten ganz nach Bedarf frei einteilen.«

»Wieviel?« fragte ich, und dann kam mir ein Gedanke. »Müßte ich mich ausziehen?«

»Hm...«

»Verpiß dich«, sagte ich. Ich nahm Goldies Ellenbogen und schob sie zur Tür.

Sie sagte: »Ich kannte mal einen Bildhauer. Der hat auch zuviel geredet.«

»Sport!« sagte ich. »Körperliche Fitneß! Die wollen doch bloß Titten und Ärsche. Oder hast du schon mal gesehen, wie einer ohne Klamotten trainiert?«

»Nein.«

»Eben. Der Typ ist auch nur so ein schmieriger Perverser.«

Auf der Straße holte er uns ein.

»Sie könnten sich wenigstens mal mein Studio ansehen«, keuchte er atemlos. Für einen Typen, der sich für körperliche Fitneß interessierte, hatte er noch viel zu lernen. »Kommen Sie mit Harsh vorbei. Der überlegt es sich auch noch.«

»Harsh?« Ich blieb stehen.

»Ihre Freundin können Sie mitbringen, wenn Sie sich allein nicht trauen.«

»Ich traue mich schon«, sagte ich. »Ein halbes Hemd wie Sie könnte ich über einen Bus schmeißen.«

»Das glaube ich gern«, sagte er. Er sah aus, als ob er es ernst meinte.

»Ich werde mich mit meinem Manager darüber beraten«, sagte ich, ziemlich zufrieden mit mir. Ich ließ ihn stehen und marschierte zügig ab. Goldie mußte traben, um nicht abgehängt zu werden.

»Nicht so schnell«, sagte sie. »Wer ist denn dein Manager?«

»Du.«

Sie fing an zu lachen. »Dem hast du aber ganz schön die Meinung gegeigt.«

»Was sollte ich ihm sonst geigen? Was von Beethoven?«

Ich gab Dave de Lysles Katalog, den ich noch in der Hand

hatte, an Goldie weiter. Wir kamen um die Ecke in eine Nebenstraße, und ich sah gründlich die Straße auf und ab. Kein Mensch war neugierig, also schloß ich den Cortina auf und stieg ein. Goldie setzte sich neben mich.

Sie sagte: »Komisch.«

»Was ist komisch?«

»Ich hatte deinen Wagen irgendwie kleiner in Erinnerung.«

Ich kriegte einen ganz schönen Schrecken. Ich hatte gedacht, sie wäre in dem Fiat Panda absolut hirntot gewesen an dem Abend, als ich sie gerettet hatte.

»Warum sind wir nicht zum Studio gefahren?« fragte sie.

»Ich habe den Wagen gerade erst geholt. Jemand anders ist ihn gefahren.« Ich glaube an die Wahrheit, vor allem, wenn ich das Blaue vom Himmel runterlüge.

»Wohin fahren wir?«

»Nach Hause. Ich muß mich um die Hunde kümmern. Und wenn du bei mir bleiben willst, solltest du dich auch mit ihnen bekannt machen.«

Sie mochte die Hunde. Ich gab ihr meine Jacke, damit sie nicht nur nach sich, sondern auch nach mir roch, und nach einer Weile schienen sie sie akzeptiert zu haben. Goldie ließ sie ein paar Hundekuchen aus der Hand fressen.

»Das sind doch keine Schoßhunde«, sagte ich.

»Ich weiß«, sagte sie. »Mein Vater hat auch Wachhunde.«

Lineker drückte sich an sie, und sie streichelte ihm den Kopf. Bei Lineker hatte ich schon immer so meine Zweifel. Der wäre imstande, einem die Hand zu lecken und Stöckchen zu apportieren. Er ist noch ziemlich jung, und er braucht Ramses, der ihn auf Trab hält.

Du kannst es dir nicht leisten, einen Hund zu verzärteln, jedenfalls nicht, wenn er zu arbeiten hat. Das gilt für Menschen genauso. Glaub mir. Die Welt ist hart, aber wenn du nicht weich wirst, kommst du durch.

»Du beißt mich doch nicht, was?« sagte Goldie zu Lineker.

»Um dich mache ich mir keine Sorgen«, sagte ich. »Aber um ihn. Du darfst ihn nicht verhätscheln.«

»Aber er hat mich gern.«

»Na und? Wenn er weich wird, wird er eingeschläfert. Weil er dann als Wachhund nichts mehr taugt. Und kein vernünftiger Mensch würde sich aus einem anderen Grund mit ihm abgeben.«

»Du bist so hart, Eva«, sagte sie.

»Nein«, sagte ich. »Nicht so hart wie du. Du willst, daß er dich gern hat. Du denkst überhaupt nicht an ihn.«

Sie sah mich an, und ihr stiegen die Tränen in die Augen. Woraufhin ich prompt einen Kloß im Hals kriegte. Also ging ich los und leerte die chemische Toilette, weil es gemacht werden mußte, und weil ich recht hatte und sie nicht.

Als ich in den Hänger kam, hatte sie die Taschenlampen und den Gasofen angemacht, es war warm und gemütlich. Trotzdem war die Stimmung fast wie nach einem Streit. Mir war unbehaglich zumute.

Aber sie sagte: »Was machst du, wenn du die ganze Nacht allein bist? Du hast doch bestimmt keinen… nein, bestimmt nicht.«

»Was denn?«

»Einen Fernsehapparat.«

»Hm«, sagte ich nachdenklich. Ich wollte ihr einen Fernseher geben, weil ich das Gefühl loswerden wollte, daß wir uns gestritten hatten.

»Ich könnte einen organisieren«, sagte ich. »Einen kleinen. Schwarzweiß.«

»Und wie willst du ihn zum Laufen bringen?«

»Mit 'ner Autobatterie.«

Mir war nämlich eingefallen, daß der Besitzer einen kleinen Apparat hatte, den er in seinem Wagen am Zigarettenanzünder anschließen konnte. Er nahm ihn immer mit zum Pferderennen, damit er gleichzeitig Golf gucken konnte, wenn er auf der Rennbahn war.

Draußen war es so kalt, daß man seinen Atem sehen konnte. Ich überlegte gerade, wie ich in das Hauptbüro kommen sollte, ohne was kaputtzumachen, als mir plötzlich wieder einfiel, daß die Künstlertype gesagt hatte, ich wäre geradezu ideal. Das war so ein absonderlicher Gedanke, daß ich wie angewurzelt stehenblieb. Ich konnte mir nicht vorstellen, wieso er das gesagt hatte, und ich konnte nicht begreifen, wieso Harsh ihn ernst nahm. Vielleicht war ich schwer von Kapee.

Ich überlegte, wie hoch wohl das übliche Stundenhonorar sein mochte und ob es sich lohnte, daß ich mich um meiner lieben Zähne willen mit so einem Blödian abgab. Für meine Zähne tue ich alles, und früher oder später muß ich mir deswegen wirklich was einfallen lassen.

Die Schneidezähne würde ich mir gerne überkronen lassen, weil sie ein bißchen angeschlagen und uneben sind, weshalb ich auf Fotos nicht lächeln kann. Bei den Aufnahmen für das Londoner Killerqueen-Plakat mußte ich die ganze Zeit den Mund halten. Zum Schluß wurde der Fotograf richtig ungemütlich, weil ich es immer wieder vergessen habe. An dem Tag war es mir auf einmal klar geworden. Wenn ich Karriere machen wollte, brauchte ich astreine Beißer, genau wie Harsh.

Die Bürotüren waren zu, so zu wie ein Fischarsch. Aber irgendwer hatte das Fenster vom Damenklo angelehnt gelassen. Mr. Gambon hatte die Aufgabe, das Büro abzuschließen, und er hatte es versaut. Darüber war ich aus zwei Gründen froh. Erstens – Ich konnte rein, ohne ein Fenster einschlagen zu müssen. Zweitens – Mr. Gambon war so ein eingebildeter Affe, daß es mir ungeheueren Spaß machen würde, ihm zu sagen, daß er einen Bock geschossen hatte.

Mit dem kleinen Fernseher hatte ich keine Probleme. Die Probleme kamen erst mit der Autobatterie. Hättest du wohl nicht gedacht, daß ich auf einem Gelände, wo sich Autos und Ersatzteile nur so stapelten, Schwierigkeiten gehabt hätte, an eine Autobatterie zu kommen, was? Die guten lagen alle in einem fensterlosen Schuppen. Leider hatte keiner vergessen abzuschließen.

Ich hätte mir auch eine aus einem Gebrauchtwagen organisieren können, aber das war zu riskant. Man wußte nie, welcher am nächsten Tag für eine Probefahrt gebraucht wurde.

Zum Schluß mußte ich mir doch tatsächlich auf der Straße eine suchen.

Ich weiß ja nicht, wie es mit dir ist, aber ich habe es mir zur Regel gemacht, nie direkt zu Hause um die Ecke etwas anzustellen. Aber es war ein kalter Abend, und Regeln sind dazu da, daß sie gebrochen werden. Ich wollte schnell wieder zum Hänger zurück. Ich wollte Goldies Gesicht sehen, wenn ich ihr den Fernseher überreichte.

Wenn du zu weit vorausdenkst, handelst du dir immer Scherereien ein.

Ich fand einen netten Volkswagen keine hundert Meter vom Haupttor, und ich brauchte keine zwei Minuten, um einzusteigen und die Motorhaube zu öffnen. Ich hatte gerade die Batterie abgeklemmt und wollte sie aus dem Wagen heben, als eine Hand auf meiner Schulter landete und eine Stimme sagte: »Mitkommen.«

Ehrenwort, mir blieb das Herz stehen, so einen Schrecken hatte ich bekommen. Ich wirbelte herum. Die Batterie hatte ich noch in der Hand. Vor mir stand eine dunkle Männergestalt mit erhobenem Arm.

Ich warf die Batterie nach ihm.

Schließlich konnte ich es doch wirklich nicht ahnen, oder? Schließlich sollte einem mitten in der Nacht doch wirklich keiner einen solchen Schrecken einjagen, oder?

Du weißt es wahrscheinlich selber, aber eine Autobatterie ist ein schweres, hartes Gerät, und es gibt nicht viele Menschen, ob nun Männer oder Frauen, die eine Batterie weit schmeißen können. Ich traf ihn irgendwo zwischen Krawattenknoten und Hosengürtel. Er fiel um wie ein erschossenes Reh und blieb liegen.

»Eva?« nuschelte er. »Was hast du gemacht, Eva?«

Er war ein Chinese. Mehr konnte ich im Dunkeln nicht erkennen. Also sagte ich: »Kommst du von Mr. Cheng?«

Er sagte gar nichts. Er hatte die Augen zu und atmete pfeifend.

»Ach du dickes Ei«, sagte ich. Ich hatte doch tatsächlich meine Verabredung mit Mr. Cheng vergessen. Mir wurde richtig mulmig zumute.

Ich dachte, der Mann würde sterben, und ich wußte nicht, was ich machen sollte. Er hätte sich nicht im Dunkeln an mich ranpirschen sollen, aber ich hätte nicht die Batterie nach ihm schmeißen dürfen, ohne nachzusehen, ob er vielleicht ein Bekannter war.

Ich nahm ihm die Batterie von der Brust und kniete mich neben ihn.

»Tut mir leid«, sagte ich. »Ich wußte nicht, daß du es bist.«

Aber ich hatte es kaum ausgesprochen, da merkte ich plötzlich, daß ich nicht mal seinen Namen wußte. Vielleicht war er der Typ von gestern abend, vielleicht aber auch wieder nicht. Und wenn man schon jemand umbringt, sollte man doch wenigstens seinen Namen wissen, finde ich. Das gehört sich so.

So oder so, auf dem Bürgersteig wollte ich ihn jedenfalls nicht sterben lassen, also hob ich ihn hoch und legte ihn auf den Rücksitz des Volkswagens. Dann holte ich die Batterie, baute sie wieder ein, ließ den Wagen an und fuhr los.

Ich brachte ihn ins St. Thomas Krankenhaus in der Lambeth Palace Road, weil mir kein anderes mit einer großen Unfallstation einfiel. Unterwegs machte ich mir Sorgen, daß er sterben würde, ich machte mir Sorgen um Goldie, die nun ganz allein im Hänger saß, und ich machte mir Sorgen wegen Mr. Cheng. Hocherfreut war er bestimmt nicht, wenn er erfuhr, daß ich einen von seinen Kellnern mit einer Autobatterie aus den Pantinen gehauen hatte. Ein Glück, daß der Batterie nichts passiert war, sonst hätten wir es nie bis zum St. Thomas geschafft.

Ich beschloß, zu Mr. Cheng zu fahren und die Sache zu bereinigen.

Das Beijing Garden war zwar zu, aber mir machte trotzdem einer auf. Die ganze Sippschaft saß oben in den Privaträumen. Ein paar spielten dieses komische, chinesische Domino, und es ging jede Menge Geld über den Tisch.

Als sie mich sah, stand Tante Lo sofort vom Spieltisch auf und kam zu mir rüber.

»Mr. Cheng erwartet dich, Eva«, sagte sie. »Du kommst sehr spät.«

»Ich habe ein Problem, Mrs. Lo«, sagte ich. »Der Mann, den Mr. Cheng mir geschickt hat, liegt im St. Thomas Krankenhaus. Er hatte einen kleinen Unfall.«

»Einen Unfall? Mit dem Auto?«

»Nun ja«, sagte ich. Ich wollte es ihr schonend beibringen. »Irgendwie war es ein kleiner Unfall mit einem kleinen Autoteil. Aber ich habe ihn ins Krankenhaus gebracht, da ist er in den besten Händen.«

»Ach du liebe Güte, ach du liebe Güte«, sagte Tante Lo. Sie winkte zwei dünne, junge Männer zu sich und redete mit ihnen. Dann sagte sie auf Englisch: »Erklär ihnen, wo Kenny ist.«

Ich erklärte es ihnen. Die Männer sahen erst sich und dann Tante Lo an. Alle drei verließen zusammen das Zimmer. Ich stand neben der Tür, drehte Däumchen und kam mir ziemlich blöde vor.

Nach einer Weile kam Tante Lo zurück und brachte mich in Mr. Chengs Büro. Er saß hinter seinem Schreibtisch, und er hatte die beiden Typen bei sich, die ich vor drei Tagen mit Tante Lo im Rover mitgenommen hatte.

Als erstes sagte Mr. Cheng: »Woissendäastra?«

»Ich weiß nicht, Mr. Cheng.« Ich war froh, daß er mich nach dem Wagen und nicht nach Kenny fragte: »Wahrscheinlich steht er irgendwo bei mir rum.«

»Holenastra«, sagte Mr. Cheng.

»Jetzt?« sagte ich.

»Jetzt«, sagte Tante Lo. »Sofort.«

»Washatssedennbeismieverlorn?« fragte Mr. Cheng. »Waswolltsseda?«

Also erklärte ich ihm, daß Harry Richards Ärger erwartet und mich gebeten hatte auszuhelfen.

»Die Jobs für Sie hatte ich alle erledigt, Mr. Cheng«, sagte ich zum Schluß noch.

»Ha!« sagte Mr. Cheng.

»Was war los?« fragte Tante Lo.

Ich erzählte ihr von den Bullen und dem Tränengas.

»Hast du gesehen, wer die Patrone geworfen hat?«

»Nein.«

»Nein?«

Ich schüttelte den Kopf. Anscheinend erwarteten sie noch

mehr, und mir wurde langsam unbehaglich. Richtig unfreundlich waren sie nicht, aber ein freundliches Gesicht hat auch keiner gemacht.

Alles schwieg, eine Ewigkeit lang, alle starrten mich an. Dann sagte Tante Lo: »Geh und hol den Astra, Eva. Komm sofort wieder zurück.«

»Hat das nicht bis morgen Zeit?« fragte ich.

»Habbenkleinauftragfüddi«, sagte Mr. Cheng.

»Du brauchst doch sicher Geld, Eva?« sagte Tante Lo.

Plötzlich zeigte Mr. Cheng mit dem knochigen Finger auf mich und ratterte los. Es klang wie: »Wennduinnmeimastragekommbis...«

Nach einer Minute hatte ich es auseinanderklamüsert, und dann sagte ich: »Ich habe Ihren Astra noch nicht mal gesehen. Ich bin mit einem anderen Wagen gekommen, der... jemand anderem gehört.«

Mr. Cheng war irgendwie besessen von seinem Astra.

»Und überhaupt«, sagte ich, weil mir etwas eingefallen war. »Ihr Mann, dieser Kenny muß noch die Schlüssel haben, und wenn Sie keinen Ersatzschlüssel haben, kann ich den Astra gar nicht holen.«

»Hah!« sagte Mr. Cheng.

Daran hatten die vier nun doch ein bißchen zu knabbern, und ich trat von einem Fuß auf den anderen. Ich war müde. Ich wollte nach Hause. Ich wollte keine Erklärungen mehr über Kenny und den VW abgeben. Ich fand, ich hatte mich durchaus achtbar aus der Affäre gezogen, aber ich wollte nicht mehr im Beijing Garden rumhängen, wenn die beiden dürren Typen aus dem Krankenhaus zurückkamen.

Plötzlich fingen Mr. Cheng, Tante Lo und die beiden anderen an, miteinander zu reden. Sie unterhielten sich geschlagene zehn Minuten und ließen mich solange dumm rumstehen. Nicht sehr höflich.

Dann sagte Mr. Cheng: »Watte draußen, Eva.«

Und Tante Lo sagte: »Geh nicht weg, Eva. Wir brauchen dich gleich noch.«

Also ging ich nach draußen und setzte mich im Korridor auf einen Stuhl. Nach einer Weile brachte mir ein Kerl von unten eine Tasse grünen Tee und eine Schüssel Krabbenbrot. Danach ging es mir schon ein bißchen besser. Aber es gefiel mir gar nicht, daß ich noch länger da rumhängen mußte. Ich hätte auf dem Schrottplatz sein sollen, bei Goldie und den Hunden. Womöglich machte Goldie sich schon Sorgen um mich.

13

»Paß auf, Eva«, sagte Tante Lo. »Es ist wichtig.«

Sie war allein in Mr. Chengs Büro, was mich überraschte, weil ich Mr. Cheng und die beiden anderen nicht hatte rauskommen sehen.

»Wo ist Mr. Cheng?« fragte ich.

»Eva!« sagte Tante Lo.»Du mußt aufpassen.«

»Okay.« Aber ich wunderte mich immer noch, weil ich keine andere Tür sehen konnte, nur die, durch die wir gekommen waren.

»Es geht um einen sehr wichtigen kleinen Auftrag«, sagte sie. »Es ist nur, weil Kenny im Krankenhaus ist. Sonst hätte er das erledigt. Verstehst du?«

»Klar.« Die Sache mit Kenny lag mir immer noch im Magen. Die Schwester in der Notaufnahme hatte mir gesagt, er hätte mehrere Rippen gebrochen, und von einer Lungenprellung war wohl auch noch die Rede gewesen. Ganz sicher war ich mir zwar nicht, aber auf jeden Fall hörte es sich schmerzhaft an.

»Ich konnte nichts dafür«, sagte ich.

»Willst du Mr. Cheng nicht helfen?« fragte Tante Lo. Sie machte wirklich einen tantenhaften Eindruck in ihrem Faltenrock und dem grauen Wolljäckchen. Ich sah auf ihre Füße, und sie trug doch tatsächlich pinkfarbene Tanzschuhe.

»Natürlich will ich helfen«, sagte ich.

»Gut«, sagte sie. »Mr. Cheng möchte, daß du ein Päckchen für ihn ablieferst.«

»Okay.«

»Es ist wichtig. Und es ist wichtig, daß dich keiner sieht. Zu deiner eigenen Sicherheit.«

»Zu meiner Sicherheit?« sagte ich. Tante Lo lächelte nicht, und mir wäre es lieber gewesen, sie hätte mal wieder ihren alten Witz gerissen und mir einen Ehemann versprochen, statt dauernd nur davon zu reden, wie wichtig alles war.

»Ich mag dich, Eva«, sagte sie. »Mr. Cheng vertraut dir. Wir möchten nicht, daß du Schwierigkeiten bekommst.«

»Schwierigkeiten haben mich noch nie gestört.« Plötzlich war ich sehr glücklich.

»Aber uns. Also mußt du sehr vorsichtig sein. Das Paket ist für Mr. Aycliffe bestimmt. Er erwartet es. Aber zwei Sachen mußt du beachten.« Sie hob zwei Finger in die Höhe. »Zwei wichtige Sachen. Erstens: Niemand darf sehen, wie du es ihm übergibst. Zweitens: Du darfst sein Gesicht nicht sehen.«

»Wieso nicht?«

»Mr. Aycliffe wird von der Polizei beobachtet. Sie wollen ihn fangen und ins Gefängnis stecken. Wir möchten das nicht. Mr. Aycliffe ist ein guter Mann, der ein paar Fehler gemacht hat, aber er hat es nicht verdient, ins Gefängnis zu wandern. Diese Regelung beschützt dich, und sie beschützt Mr. Aycliffe.«

»Ach so«, sagte ich. Sie ließ es mich einen Augenblick überdenken. Dann sagte ich: »Wie soll ich Mr. Aycliffe das Paket übergeben, wenn ich ihn nicht sehen darf?«

»Das haben wir uns gründlich überlegt, Eva. Wir haben einen Plan. Mr. Aycliffe arbeitet in einem Club in der Nähe der Harrow Road. Du kennst doch die Harrow Road, Eva?«

»Klar.«

»Es gibt einen Haupteingang – den du nicht nimmst. Du gehst nicht vorne rein, Eva. Verstanden?«

»Verstanden.«

»Du nimmst die Küchentür.«

»Küchentür. Verstanden.«

»Die Tür wird offen sein, aber es wird niemand in der Küche sein.«

»Woher wissen Sie, daß niemand in der Küche sein wird?«

Tante Lo sah auf die Uhr. »Zu spät«, sagte sie. »Die Küche ist geschlossen. Es gibt nur noch Drinks an der Bar. Das wissen wir von Mr. Aycliffe.«

Darauf hätte ich selber kommen können. Für die meisten Leute war es mittlerweile schon fast Morgen. Aber in einem Night Club sah es anders aus.

»Das Paket«, sagte Tante Lo, »ist in einer Safewaytüte. Damit es aussieht wie Müll, Eva. Du gehst in die Küche. Du findest dort eine andere Tür. Hinter der Tür ist ein Durchgang. In dem Durchgang stellen sie den Abfall ab. Leere Kisten, Flaschen, alles. Du stellst die Safewaytüte zu dem anderen Abfall, Eva. Haben wir uns soweit verstanden?«

»Klar.«

»Dann gehst du wieder. Wenn der Club schließt, muß Mr. Aycliffe den Müll raustragen. Kapiert?«

»Ach, jetzt fällt der Groschen«, sagte ich. »Er bringt den Müll weg, und dabei nimmt er sich das Paket. Kein Mensch merkt was davon.«

»Genau. Wie ich sehe, hast du auch Köpfchen, Eva. Nicht nur ein hübsches Gesicht.« Plötzlich prustete Tante Lo los. Und da mußte ich auch lachen. Hatte sie also doch noch eine Schote gebracht. Eines weiß ich sicher. Weder Tante Lo noch Mr. Cheng halten mich für besonders clever. Das liegt daran, daß sie Chinesen sind, und Chinesen sind wirklich furchtbar clever, das weiß schließlich jedes Kind.

Also machte es mir nicht allzuviel aus, daß Tante Lo die ganzen Anweisungen noch einmal von vorne durchging. Sie malte mir praktisch auf, wie ich in Mr. Aycliffes Küche kommen konnte. Dann ließ sie mich gehen.

Es war eine komische Zeit – nicht mehr viele Leute unterwegs. Der eine oder andere torkelte nach Hause, der eine oder andere suchte noch was zum Aufreißen, der eine oder andere trabte schon zur Frühschicht. Normalerweise bin ich gerne unterwegs, wenn es irgendwann zwischen spät und früh ist. Aber diesmal war ich ein bißchen nervös. Ich machte mir Sorgen wegen Goldie, und ich machte mir Sorgen wegen Tante Los Päckchen. Außerdem wurde ich beschattet. Ich fuhr den VW, aber ich merkte, daß mir zwei Chinesen in Mr. Chengs Rover folgten.

Typisch Mr. Cheng, mir einen Auftrag zu geben und mich dann beobachten zu lassen. Aber trotzdem machte es mich kribbelig.

Wenn dir einer den Weg zu einem bestimmten Ort beschreibt, macht er meistens einen Fehler oder er läßt etwas aus. Tante Lo hatte keinen Fehler gemacht und auch nichts ausgelassen. Da kann man mal sehen, wie clever sie ist. Ihre Wegbeschreibung paßte haargenau.

Von vorne wirkte der Nachtclub zwischen den verfallenen Nachbargebäuden wie die letzte Kaschemme. Musik kam aus der offenen Tür. Ich fuhr vorbei und bog um die Ecke.

Die Küchentür war alt und aus Holz, aber sie hatte jede Menge Riegel und Schlösser. Die Nebenstraße sah so aus, als könnte man gar nicht genug Riegel und Schlösser anbringen. Ich bemerkte eingeschlagene Scheiben, eingetretene Türen, und ich brauchte gar nicht erst nachzusehen, um zu wissen, daß in den Häusern Penner untergekrochen waren.

Aber in der Küche roch es nach Zwiebeln und Peperoni, und es war nicht mal besonders dreckig, obwohl noch ein Stapel Abwasch im Spülbecken stand.

Die Musik war so laut, daß mich niemand gehört haben konnte. Ich ging zur Tür gegenüber und zog sie vorsichtig auf. Der Durchgang sah genauso aus, wie ich es mir vorgestellt hatte. Er war unbeleuchtet, aber durch die Türen, die in die Bar und zur Tanzfläche führten, drang buntes Licht herein. An der einen Wand sah ich die leeren Kisten und Flaschen stehen. Ich legte die Safewaytüte oben drauf.

An sich hätte ich sofort wieder abhauen sollen, aber ich wollte unbedingt noch ein Auge in die Bar werfen. Vielleicht konnte ich Mr. Aycliffe ausmachen.

Ich schob die Tür einen Spaltbreit auf. Die Musik war ohrenbetäubend. Zuerst sah ich bloß ein paar Leute tanzen und ein paar Leute trinken. Dann bemerkte ich, daß einer von den Tänzern Calvin war. Goldies Verehrer, der Herr der Hosen. Er tanzte mit einer umwerfenden Perle. Total bedröhnt hing sie ihm wie eine Blumengirlande um den Hals, aber an ihrer Kopfform und den bewundernden Blicken der anderen Männer konnte man erkennen, daß sie bombenmäßig ausgesehen haben mußte.

Die arme Goldie. Am liebsten hätte ich den widerwärtigen Rotzlöffel an der Lampe aufgeknüpft und mich an seine Füße gehängt. Was für ein Recht hatte so ein kleiner Scheißer, mit einer netten Frau zu spielen, die noch dazu meine Freundin war?

Ein andermal wäre ich bestimmt reingerauscht und hätte Kleinholz aus ihm gemacht. Aber leider hatte ich mich ja im Moment laut Auftrag unauffällig zu verhalten. Warum man ausgerechnet mich, eine der auffälligsten Erscheinungen, die ich kenne, dafür ausgesucht hatte, war mir allerdings schleierhaft. Doch dann fiel mir ein, daß sie mich ja gar nicht ausgesucht hatten. Sie hatten Kenny nehmen wollen. Und Kenny war in etwa so auffällig wie der Heilige Geist.

Ich warf noch einen Blick auf Calvin und seine tolle Tussi. Wenn er eine Frau wäre, dachte ich, würden sie bestimmt Schlampe zu ihm sagen. Aber so würden sie zu ihr Schlampe sagen und zu ihm Pascha, und das war einfach nicht fair. Diese ganze Männer-Frauen-Kacke geht mir wirklich auf den Geist. Ich bin bloß froh, daß ich da nicht drinstecke.

Ich drehte der Musik und den bunten Lichtern den Rücken zu, ging durch den Durchgang und kam wieder in die Küche. Es war höchste Zeit, einen schnellen Abgang zu machen. Aber als ich an die Küchentür kam, konnte ich sie nicht aufkriegen.

Ich rüttelte an der Klinke, ich drückte, ich stemmte mich mit der Schulter dagegen, aber die Tür hing fest.

»Mein lieber Herr Gesangverein«, sagte ich laut. Wenn ich nicht durch die Küchentür konnte, mußte ich durch die Bar gehen, und dann sahen mich alle, auch Calvin, der mich womöglich aus Bermuda Smiths Club wiedererkannte. Dann waren Mr. Cheng und Tante Lo knatschig und gaben mir keine Aufträge mehr. Man muß Aufträge genau erledigen, man muß verläßlich sein, sonst traut einem keiner mehr.

Das eine kleine Fenster war vergittert. Die Stäbe bewegten sich keinen Zentimeter, als ich an ihnen riß. Die einzige Hoffnung war die Tür.

Ich nahm sie mir noch einmal vor. Ich riß die Klinke nach oben, falls die Tür sich womöglich unten verklemmt hatte. Hatte sie nicht.

Ich schwitzte wie ein Schwein in der Sauna. Ich kapierte gar nichts mehr. Die Tür war doch so leicht aufgegangen. Alles war genau nach Plan gelaufen. Wie konnte in letzter Sekunde alles dermaßen in die Hose gehen?

Es war zu blöd. Es war doch bloß eine Tür.

Ich ging ein paar Schritte zurück. Ich nahm Anlauf. Ich landete einen Dropkick neben dem Schloß. Es war ziemlich riskant. Bei solchen Tritten kannst du leicht auf dem Hintern landen, wenn du sie vermasselst. Aber ich hörte es splittern.

Ich stand auf und rüttelte an der Klinke. Diesmal fühlte sie sich schon lockerer an.

Ich trat wieder ein paar Schritte zurück und nahm einen längeren Anlauf. Ich landete einen Volltreffer, genau unter der Klinke. Morsches Holz brach knirschend auseinander, und die Tür sprang auf. Gott sei gedankt für ein stabiles Paar Stiefel.

Als ich draußen war, machte ich, so gut es ging, die Tür wieder zu. Und dann... tja... schwer zu beschreiben, was dann passierte. Es war wie ein Traum.

Ich hatte nämlich gerade entdeckt, warum die Tür nicht aufgegangen war, als es passierte.

Die Küchenwand explodierte.

Tatsache.

Sie platzte auseinander. Eben noch eine Mauer, im nächsten Augenblick Backsteine und Putz, die durch die Luft flogen.

Die Tür landete auf mir.

Ich weiß noch, daß ich dachte, ich hätte mir die ganze Mühe mit dem Auftreten der Tür sparen können, wenn sie ja sowieso von selber rausgefallen wäre.

Ich könnte schwören, daß ich nicht k.o. ging, aber als ich die Augen wieder aufmachte, lag ich samt der Tür ein paar Meter von der ehemaligen Küche mitten auf der Straße, und ich hatte keine Ahnung, wie wir da hingekommen waren.

Das Komische war, daß ich nichts hören konnte.

Ich sah nur, wie die Wand in tausend Stücke zersprang. Und die Tür landete auf mir. Das war's auch schon.

Es war wie ein Traum.

Es war so merkwürdig, daß ich tatsächlich glaubte, ich träumte, daß ich wirklich träumte.

Du kennst diese Träume, in denen du irgendwie nach Hause mußt? Du mußt unbedingt nach Hause, aber du weißt den Weg nicht, weil du überhaupt nicht weißt, wo du bist.

Tja, genau so war es.

Ich stand auf. Die Straße war ein Trümmerfeld. Ich sah Flammen und Qualm. Ein, zwei Leute liefen wie in Zeitlupe herum.

Ich ging weg. Ich dachte: »Ich träume vom Krieg.«

Ich weiß noch, daß ich ein total zermatschtes Auto gesehen habe. Und ein anderes, bei dem ein Tisch in der Windschutzscheibe steckte.

Aber ich ging einfach weg, weil ich dachte, daß ich vom Krieg träumte und ich nach Hause mußte. Ich konnte nichts hören, also mußte es ja wohl ein Traum sein.

Ich bin irgendwie weggeschwebt. Ich konnte nichts hören, und ich konnte nichts fühlen. Nicht mal meine Füße auf dem Gehsteig konnte ich spüren. Und so ist es nur im Traum.

Eine Frau lag in der Gosse, splitternackt und blutüberströmt. Glassplitter steckten in ihrer Haut. Sie hatte den Mund weit aufgerissen, als ob sie schrie. Aber ich hörte nichts, also schwebte ich vorbei.

Weil es ein Traum war, ein Traum vom Krieg, und weil ich nach Hause mußte.

14

Das Aufwachen tat weh. Da war ein Loch mit einem lehmigen Boden. Es war ganz naß. Ich war in dem Loch. Ich war ganz naß und kalt.

Es war Morgen.

Ich dachte: »Zu Hause bin ich nicht.«

Aber irgendwie war ich doch zu Hause, beziehungsweise hatte ich früher hier gewohnt. Vor ungefähr einem Jahr hatte ich hier gehaust, als ich noch auf der Straße lebte. Aber sie hatten das Haus abgerissen. Sie wollten da Luxuswohnungen bauen, nur ging ihnen dann das Geld aus, und weiter als bis zum Fundament waren sie nicht gekommen.

Ich lag in dem Fundament. Mir tat der Kopf weh. Mir taten die Zähne weh. Mir tat die Haut weh.

Meine tolle Lederjacke war zerrissen, und ich hatte nur noch ein halbes T-Shirt an. Meine Jeans hing vom Schritt an in Fetzen runter, und ein Stiefel fehlte.

Irgendwie wußte ich noch, was passiert war, aber nur so, wie man sich an einen Traum erinnert. Alle Teile hatte ich nicht mehr klar im Kopf.

Aber das Loch, in dem ich lag, war echt. Ich war echt. Und ich kann dir sagen, meine Ohrenschmerzen waren auch echt.

»Kopf hoch, Eva«, sagte ich laut.

Ich kletterte aus dem Loch, und ich fühlte mich sehr schwach und wackelig. Alles tat so weh, daß ich beinahe gekotzt hätte. Aber ich bin groß und stark und hart und zäh – wenigstens war ich das gewesen, bevor die Tür auf mir landete –, und ich fing an, nach Hause zu hinken.

Einen Wagen borgen konnte ich mir nicht, weil meine Survivaldose verschwunden war, mitsamt meinen Drähten und allem, was ich brauchte. Also hinkte ich einfach los, immer schön an der Wand lang, damit ich mich abstützen konnte.

Es war furchtbar peinlich, weil ich stellenweise aus den Klamotten gequollen kam und weil es Morgen war und mich jeder sehen konnte. Allerdings haben nicht allzu viele geguckt. Dafür war es noch zu früh.

Ich bin es gewöhnt, daß man mich anstarrt. Aber normalerweise werde ich angestarrt, weil ich groß und stark und hart und zäh bin. Ich bin nicht daran gewöhnt, daß man mich anstarrt, wenn ich mich klein und schwach fühle und nicht richtig angezogen bin. Es war nicht schön. Ich kam mir ziemlich nackt vor. Na gut, wenn du es unbedingt wissen mußt: Ich war ziemlich nackt. Also wickelte ich mich, so gut es ging, in meine Lumpen und hinkte, so schnell ich konnte.

Das ist ja immer meine Rede – Stärke und Fitneß machen etwas aus. Nach Hause zu kommen, ohne umzukippen oder alle zehn Schritte einzupennen, hätte ein schwächerer Mensch bestimmt nicht geschafft. Aber ich habe es geschafft. Das kannst du dir hinter die Löffel schreiben. Garantiert lachst du dich schon die ganze Zeit tot über diese bullige Frau, die sich noch bulliger und härter macht. Dann will ich dir noch was sagen: Ich bin nie krank, ich habe nie Kopfschmerzen, und wenn ich mich verletze, mache ich nicht schlapp. Kannst du das auch von dir sagen? Hä? Raus damit, was hättest du denn gemacht, wenn es dich quer über die Straße katapultiert hätte, mit einer Tür auf dem Latz?

Ich weiß, du denkst, daß ich dumm bin. Du brauchst gar nicht erst versuchen, mir was anderes zu erzählen, ich weiß es nämlich, so. Und vielleicht hatte ich mir tatsächlich eine Dummheit geleistet. Kann schon sein. Aber sogar clevere Leute können mal eine Dummheit machen. Man muß nicht der Allerdümmsten einer sein, um reingelegt zu werden. Clevere Leute kann man auch aufs Kreuz legen. Hat dich etwa noch nie einer übers Ohr gehauen? Na also. Ich gebe kein Urteil über dich ab, also verkneif du dir auch eins über mich.

Ich habe es also bis nach Hause geschafft, obwohl neunundneunzig von hundert Leuten an meiner Stelle entweder aufgegeben hätten oder zusammengebrochen wären. Darauf bin ich stolz. Ich habe sogar noch die Hunde gefüttert und in den Zwinger gesperrt. Darauf bin ich auch stolz. An dem Morgen hatte ich nicht viel, worauf ich stolz sein konnte, aber ich bemühe mich immer, auch das Positive an einer Sache zu sehen. Das muß man ja wohl, es bleibt einem gar nichts anderes übrig, wenn das Negative so grauenhaft ist, daß man gar nicht daran denken kann.

Ich versuchte, leise in den Hänger zu steigen, aber ich stolperte durch die Gegend wie ein blindes Kamel auf der Kegelbahn.

Goldie kam zerknittert und verschlafen aus dem Schlafzimmer und rieb sich die Augen. Ich weiß noch, daß ich den kleinen Fernseher auf dem Fußboden gesehen habe, wo ich ihn abgestellt hatte, bevor ich losgegangen war, um eine Batterie dafür zu suchen. Das schien Ewigkeiten her zu sein.

Ich sagte: »Morgen besorge ich uns eine andere Batterie.« Und dann saß ich auf dem Boden, und Goldie hielt meine Hand und gab tröstende Laute von sich. Mein Gesicht war ganz naß.

»Nicht weinen«, sagte Goldie. »Nicht weinen.«

Und ich sagte: »Verpiß dich. Ich weine nie.«

Und sie sagte: »Du bist nicht wiedergekommen. Du wolltest doch bloß die Batterie holen, aber du bist nicht mehr wiedergekommen. Ich habe mir solche Sorgen gemacht.«

Und sie sagte: »Ich mach dir einen Tee.« Und: »Nicht bewegen, ich helfe dir.«

Und sie brachte mir eine Schlüssel heißes Wasser, Seife und ein Handtuch. Und obwohl ich nur auf einem Ohr hören konnte, ging es mir schon viel besser.

Du kannst dir einfach nicht vorstellen, wie toll, wie absolut spitzenmäßig es ist, eine Freundin zu haben, wenn man in der Scheiße steckt. Dazu müßtest du es schon selber erlebt haben.

Goldie war einmalig – eigentlich genau wie eine Mutter. Natürlich wie die Mutter von wem anders – nicht wie meine –, so ein Glück habe ich nicht. Sie reinigte die Brandwunden und Kratzer, von denen ich gar nicht wußte, daß ich sie hatte, und schmierte Wundsalbe drauf, und dann steckte sie mich in das Bett, aus dem sie gerade erst gekrabbelt war. Eigentlich war es ja mein eigenes Bett, aber es roch nach ihr, und deshalb kam es mir vor wie ihr Bett.

Ich sagte: »Ich habe etwas furchtbar Schlimmes gemacht.«

»Schlaf«, sagte sie.

»Nein – ich glaube, ich habe eine Menge Leute umgebracht.«

»Was?« sagte sie. »Red kein dummes Zeug.«

»Es war eine Bombe. Ich habe sie abgeliefert.«

Sie sah mich an, und eine Augenbraue ging in die Höhe.

»Schlaf«, sagte sie. »Das kannst du mir später erzählen. Wenn du aufwachst, sieht es schon wieder besser aus.«

Sie dachte, ich wäre am Spinnen. Darüber war ich ziemlich froh, weil ich ihr nichts von Calvin erzählen wollte. Denn schließlich war Calvin, soweit ich wußte, genau wie alle anderen in der Kneipe in die Luft geflogen, und das wollte ich ihr nicht sagen.

Und ich konnte die Augen nicht offenhalten. Ich wollte nicht einschlafen, weil ich Angst vor den Träumen hatte, aber meine Augenlider benahmen sich wie Katzentüren.

Natürlich kamen die Träume, aber ich ließ sie nicht an mich ran. Wenn die Backsteine leise aus der Küchenwand geschwebt kamen, sagte ich zu mir: »Nicht so hastig – das ist bloß ein Traum«, und dann wurde ich wieder halb wach. Nicht richtig wach, das schaffte ich nicht ganz, aber doch wach genug, um die Ziegel aufhalten zu können. Dann wieder hörte ich Stimmen – Goldies Stimme, Männerstimmen – und wollte unbedingt die Augen aufmachen. Aber ich konnte es nicht, und ich versank wieder in den Ziegeln und Flammen.

Stunden später wachte ich auf. Es war Nachmittag, und aus dem Wohnzimmer kamen Stimmen.

Ich linste durch einen Riß in der Tür, weil ich immer gern weiß, mit wem ich es zu tun habe, bevor ich mich unter Leute begebe. Goldie saß allein vor dem Fernseher.

Ich sagte: »Wo hast du die Batterie her?«

»Ich brauche keine«, sagte sie. »Ich habe Strom.«

»Ich glaub, ich spinne!« sagte ich. »Ich hab's dir doch gesagt. Willst du mich an den Bettelstab bringen?«

»Schrei mich nicht an. Das kostet dich keinen Penny. Ich habe einen von den Jungs vom Schrottplatz gefragt, ob er uns nicht ans Netz anschließen kann, und er hat sich irgendwas Cleveres mit einem Stück Kabel einfallen lassen. Er hat die Leitung angezapft.

Jetzt können wir soviel Strom haben, wie wir wollen, und kriegen keine Rechnung.«

»Du hast mit den Jungs vom Schrottplatz geredet? Du bist dumm. Weißt du was? Du bist total dumm. Was, wenn die Bullen wieder aufkreuzen? Letztes Mal haben sie dich doch nur deshalb nicht erwischt, weil ich für dich gelogen habe und weil keiner wußte, daß du hier bist.«

»Schrei mich nicht an!« schrie Goldie. Sie stand auf. Sie stemmte die Hände in die Hüften und sah richtig fuchtig aus. »Ich kann nicht hier leben und mich acht Stunden am Tag nicht blicken lassen. Ich kann nicht hier leben und mit keinem Menschen reden außer dir. Ich komme mir ja fast vor wie eine Geisel. Und daß man jeden Tropfen Wasser heiß machen muß und sich nicht duschen kann, obwohl du eine anständige Dusche im Badezimmer hast – also, das mag dir vielleicht reichen, aber mir nicht. Das ist primitiv, wenn du es unbedingt wissen willst.«

»Dann verpiß dich doch«, sagte ich. »Wenn ich dir zu primitiv bin, wieso verpißt du dich dann nicht?«

»Okay!« sagte sie. »Ich hau ab. Wenn du willst, daß ich gehe, gehe ich.«

»Dann hau doch endlich ab!«

»Darauf kannst du Gift nehmen.«

»Worauf wartest du denn noch?«

»Auf nichts«, sagte sie. »Nichts, nichts, nichts.«

Sie zwängte sich an mir vorbei ins Schlafzimmer und fing an, mit ihren ganzen Plastiktüten rumzurascheln.

Ich sah mich im Wohnzimmer um. Es war warm. Der Ofen glühte. In der Kanne war Tee. Der Fernseher murmelte in der Ecke vor sich hin.

Goldie stand in der Tür. Sie sagte: »Kann ich mir eine von deinen Sporttaschen leihen?«

»Klar«, sagte ich. Ich wärmte mir an der Teekanne die Hände. »Was mein ist, ist auch dein. Das weißt du doch.«

»Ja«, sagte sie. »Tut mir leid wegen dem Strom. Aber du warst so grün und blau geschlagen. Ich dachte, eine schöne, warme Dusche würde dir guttun. Ich dachte, du würdest dich freuen.«

Sie hatte es für mich getan! Ich goß Tee ein und gab ihr eine Tasse. Wir setzten uns nebeneinander aufs Sofa.

»Mit wem vom Schrottplatz hast du geredet?« fragte ich.

»Er heißt Rob«, sagte sie. Aber das sagte mir nichts. Ich wußte von keinem da draußen den Namen.

»Hauptsache, es war nicht Mr. Gambon«, sagte ich.

»Bestimmt nicht. Rob meint, er ist ein fieser Hund.«

»Wie recht er hat.«

»Hör mal, Eva«, sagte sie. »Ich habe Rob erzählt, der Gerichtsvollzieher wäre hinter mir her. Wegen Steuerhinterziehung. Und daß du mir hilfst. Er hat das total verstanden.«

»Ach, tatsächlich?«

»Er war sehr verständnisvoll.«

»Glaub ich gerne.«

»Wirklich! Er sagt es keinem weiter. Ehrlich nicht.«

»Ja«, sagte ich. »Und wann geht er mit dir aus?«

Sie nippte wie eine Lady an ihrem Tee und sah mich an.

»Heute abend?« fragte ich.

»Was sollte ich denn machen?«

»Ihm einen Tritt in die Eier geben«, sagte ich. »Ist schon gut. Irgendwie muß jeder sehen, wie er das Geld für die Miete zusammenkriegt. Du hast deine Methode, ich habe meine.«

»Er muß nach Hause zu seiner Frau. Es wird nicht spät werden«, sagte sie.

Wir sahen uns an. Sie lachte. Mir war nicht nach lachen zumute.

»Wir wollen nicht streiten«, sagte Goldie.

»Wir streiten doch gar nicht. Wir wissen beide, wo es langgeht.« Aber ich war mir nicht so sicher, ob sie wirklich wußte, wo es langging. So gut wie ich wußte sie es jedenfalls nicht.

»Erzählst du mir, was gestern abend los war?« fragte sie. Sie kuschelte sich auf dem Sofa zusammen wie ein Kätzchen. Wie soll man einem Kätzchen klarmachen, daß man gerade ihren Ex-Freund in die Luft gesprengt hat? Weißt du es vielleicht?

»Was war los?« fragte sie noch einmal. »Heute morgen hast du irgendwas von einer Bombe gefaselt.«

»Das habe ich gesagt? Es hat eine Explosion gegeben. Ich war total durcheinander.«

»Das kannst du laut sagen«, sagte sie ernst. »Du sahst aus wie eine Leiche.«

»Auf dem linken Ohr bin ich immer noch taub«, sagte ich. Das stimmte. Ich konnte alles verstehen, was sie sagte, weil sie rechts von mir saß. Aber mein linkes Ohr war tot. Es fühlte sich an, als ob Wasser drin wäre, bloß schlimmer.

»Dann hat es also tatsächlich eine Explosion gegeben«, sagte sie staunend.

»Gas«, sagte ich. »Ich weiß nicht mehr genau, aber es muß wohl eine Gasleitung hochgegangen sein.«

Sie saß da und wartete darauf, daß ich weiterredete, aber ich wußte nicht wie.

Nach einer Weile sagte sie: »Du bist so gegen Mitternacht hier weg. Du wolltest eine Batterie besorgen. Du bist um sieben Uhr in der Früh wiedergekommen und sahst aus wie eine Leiche zu Fuß. Was ist dazwischen passiert? Sieben Stunden, Eva. Du mußt dich doch noch an irgendwas erinnern.«

»Ich weiß nicht«, sagte ich. »Ich muß in diesem Loch geschlafen haben, aber ich weiß nicht mehr, wie ich da reingekommen bin. Ich kann kaum denken. Ich habe Zahnschmerzen.«

»Dabei fällt mir noch etwas ein, Eva. Gestern hast du gesagt, du wolltest zum Zahnarzt. Aber da warst du nicht.«

»Wer bist denn du – die Polizei?« Ich war ein bißchen gereizt.

»Ach, Eva!« sagte sie und machte ein trauriges Gesicht. »Ich habe mir solche Sorgen um dich gemacht. Du hättest tot sein können. Ich will doch nur wissen, was los ist.«

»Überhaupt nichts ist los. Es war bloß ein Schlamassel nach dem anderen.« Ich erzählte ihr, daß ich vergessen hatte, bei Mr. Cheng vorbeizuschauen. Ich erzählte ihr, daß er Kenny nach mir geschickt hatte. Ich erzählte ihr, daß ich Kenny im St. Thomas abgeliefert hatte. Aber ich drückte mich vorsichtig aus. Schließlich sollte sie nicht denken, ich wäre ein Schurke, was ich ja nun wirklich nicht bin. Eigentlich nicht. Manche Sachen passieren einem eben.

Ich sagte ihr bloß, daß Kenny auf der Straße zusammengeklappt war, was ja auch stimmte. Sie brauchte nicht zu wissen, daß ich ihm dabei gewissermaßen Hilfestellung geleistet hatte.

Sie meinte, ich zöge Unfälle anscheinend magisch an, und ich gab ihr recht. Trotzdem war es komisch, wie unwahrscheinlich gern ich ihr die ganze Geschichte erzählt hätte. Ich wollte mir alles von der Seele reden. Das war wirklich komisch, weil ich noch nie in meinem Leben irgendwem irgendwas erzählen wollte, wofür ich mich geschämt habe. Das ist doch ganz natürlich, oder? Wenn du dir was Blödes leistest, behältst du es für dich. Sonst können dich die anderen reinreiten. Die anderen haben dich in der Hand, wenn du zuviel redest.

Aber diesmal wollte ich reden. Eine so enorme Sache konnte ich nicht für mich behalten.

Außerdem sollte jemand wissen, wieso ich Tante Lo den spekkigen Hals mit einem dreckigen Spüllappen umdrehen wollte. Und wieso ich Steine in die Fenster vom Beijing Garden schmeißen und Mr. Cheng durch den Fleischwolf drehen wollte, bis er aussah wie ein Hähnchen Chop Suey. Goldie sollte wissen, warum ich das alles machen mußte. Sie sollte nicht denken, daß ich grundlos zu Gemeinheiten fähig war.

»Eva!« sagte Goldie plötzlich.

»Was?«

»Was machst du da? Du schneidest dir noch in die Hand.«

Ich sah, daß ich den Henkel von meiner Tasse abgebrochen hatte.

»Wußte gar nicht, wie stark ich bin«, sagte ich. Aber es ging mir ein bißchen an die Nieren. Wie kann man so was machen, ohne daß man was davon merkt?

»Geh wieder ins Bett«, sagte sie. »Du siehst furchtbar aus.«

Genau in dem Augenblick klopfte ihr Freund Rob an die Tür. Mir wurde klar, daß die Männer Feierabend machten und daß ich bald absperren und die Hunde rauslassen mußte.

Ich hörte Goldie sagen: »Sekunde, ich hole nur meine Jacke.«

Sie kam zurück und sagte: »Er ist da. Kommst du zurecht, Eva? Ich bleib nicht lange.«

Mir ging es so beschissen, daß ich mir die Antwort sparte.

»Ich bin bald wieder da, ehrlich«, sagte sie und schlüpfte in die Jacke.

Also wirklich, wie konnte sie bloß? Wenn ihr soviel an mir lag, daß sie wissen wollte, wie es mir ging, sollte ihr auch soviel an mir liegen, daß sie dablieb.

Also sagte ich nichts, und sie ging mit Rob, dem Penner vom Schrottplatz, aus. Und das alles wegen dem bißchen Strom. Strom der billigen Sorte. Entsetzlich! Ha, ha, ich lach mich tot.

Ich knipste das Licht aus, setzte mich im Dunkeln vor den Fernseher und dachte an nichts.

Sie brachten es in den Regionalnachrichten.

Es sah wirklich aus wie in einem alten Kriegsfilm.

Der Nachrichtensprecher sagte: »In den frühen Morgenstunden wurde ein Lokal in Nordlondon von einer Explosion erschüttert... Hilfsmannschaften durchsuchen die Trümmer... Noch ist nicht bekannt, wie viele... Die Polizei bittet um Mithilfe... Zeugen, die sich gegen drei Uhr früh in der Nähe der Harrow Road aufgehalten haben...«

Ich war so überrascht, daß ich es mir im Stehen ansehen mußte. Jetzt hältst du mich bestimmt für völlig bescheuert, aber im Fernsehen wirkte es einfach viel echter. Das lag bestimmt an den Scheinwerfern – so hell und deutlich waren Ziegel, Balken und Glas angestrahlt. Als ich dagewesen war, hatte sich der Staub noch nicht gesetzt gehabt. Alles war voll Staub und Rauch gewesen, und darum war ich mir wohl auch wie in einem Traum vorgekommen.

Ich stand da und glotzte. Es stand kaum noch eine Wand. Die ganze Kneipe war ein Trümmerhaufen aus Backsteinen und verbranntem Holz. Die einzigen Menschen, die ich sah, waren Feuerwehrmänner mit ihren gelben Helmen. Ich war halb darauf gefaßt gewesen, die schreiende Frau zu sehen, und ich war erleichtert, daß sie nicht mehr da war. Ich wollte sie nicht noch einmal sehen. Weil sie im Fernsehen auch echter gewirkt hätte, und es war im Traum schon schlimm genug gewesen.

Ich schaltete den Fernseher aus und suchte nach meiner Jacke. Ich konnte sie nicht finden, und dann fiel mir ein, daß sie ja kaputt war. Also grub ich die alte, wattierte Jacke wieder aus, die ich vor meiner Lederphase getragen hatte. Ich zog sie an und ging nach draußen.

Auf dem Gelände war es ruhig und leer. Ich ließ die Hunde aus dem Zwinger, und sie rasten in die Nacht hinaus. Ich ging langsam hinter ihnen her. Ich hatte genug zu tun – mußte Türen und Fenster überprüfen, Autos zählen, Zäune ausbessern. Das Problem war bloß, daß ich mich dafür viel zu schwer fühlte. Ehrlich, ich kam mir tonnenschwer vor.

Dann fiel mir plötzlich die Lederjacke wieder ein, und ich rannte zurück zum Hänger. Ich mußte sie finden, weil ich noch was Wichtiges in der Tasche hatte.

Neben der Treppe fand ich einen Müllsack. Goldie hatte meine alten Klamotten reingestopft. Ich holte die Jacke raus und setzte mich auf eine Stufe. Das schöne weiche Leder war zerfetzt und roch nach Rauch. Ich legte sie mir auf die Knie. Die Taschen waren weggerissen, und der Brief von dem Anwalt aus Braintree in Essex, der Brief über Simone, war auch weg. Ich blieb sitzen und starrte in die Dunkelheit.

Die Hunde kamen angetrottet. Lineker wollte nach der Jacke schnappen. Erst riß ich sie ihm weg. Aber dann gab ich sie ihm doch.

»Kill!« sagte ich.

Er spielte damit, zerrte daran, knurrte und riß. Warum auch nicht? Es war ein gutes Training für ihn. Ramses saß ein Stück weiter weg und sah mich mit seinen bösen, gelben Augen an.

»Was gibt's denn da zu glotzen?« sagte ich. Ich stand auf und ging zum Tor. Ramses folgte mir in einiger Entfernung. Tief in seinem Rachen grollte es. An dem Abend mochte er mich nicht. Er mochte mich gar nicht.

Ich kletterte am Tor hoch und sah die Straße lang. Keine Spur von Goldie auf dem Weg nach Hause. Keine Spur von irgendeiner Menschenseele. Ehrlich gesagt, erwartete ich Goldie nicht mehr. Ich dachte, ich hätte sie zum letzten Mal gesehen.

Ramses duckte sich und knurrte, als ich vom Tor sprang.

Ich knurrte zurück. »Du bösartiger Köter, du«, sagte ich. Ich ging auf ihn zu, und er wich zurück.

»Du bist böse«, sagte ich. »Du bist ein gemeiner Hund.«

Er wich noch weiter zurück. Er ging nicht auf mich los, aber es wäre mir beinahe lieber gewesen. Ich hätte ihm eine solche Tracht Prügel verabreicht... aber er griff mich nicht an.

Ich ging wieder in den Hänger, knallte mich aufs Sofa und schlief ein.

Gegen Mitternacht weckten mich die Hunde auf. Ich ging zum Tor und ließ Goldie rein. Sie war munter und aufgekratzt und mit Selfridgestüten bepackt.

»Du bist besoffen«, sagte ich.

»Ich freue mich auch, dich zu sehen«, sagte sie. »Wir haben im West End noch Weihnachtseinkäufe gemacht.«

»Wo hast du die Knete her?«

»Ich habe dir ein Geschenk gekauft.«

»Das kannst du dir in die Haare schmieren«, sagte ich. »Bei Selfridge haben sie nicht bis Mitternacht auf. Das weiß sogar ich.«

»Willst du dein Geschenk sehen?« fragte sie und versteckte eine der Tüten auf dem Rücken, albern wie ein kleines Kind.

»Ab ins Bett«, sagte ich. »Vielleicht respektiert er dich morgen früh noch, aber ich auf jeden Fall nicht.«

Also ging sie ins Bett. In mein Bett. Und ich legte mich wieder aufs Sofa. Ich hätte sie erwürgen können. Aber so, wie sie in Stimmung war, schicker und rollig wie eine Katze, hätte es ihr womöglich noch Spaß gemacht.

15

Am nächsten Morgen, als Goldie noch schlief, sperrte ich die Hunde in den Zwinger, machte das Tor auf und ging auf den Straßenmarkt in der Mandala Street. Ich kaufte Brot, Milch und Bananen ein. Ich spielte mit dem Gedanken, an einem Kleiderstand eine neue Lederjacke mitgehen zu lassen, aber ich hatte zur Zeit nicht gerade das Gefühl, vom Glück verfolgt zu werden. Du mußt gut drauf sein, wenn du zum Organisieren gehst. Sonst kannst du dich genausogut gleich einbuchten lassen. An dem Morgen ging es mir zwar schon viel besser, aber wie ein Glückspilz fühlte ich mich immer noch nicht.

Die Männer hatten angefangen zu arbeiten, als ich zum Schrottplatz zurückkam, also beschloß ich, mir noch eine Mütze Schlaf zu gönnen. Aber Goldie wachte um elf Uhr auf.

»Au«, stöhnte sie. »Mein Kopf!«

»Geschieht dir recht«, sagte ich und machte ihr eine Tasse Tee. Was ziemlich nett von mir war bei den Scherereien, die sie mir machte.

Sie trank zwei Tassen Tee und verdrückte zwei Bananen. Sie redete nicht viel. Nach dem Frühstück ging sie duschen. Ich redete auch nicht viel. Tja, was hatte sie auch anderes erwartet, die kleine Schlampe. Mich einfach allein zu lassen, obwohl ich völlig zerschlagen war und gern Gesellschaft gehabt hätte.

Aber sie machte so ein schiefes, verlorenes Gesicht, daß ich ihr verzieh. Wir gingen zum Training in Sams Studio. Sie wollte nicht mitkommen, aber ich erklärte ihr, daß sie sich gleich besser fühlen würde, wenn sie erst mal das ganze Gift ausgeschwitzt hätte. Sie meinte, sie würde lieber in die Sauna gehen. Ich meinte, sie wäre ein faules Stück, und so haben wir uns wieder vertragen – obwohl wir uns eigentlich gar nicht richtig in den Haaren gehabt hatten.

Anfangs hatten wir das Studio für uns allein. Ich zeigte ihr, wie man sich richtig aufwärmte. Sie war sehr gelenkig, die Tanzstunden müssen also doch für irgendwas gut gewesen sein. Dann habe ich ihr ein paar von den einfacheren Geräten gezeigt, ohne allzuschwere Gewichte.

Später kreuzte dann Sam persönlich auf, um mit uns zu reden. Sam ist eine Legende, aber er verläßt so gut wie nie sein Büro.

Goldie meinte, mit Musik würde einem das Training an den Geräten bestimmt leichter fallen.

»Es soll ja gar nicht leicht sein«, sagte Sam, aber er legte die

Kassette ein, die abends beim Aerobicunterricht lief. Von da an verging die Zeit wie im Fluge.

Ich hatte selber nicht viel aufgelegt, das gebe ich gerne zu. Ich war kaputt und schwerfällig und schwitzte die reinste Jauche aus mir raus. Ohne die Musik hätte ich nach einer halben Stunde schlappgemacht.

»Meinst du, du schaffst es morgen?« fragte Goldie.

»Morgen?«

»Ja«, sagte sie eifrig. »Morgen. Samstag.«

»Ich weiß, daß morgen Samstag ist«, sagte ich, aber es war gelogen, und es versetzte mir einen ziemlichen Schlag. Ich hatte gedacht, ich könnte mich noch tagelang vorbereiten. Das Leben zeigte sich in den letzten paar Tagen von seiner unausstehlichsten Seite. Irgendwo hatte ich einen ganzen Batzen Zeit verloren.

Ein Glück, daß ich nur gegen die Blonde Bombe antreten mußte. Mit der Blonden Bombe wäre ich auch armamputiert und mit verbundenen Augen fertig geworden.

Goldie saß auf einem Trimmrad. Sie trat langsam in die Pedale, um es allmählich ausklingen zu lassen.

»Ich fühle mich toll«, sagte sie. »Du hattest recht, Eva. Das hatte ich nötig. Aber regelmäßig würde ich nicht gern Krafttraining machen. Ich will keine Muskeln kriegen.«

»Märchen«, sagte Sam.

»Was?«

»Alles Märchen. Man kann auch für die Figur trainieren. Man muß nicht auf Muskeln trainieren. Ich könnte dir einen Übungsplan zusammenstellen.«

»Wirklich?«

»Nimm ihn beim Wort«, sagte ich. Die Jungs sind ständig hinter Sam her, daß er ihnen ein Programm ausarbeitet. »Das mußt du schon selber rauskriegen«, sagt er dann immer. »Mußte ich auch.« Und jetzt bot er Goldie gratis einen Übungsplan an.

»Ich will nicht steif werden«, sagte sie. »Ich bin Tänzerin.«

»Tänzer machen auch Krafttraining«, sagte er. »Du kriegst keine Muskeln, und steif wirst du auch nicht. Warte's ab.« Er ging wieder in sein Büro, und Mr. Deeds kam rein.

»Morgen, Mädels«, sagte er.

»Guten Morgen, George«, sagte Goldie.

»Ich habe was für euch, großartige Neuigkeiten.« Er stellte seinen Aktenkoffer auf eine Bank.

»Wir wollten gerade unter die Dusche«, sagte ich. Es gefiel mir gar nicht, wie er Goldies nasses Trikot beglupschte.

»Augenblick noch. Ich wollte euch die Plakate zeigen. Und Goldie, dich brauchen wir für die Probe. Wo sind Gruff und Pete?«

»Keine Ahnung, Mr. Deeds.«

»Die müßten seit zwanzig Minuten hier sein.« Er sah auf die Uhr. Dann holte er ein Plakat aus dem Aktenkoffer, faltete es auseinander und hielt es sich vor die Brust.

Da stand es in großen Lettern: KAMPF DER TITANEN – PETE CARVER *gegen* GRUFF GORDON – *zum ersten Mal mit seiner Dienerin – dem einmaligen, einzigartigen Glamour Girl Goldie.*

Zugegeben, es machte sich nicht schlecht. Was mir aber richtig ins Auge sprang, stand weiter unten auf dem Plakat: *Der Star von der Ostküste,* ROCKIN' SHERRY-LEE LEWIS *gegen* DIE LONDONER KILLERQUEEN.

»Was?« Mir klappte die Kinnlade runter.

»Glamour Girl Goldie«, sagte Goldie.

»Habe ich mir doch gedacht, daß es dir gefällt.« Er grinste so breit, daß man sein Zahnfleisch sehen konnte.

»Wahnsinn!« sagte Goldie.

»Aber...«, sagte ich.

»Jetzt könnt ihr duschen gehen«, sagte Mr. Deeds, der dabei Goldies Ellenbogen tätschelte. »Ihr sollt euch schließlich nicht verkühlen. Soll ich mitkommen und dir den Rücken schrubben? Ha-ha-ha.«

»Das schaffe ich schon alleine, danke, George«, sagte Goldie. Sie gönnte ihm ein umwerfendes Lächeln und ging Richtung Dusche.

»Klasse«, seufzte Mr. Deeds. »Die Kleine hat Klasse.«

»Aber Mr. Deeds...«, sagte ich und zeigte auf die Zeile *Der Star von der Ostküste,* ROCKIN' SHERRY-LEE LEWIS.

»Ach, du hast es gemerkt«, sagte er und sah mich zum ersten Mal richtig an. »Was ist denn mit dir passiert, Eva? Hast du gegen einen Panzerwagen den kürzeren gezogen? Ja, wir mußten unsere Pläne ändern. Die Bombe hat sich krank gemeldet. Sie kann nicht. Sherrys Manager schuldet mir einen Gefallen, deshalb springt sie ein.«

»Aber...«

»Wir hätten dich auch aus der Show nehmen können«, sagte er und faltete das Poster wieder zusammen. »Aber ich dachte mir, nee, geben wir dem Mädel eine Chance. Wird langsam Zeit, daß du mal an eine anständige Gegnerin gerätst. Sie gewinnt natürlich. Das hat sie in ihrem Vertrag stehen. Aber für dich ist es ein Schritt in die richtige Richtung, Eva. Ein Schritt nach vorn.«

»Ja«, sagte ich beeindruckt. Sherry-Lee ist zwar nicht gerade Klondyke Kate, aber sie ist eine echte Kämpfernatur. Und sie ist ein Schrank.

»Danke schön, Mr. Deeds«, sagte Mr. Deeds.

»Danke, Boß«, sagte ich. Und es war mir ernst damit.

Ich hatte Sherry-Lee mal oben in Newcastle kämpfen sehen. Für eine Frau ist sie ziemlich beliebt da oben im rauhen Norden. Sie war sehr athletisch, sehr tüchtig. Sie hat kein Wort zu mir gesagt – aber wieso sollte sie auch, ich habe damals nur beim Aufbau geholfen und so, aber sie hat mich mal angelacht, als sie an mir vorbeikam. Ich mochte sie.

»Nun hau schon ab«, sagte Mr. Deeds. »Du miefst.«

Ist das nicht mal wieder typisch? Kaum denkst du, das Leben wäre die totale Pleite, schon serviert es dir einen Knüller. Die ganze Arbeit, die du in ein scheinbar hoffnungsloses Unternehmen investiert hast, zahlt sich plötzlich aus. Der Geldautomat spuckt Münzen! Jippijeh! Juppidu!

Nur schade, daß ich körperlich nicht hundertprozentig fit war. Aber man kann nicht alles haben. Und auch wenn ich nicht ganz auf dem Damm war, würde ich trotzdem mein Bestes geben. Falls Sherry-Lee einen guten Kampf wollte. Und das traute ich ihr zu. Sie sah nicht so aus, als würde sie nur eine Routineshow abziehen. Sie sah aus, als ob sie an ihrer eigenen Kraft Spaß hatte und sich ab und zu gern mal mit einer anderen Frau maß. Solche Frauen gibt es. Das kannst du mir glauben.

Die Bombe ist anders. Die tänzelt am liebsten bloß mit ihren Glitzerhosen und dem Lippenstift durch den Ring. Die kann mich nur auf Grund irgendwelcher Regelverstöße besiegen. Das wissen sogar die Zuschauer. Deshalb muß ich mich manchmal disqualifizieren lassen – nur damit das Publikum zufrieden ist.

Ich ging wie auf Sprungfedern in den Umkleideraum. Goldie war in der Dusche und wusch sich die Haare. Ich stellte mich zu ihr. Ich konnte mich kaum einkriegen.

Ich sagte: »Sherry-Lee Lewis. Ich kämpfe morgen gegen den Star von der Ostküste.«

»Ist das was Gutes?«

»Was Gutes? Das ist reinstes Platin.«

»Spitze«, sagte Goldie. »Ich freue mich für dich. Möchtest du mein Shampoo?«

Sie gab mir das Shampoo und stieg aus der Dusche, um sich abzutrocknen. Na ja, wie sollte sie es auch begreifen können? Schließlich war sie erst seit ein paar Tagen im Geschäft.

Ich wusch mich von oben bis unten mit ihrem Shampoo, weil ich die Seife vergessen hatte. Es roch himmlisch.

»Glamour Girl Goldie«, rief sie durch das rauschende Wasser. »Hast du das gesehen?«

»Gefällt dir das nicht?« Ich war überrascht.

»Goldie geht in Ordnung, aber Glamour Girl stinkt zum Himmel.«

Sie zog sich einen nagelneuen, mattgrünen Gymnastikanzug und dazu passende Leggings an.

Als sie merkte, daß ich sie ansah, sagte sie: »Eva? Ich muß dir was beichten.«

»Was?«

»Reg dich nicht auf.«

»Wieso sollte ich mich aufregen?«

»Ich habe mir noch ein bißchen Geld geborgt.«

»Von wem?«

»Von dir.«

»Von mir?«

»Ich habe es gefunden, als ich deine Sachen weggeworfen habe. Als ich die Taschen durchsucht habe, ist mir eine Rolle Scheine in die Finger gekommen. Ich habe sie für dich zur Seite gelegt, und als Rob mich gestern abend abgeholt hat, wollte ich nicht ohne Geld aus dem Haus gehen, für den Fall, daß er zudringlich geworden wäre und ich mir ein Taxi hätte nehmen müssen. Aber ich war so in Eile, daß ich aus Versehen das ganze Geld mitgenommen habe. Und irgendwie habe ich dann auch alles ausgegeben.«

»Sonst noch was?«

»Wie meinst du das?«

»In meinen Taschen. Was hast du sonst noch in meinen Taschen gefunden?« Ich führte mich praktisch auf wie Rumpelstilzchen.

»Nichts«, sagte sie erschrocken. »Nur einen Brief. Ich habe ihn unter das Marmeladenglas gelegt. Eva! Was machst du da?«

Ich hatte sie hochgehoben und wirbelte sie durch die Luft.

»Goldie, du bist ein Goldstück«, sagte ich. Ich ließ sie runter. Sie war wieder ganz naß.

»Du bist nicht sauer wegen dem Geld?«

»Das ist doch bloß Geld«, sagte ich. »Aber der Brief, das ist meine Schwester.«

»Was?«

Während ich mich abtrocknete und umzog, während sie sich die Haare fönte und sich schminkte, erzählte ich ihr von Simone und den Pflegeeltern. Und dann kam ich zu der Stelle, die ich noch nie jemandem erzählt hatte – die Stelle, an die ich mich nicht gern erinnere –, ich erzählte ihr, wie ich mit dreizehn zu ihnen gegangen war. Simone war im Badezimmer eingesperrt gewesen, das weiß ich genau, und sie wollten mich nicht zu ihr lassen und haben die Bullen gerufen.

Als ich zu der Stelle kam, schminkte Goldie sich nicht mehr weiter. Sie hörte mir nur noch zu. Sie hörte mir wirklich zu.

Das kommt nicht oft vor, weißt du? Den meisten Leuten kannst du ansehen, daß sie die ganze Zeit überlegen, was sie als nächstes sagen sollen, und bloß darauf warten, dich zu unterbrechen.

Aber Goldie saß da und hörte mir zu. Sie ließ mich nicht aus den Augen, bis ich fertig war.

Dann sagte sie: »Aber Eva, wenn du schon einmal bei den Pflegeeltern gewesen bist, wozu brauchst du dann den Anwalt, damit er dir die Adresse gibt?«

Gute Frage. Die Antwort war weniger gut. Es war nämlich so, daß ich nach dieser Sache ziemlich ausgerastet war und für mindestens ein paar Monate in so was ähnliches wie ein Krankenhaus gesperrt wurde. Als ich wieder rauskam, konnte ich das Haus nicht wiederfinden. Ich dachte, ich hätte die Straße gefunden, aber die Häuser sahen alle gleich aus.

Das habe ich Goldie nicht erzählt. Die Leute hören es nicht gerne, wenn andere Leute nicht ganz richtig im Kopf sind. Auch dann nicht, wenn es schon Jahre her ist.

Ich sagte: »Sie sind umgezogen. Ma hat gesagt, daß sie umgezogen sind, aber sie wußte nicht wohin.«

»Und was willst du jetzt machen? Wie willst du einen Anwalt dazu bringen, dir zu sagen, wo seine Mandanten wohnen?«

»Ich bin jetzt erwachsen«, sagte ich. »Mich schubst keiner mehr rum. Jetzt bin ich diejenige, die das Schubsen besorgt.«

»Mmm.«

»Was soll das heißen? Mmm?«

Goldie machte ein komisches Gesicht.

»Was?« fragte ich.

»Eva«, sagte sie ganz leise. »Eva, das sind Spießer aus der Mittelschicht.«

»Na und?«

»Wenn du wie ein wilder Stier auf sie losgehst, kriegen sie Angst. Wenn Spießer Angst kriegen, nimmt man sich besser in acht. Dann sind sie am gefährlichsten.«

»Mir machen die keine Angst.«

»Wäre aber besser. Das sind Anwälte. Die sind dazu da, die Spießer zu beschützen. Genau wie die Polizei. Du hast es schon einmal probiert. Weißt du nicht mehr, wie es ausgegangen ist?«

»Da war ich aber auch erst dreizehn.«

»Das ändert nichts. Es wäre besser, wenn du es irgendwie hintenrum versuchen würdest.«

»Wie meinst du das?«

»Du sollst es mit einer List versuchen. Du rufst die Leute an und tust so, als wärest du... selber Anwältin... oder eine Versicherungsagentin, eine von ihnen eben. Jemand, dem sie etwas erzählen würden.«

»Scheiße«, sagte ich. »Ich würde sie lieber mit den Köpfen zusammenhauen.«

»Ich weiß«, sagte sie. »Ich denk mir schon was aus.«

In dem Augenblick kam Gruff reingelatscht. Er sagte: »Was treibt ihr Mädels hier die ganze Zeit – macht ihr euch Locken in die Wimpern?«

Hat man so was Unverschämtes schon mal gesehen? Ich rammte ihm die Schulter in die weiche Stelle unter dem Brustkorb. Als ich ihn nach draußen befördert hatte, sagte ich: »Kannst du nicht lesen, was an der Tür steht, du Bananenwichser? Da steht ›Ladies‹. Wir sind hier die Ladies, nicht du, also verpiß dich, bis wir fertig sind.«

Als ich zurückkam, hatte Goldie Tränen in den Augen vor Lachen.

»Sein Gesicht«, sagte sie. »Hast du sein Gesicht gesehen?«

Ich hatte ihm nicht ins Gesicht gesehen, aber es mußte wohl ein ziemlich lustiger Anblick gewesen sein, wenn sie so lachen konnte.

Sie wischte sich die Augen trocken und zog sich neue Lidstriche.

»Das würdest du wirklich machen?« fragte ich.

»Was?«

»Dir für die Anwälte was einfallen lassen?«

»Okay«, sagte sie und sah mich im Spiegel an. »Wenn du willst.«

Ich wollte. Sie hatte recht, ich kann mit Leuten nicht reden. Irgendwie kriegen sie bei mir immer was in den falschen Hals. Ich weiß auch nicht wieso – ich sage ihnen nur meine Meinung.

Und wie ich sie so ansah, verstand ich auf einmal, warum sie soviel mehr Ahnung von Rechtsanwälten und solchen Sachen hatte. Wirklich und wahrhaftig, sie war eine von ihrem Schlag. Was irgendwie komisch war, weil sie pleite und obdachlos war, und ich nicht.

Aber jetzt fühlte ich mich beschwingt und leicht, nicht mehr elend und schwer wie noch vor einer Stunde. Gruff Gordon und Pete Carver waren mir genauso egal wie das alberne Kasperletheater, das sie mit Goldie aufführen wollten. Es machte mir nichts mehr aus, daß sie Gruff Gordons Dienerin war und nicht meine. Wer braucht schon eine Dienerin, wenn er eine Freundin hat, mit der er reden kann?

Außerdem brauchte ich nicht mit der Blonden Bombe Ringelpiez zu spielen. Ich kämpfte gegen Rockin' Sherry-Lee Lewis, die wußte, wie man sich Respekt verschaffte. Es ging voran.

Ich weiß nicht, wie dein Leben aussieht, aber meins ist ein bißchen so wie eine Münze. Wirft man sie einmal, kriegt man Kopf, wirft man sie noch mal hoch, kriegt man Zahl. Kopf oder Zahl, du weißt nie, was kommt.

Ich will nicht behaupten, daß mir genau diese Gedanken durch den Kopf gegangen wären. Ich kümmerte mich um meine eigenen Angelegenheiten und sah zu, wie Gruff und Pete ihre Nummer einstudierten – Kampf der Titanen, daß ich nicht lache! Kampf der Wampen, das paßte schon eher. Vielleicht war ich auch einfach nur dabei, meine gute Stimmung auszukosten, nachdem ich mich gestern nacht noch so mies gefühlt hatte, als Harry Richards mit seiner Adidastasche reinspaziert kam und meine Münze mal wieder auf der anderen Seite landete.

Wenn ich bloß wüßte, wer die Münze wirft – den würde ich mir gern mal vorknöpfen.

Jedenfalls kam Harry Richards mit seinem strahlenden Mondgesicht reinspaziert. Früher mußte er maskiert kämpfen, weil er so harmlos aussah. Er hat immer für jeden ein freundliches Wort übrig.

Er kam rein und sagte: »Yo, Mr. Deeds. Yo, Gruff, Pete. Wie stehen die Aktien?«

Und dann sah er mich, und sein Lächeln gefror. Stocksteif stand er da und starrte mich an. Und dann sah er Goldie. Die Kinnlade klappte ihm runter, und sein Kaugummi fiel auf den Boden.

»Ach du Scheiße, Eva«, sagte er. »Ich dachte, du wärst tot.«

Hätte ich Kaugummi im Mund gehabt, wäre es mir auch rausgefallen. Ich meine, wie kann man so was sagen?

»Morgen«, sagte Mr. Deeds. »Kommst du trainieren? Wann bindest du dir die Maske wieder um und kämpfst für mich wie in alten Zeiten?«

»Mir geht's nicht so gut«, sagte Harry. »Ich gehe lieber nach Hause und lege mich ein bißchen hin.« Er drehte sich um und verschwand.

In der Halle holte ich ihn ein.

»Was ist los, Harry?« sagte ich.

»Laß mich in Ruhe, Eva«, sagte er und zog seinen Arm weg. »Wenn du nicht tot bist, sitzt du bis zum Hals in der Scheiße, und damit will ich nichts zu tun haben.«

»Was redest du denn da?« Ich stand zwischen ihm und der Straße, und jedesmal, wenn er an mir vorbei wollte, versperrte ich ihm den Weg.

»Du hast mich reingeritten, Eva«, sagte er. »Die haben mich zur Sau gemacht wegen dir und der Kleinen aus der Band. Ich wußte nicht, daß sie deine Freundin ist.«

»Wieso habe ich dich reingeritten?« fragte ich. »Du hast gesagt, du brauchst Hilfe, und ich habe dir geholfen. Nachdem die Bullen aufgekreuzt waren, blieb mir nichts anderes übrig, als abzuhauen.«

»Komm mir bloß nicht auf die Tour«, sagte er. »Ich hätte dich nie um Hilfe gebeten, wenn ich nicht gedacht hätte, daß du für die Chengs arbeitest. Wozu bezahlt Bermuda Smith Mr. Cheng denn sonst?«

»Keine Ahnung. Wofür bezahlt Bermuda Smith Mr. Cheng, Harry?«

Harry sah mich für seine Verhältnisse furchtbar giftig an.

»Du willst das nicht wissen?« sagte er. »Du kommst einmal im

Monat vorbei, spuckst große Töne, spielst dich auf wie Mr. Cheng persönlich und willst das nicht wissen? Du hältst mich wohl für ganz blöd.«

Ich war fix und fertig. Ich konnte nicht glauben, daß Harry Richards mich so einschätzte. Ich hatte immer gedacht, wir lägen auf einer Wellenlänge.

»Hör zu, du Hämorrhoide«, sagte ich. »Ich spiele mich nicht auf. Ich versuche nur, mir meine Brötchen zu verdienen und mich irgendwie über Wasser zu halten. Ich mache... ich habe den Laufburschen für Mr. Cheng gemacht, aber der weiht mich doch nicht in seine Geschäfte ein, kein Wort erzählt er mir. Für den bin ich bloß ein rundäugiges Muskelpaket, genau wie du für Bermuda Smith.«

»Jetzt beleidigst du mich schon wieder«, sagte Harry traurig. »Wenigstens arbeite ich für meine eigenen Leute.«

»Und wer sind meine eigenen Leute, Harry? Kannst du mir das vielleicht verraten? Ich habe keine Leute. Also arbeite ich für jeden, der mich bezahlt.«

»Dann mußt du dem, der dich bezahlt, auch treu sein und darfst nicht mit dem Feind gemeinsame Sache machen oder auf die andere Seite überlaufen.«

»Bin ich doch gar nicht!« schrie ich. Jetzt war ich wirklich geschockt. »So was habe ich noch nie gemacht, Harry.«

»Was hast du dann mit der Kleinen aus Count Suckles Band zu schaffen? Ich habe dich gesehen, Eva. Ich habe gesehen, wie du sie weggebracht hast. Und jetzt ist sie hier. Die aus der Band, das waren die Typen, die das Tränengas geschmissen haben, die Kleinholz aus unserem Club gemacht haben.«

»Was?« sagte ich. »Was?« Ich setzte mich auf den kalten Fußboden. Ich wußte nicht mehr, was ich denken sollte. Am liebsten hätte ich mich hingelegt und wäre einfach eingeschlafen.

Harry sagte: »Was meinst du, was Bermuda Smith dir für Mr. Cheng mitgibt, Eva? Jeden Monat, wenn du kommst, was meinst du, was du da abholst? Haaröl vielleicht? Oder Bananen?«

»Geld, Harry«, sagte ich. »Ich dachte, ich wäre der Geldbote.«

»Genau, Geld«, sagte Harry. »Und was für ein Geld ist das,

Eva? Meinst du, Bermuda Smith stottert bei Mr. Cheng die Raten für den Gefrierschrank von seiner Frau ab?«

Er warf mir einen mitleidigen Blick zu, dann ging er langsam raus auf die Straße. Da stand er eine Minute und sah sich den Verkehr an. Dann drehte er sich um und kam langsam wieder zurück.

Er sagte: »Vielleicht bist du gar nicht böse, Eva. Vielleicht bist du nur sehr, sehr dumm.«

Ich konnte ihm nicht ins Gesicht sehen. Ich konnte nur auf seine armen, alten Plattfüße starren. »Du verstehst überhaupt nichts, nein?«

»Nein«, sagte ich. »Ich verstehe überhaupt nichts mehr.«

Er hockte sich so hin, daß unsere Gesichter auf einer Höhe waren.

»Cheng hat dich mit einer Bombe in Count Suckles Schuppen geschickt, Eva. Und du kapierst immer noch nichts. Du solltest eigentlich tot sein.«

»Ich weiß«, sagte ich. »Irgendwer hat mich eingesperrt. Ich konnte nicht mehr raus, ich mußte die Tür aufbrechen, und da habe ich gesehen, daß sie abgeschlossen war. Dann ist alles in die Luft geflogen.«

»Du tust mir leid, Eva«, sagte Harry. »Du arbeitest für Leute, von denen du nichts verstehst. Du solltest eigentlich in Count Suckles Laden liegen, unter den ganzen Trümmern. Die wollten zwei Fliegen mit einer Klappe schlagen.«

»Warum, Harry? Warum wollten sie mich umbringen?«

»Schutzgeldkrieg«, sagte Harry. »Jeder glaubt, du arbeitest für die andere Seite. Count Suckle will bei Bermuda Smith abkassieren. Er meint, Bermuda Smith soll sich an seine eigenen Leute halten und sein gutes Geld nicht irgendwelchen miesen Chinesen hinterherwerfen. Mr. Cheng meint, Count Suckle wildert in seinem Revier. Bermuda Smith zahlt den Chengs Schutzgelder. Bermuda Smith ist auch dämlich. Der hat die Band angeheuert, ohne zu überprüfen, zu wem die Typen gehören.«

»Wer ist Count Suckle, Harry?« fragte ich.

»Auch einer von der schlimmen Sorte, die für andere Leute die

Drecksarbeit erledigen«, sagte er. »Wie Mr. Cheng. Ein großes Tier in seinem Stadtteil. Ein großes Tier in der Unterhaltungsbranche, Eva. Kassiert bei der Hälfte der Nordwestlondoner Clubs ab. Hat seinen eigenen Schuppen – aber den hast du ja gesehen, Eva.«

Ich nickte.

»Das Lokal war wie ein Zuhause für ihn, Eva. Da hat er damals angefangen. Count Suckle wird sentimental, wenn es um das Lokal geht. Cheng weiß das.«

Harry konnte nicht mehr hocken, also setzte er sich auch auf den Fußboden.

»Bermuda Smiths Laden haben sie dichtgemacht«, sagte er. »Ich habe keinen Job mehr.«

»Tut mir leid.«

»Drei Leute hat es in Count Suckles Lokal erwischt.«

Ich schlug die Hände vors Gesicht. Ich wollte nichts hören.

»Drei, Eva.«

»Warum?« sagte ich. »Ich versteh das nicht.«

»Die Band. Die kam von Count Suckle. Er hat sie uns geschickt. Die haben das Tränengas mitgebracht. Das hat sich alles hinter der Bühne abgespielt. Ein Roadie hat die erste Patrone geworfen. Hast du keine Augen im Kopf, Eva? Andere Leute haben Augen im Kopf. Die haben gesehen, wie du mit der Kleinen abgehauen bist.«

»Aber sie war es nicht, Harry. Sie war total weggetreten.«

»Ihre eigene Dummheit. Sie hatte die Patronen in ihrer Tasche. Sie ist die Kleine von dem schnuckeligen Sänger. Und der Sänger ist einer von Count Suckles Leuten.«

»Nein«, sagte ich.

»Deine eigene Dummheit, Eva«, sagte Harry. Er stand auf und rieb sich die Oberschenkel. »Du bist bloß ein doofer Kämpfer wie ich. Hast keine Grütze im Kopf.«

Ich sagte: »Was soll ich denn jetzt machen?«

Harry sah mich nicht an. »Ich weiß nicht, was du machen sollst. Ich an deiner Stelle würde mir so schnell wie möglich die süße Kleine vom Hals schaffen. Und dann würde ich mich ins

Flugzeug setzen. Du hast bei keinem mehr einen Stein im Brett, Mädchen. Nicht bei Bermuda Smith, nicht bei Cheng, nicht bei Count Suckles Leuten. Du kannst bloß von Glück sagen, daß dich alle für tot halten.«

Harry ging wieder auf die Straße. Er sah mich nicht mehr an. Es war, wie er gesagt hatte – ich war tot. Es gab mich nicht mehr.

Aber wie schon beim ersten Mal, drehte er sich um und kam noch mal zurück.

»Bin schon genauso blöd wie du, Eva«, sagte er. »Ich wollte doch Mr. Deeds nach einem Job fragen.« Und er ging an mir vorbei ins Studio.

Ich blieb in der Halle auf dem Fußboden sitzen. Ich hätte mich beim besten Willen nicht bewegen können.

16

Ich weiß, wie man sich ein Schneehaus baut. Man kann Gräben bauen, Höhlen oder Iglus. Man baut in drei Etagen: Die oberste ist für das Feuer, die mittlere zum Schlafen, und die unterste ist für die Vorräte und dient als Windfang für die kalte Luft.

Wäre ich allein in der Arktis, könnte ich ewig überleben. Ich habe das alles in meinem SAS Survival-Handbuch gelesen.

»Man markiert auf dem Boden einen Kreis von etwa vier Metern Durchmesser. Den Schnee stampft man beim Weiterarbeiten fest, da diese Fläche als Fußboden dienen soll...«

Das konnte ich mit links.

Harsh kam mit ein paar Kerlen, die ich kannte, durch die Tür. Die anderen gingen gleich ins Studio durch, ohne Hallo zu sagen, aber Harsh blieb stehen und sagte: »Was machst du denn hier draußen in der Kälte?«

»Auf Goldie warten«, sagte ich. »Harsh?«

»Ja.«

»Kann ich mal mit dir reden? Ich hätte da ein Problem.«

»Später, Eva«, sagte er. »Ich muß arbeiten.«

Er ging hinter den beiden anderen her ins Studio.

Die Bola ist eine Waffe, die die Eskimos zur Vogeljagd benutzen. Man wickelt Steine in Stoff und bindet Stricke darum. Dann knotet man die Enden der Stricke zusammen und hoppla, schon ist die Bola fertig. Ich mag Bolas. Man muß kein Gehirnakrobat sein, um welche zu basteln, und man muß kein Scharfschütze sein, um damit zu treffen. Man schwingt sie nur über dem Kopf und dann schleudert man sie irgendwie Richtung Beute.

Ich könnte auch einen Speer basteln oder Pfeil und Bogen, aber die Bola ist wirklich am besten. Ich hatte eine geniale Idee – vielleicht konnte ich Kugellager dafür nehmen. Auf dem Schrottplatz lagen massenweise Kugellager herum.

Ich stand auf. Harsh hatte recht. Es war ziemlich kalt in der Halle. Vielleicht waren mir deshalb die Eskimos eingefallen.

Du hältst mich für blöde. Na los doch – mir kannst du's sagen. Du meinst, ich weiß nicht, was du denkst. Du meinst, ich weiß nicht, wo es langgeht.

Dann laß mich dir eins verraten – Harry Richards hatte mir nicht viel gesagt, was ich nicht sowieso schon wußte. Er war noch nicht fertig, da dachte ich schon »Das wußte ich.« Nur das mit der Band nicht. Das mit der Band wußte ich nicht.

Und was Goldie angeht, nun, sie hatte es mir ja praktisch erzählt, oder nicht? Sie wollte mir erzählen, was sie in der Tasche hatte, um die sie sich solche Sorgen machte. Sie wollte. Aber dann wurden wir unterbrochen, und später, als sie wußte, daß ich für Mr. Cheng arbeitete, hat sie mir gesagt, sie hätte Drogen in der Tasche gehabt. Sie hat gesagt, es wären Drogen drin gewesen, aber wenn sie keine Angst vor den Chengs gehabt hätte, hätte sie mir gesagt, daß es Tränengaspatronen waren.

Auf jeden Fall stimmte das mit den Drogen wahrscheinlich sowieso. Sie *war* high gewesen, völlig weggetreten, und das lag nicht nur am Alkohol. Mit Alkohol kenne ich mich aus.

Goldie hatte mich nicht angelogen. Sie hatte nur ein paar Sachen ausgelassen. Das kannst du ihr nicht verübeln. Ich habe auch ein paar Sachen ausgelassen. Die meisten Leute lassen andauernd was aus. Was willst du dagegen machen – uns erschießen?

Ich fuhr zurück zum Schrottplatz.

Ich hätte Goldie Bescheid sagen sollen, daß ich zurückfahre, aber ich habe es nicht gemacht. Ich habe es deshalb nicht gemacht, weil ich in Ruhe überlegen mußte, wie es weitergehen sollte.

Du denkst, es wäre die reine Zeitverschwendung gewesen, in der Kälte zu sitzen und an Eskimos zu denken. Damit liegst du aber ganz schön falsch. Das war überhaupt keine Zeitverschwendung.

Wenn man plötzlich erfährt, daß man in Gefahr ist, überlegt man, wie man sich schützen kann. Wenn man sich darüber keine Gedanken macht, das nenne ich Zeitverschwendung. Ich bin nicht so blöd, wie du denkst.

Unterwegs hielt ich an und kaufte mir eine Rolle schöne, starke Schnur. Und als ich zu Hause war, auf dem Schrottplatz, suchte ich mir eine schöne Ladung schwerer Steine und ein paar Handvoll Kugellager zusammen.

Kapiert? Die Waffe, mit der die Eskimos in der Arktis Vögel jagen, benutzen auch die Gauchos in Südamerika, um größere Tiere zu fangen. Die Bola wickelt sich um ihre Beine, und sie fallen um. Und was ist der Mensch denn sonst, wenn nicht ein größeres Tier? Das sag du mir mal, oder muß ich dir alles erklären?

Ich bastelte mir nicht eine Bola. Ich bastelte mir drei. Schließlich hatte ich ja auch nicht nur Ärger mit einem Menschen. Ich hatte mit so ziemlich allen Ärger. Natürlich dachte jeder, der etwas darstellte, daß ich tot war, aber das konnte nicht mehr allzulange so bleiben.

Denn schließlich wollte ich ja berühmt werden, oder? Ich mußte gegen Rockin' Sherry-Lee Lewis kämpfen. Und wer wußte schon, wie es danach weiterging. Man kann keine berühmte Catcherin werden, wenn alle denken, daß man tot ist. Kein Mensch schert sich einen feuchten Kehricht um einen toten Ringer, es sei denn, man wäre Milos von Kroton.

Ich arbeite gern mit den Händen. Das lenkt so schön von Problemen ab. Dabei denkst du an das, was du machst, nicht an das, was du denkst. Aber wenn du dann fertig bist, kann es dir passieren, daß der Verstand ganz von alleine weitergedacht hat. Ziemlich anständig, eigentlich – der Verstand macht seine Arbeit, ohne dich zu stören.

Gehirne sind schon was Komisches. Man sollte meinen, ein Gehirn macht, was man ihm sagt, wie ein Arm oder ein Bein. Aber das stimmt nicht. Manchmal macht es genau das Gegenteil. Ich weiß ja nicht, wie es mit dir ist, aber mein Gehirn hat seinen eigenen Kopf.

Wenn du mir nicht glaubst, hör dir das mal an. Als ich mit den drei Bolas fertig war, merkte ich, daß sie ungefähr dreißig Zentimeter kürzer waren, als es im SAS Survival-Handbuch steht. Ich war ziemlich stolz auf mich. Bolas werden nämlich normalerweise im freien Gelände benutzt, und davon hat London nicht gerade reichlich viel zu bieten. Und wenn ich mir ausmalte, wie Mr. Cheng sich in den Dingern verhedderte, dann spielte sich das immer in seinem eigenen Restaurant ab.

Das war schon nicht übel, aber noch komischer war, daß ich plötzlich auch noch ausgeknobelt hatte, wie ich Simones Adresse aus dem Anwalt rauskriegen konnte. Es war einfach. Das sollte diese Künstlertype, Dave de Lysle, für mich erledigen. Der hatte genau die richtige Stimme dafür. Der konnte jedem Rechtsverdreher stundenlang was vorsülzen, ohne auch nur einen Furz zu lassen. Dazu brauchte ich ihn bloß ein paar Bilder von mir machen zu lassen. Schließlich hatte er gemeint, ich wäre »geradezu ideal«. Und ein ideales Modell hat seinen Preis.

Manche Sachen sind eben Schicksal. Der Beweis? Als ich den Brief vom Anwalt suchte, sah ich, daß Goldie ihn zu Dave de Lysles Katalog gesteckt hatte. Sie lagen übereinander unter dem Marmeladenglas, genau wie sie gesagt hatte. Was mal wieder bewies, daß Goldie ehrlich mit mir war.

Und genau in dem Moment schoß mir ein Gedanke durch den Kopf, und der Gedanke hieß »Golfbälle«. Erstens – ich wäre jede Wette mit mir eingegangen, daß Dave de Lysle und der Anwalt Golf spielten. Zweitens – mit Golfbällen hätte man astreine Luxusbolas basteln können. Willst du immer noch behaupten, daß der Verstand kein komisches Ding ist?

Bis jetzt hatte ich mich ziemlich sicher und geborgen gefühlt. Aber ich mußte auf alles vorbereitet sein. Ich packte meinen Seesack. Ich machte mir eine neue Survival-Dose zurecht. Und ich packte auch ein paar Dosen ein, Eintopf, Bohnen und Suppe. Weil ich vor meinem inneren Auge zwei Szenen sah. In der einen kampierte ich in einem Abbruchhaus und löffelte Eintopf. In der anderen Szene schwang ich den Seesack mit fast übermenschlicher Kraft und knallte ihn jemandem vor den Kopf. Suppendosen eignen sich für so was hervorragend.

Immer wieder sah ich mir mein Londoner Killerqueen-Plakat an. Das war ich, und ich war es doch nicht. Ich bin der Bösewicht, ich bin die Frau im schwarzen Kostüm, ich bin die Frau, die die Zuschauer aus ganzer Seele hassen. Das bin ich, aber das bin ich auch wieder nicht. Ich bin eine Killerqueen. Aber ich bin kein bezahlter Killer. Doch, das bin ich. Drei Tote in Count Sukkles Lokal. Das war ich. Und das war ich auch wieder nicht.

Um ehrlich zu sein, ich wußte nicht mehr genau, was ich war. Ich erwarte nicht, daß du das verstehst, also kann ich mir meine Erklärungen sparen. Ich fühlte mich mies – mies wie ein Schurke und innerlich mies, wütend und traurig. Aber es hat keinen Zweck, darüber zu reden. Geschenkt.

Ich wollte einfach nur auf alles vorbereitet sein.

Es klopfte an der Tür, ich war bereit. Mit einer Bola in der einen und einer Dose Eintopf in der anderen Hand machte ich auf. Du weißt nie, wen du hinter einer Tür findest.

Aber es war nur der große Aufreißer, Rob vom Schrottplatz, der zu Goldie wollte. Was der sich einbildete!

»Eleanor da?« fragte er.

»Nein.«

»Ich dachte, wir könnten vielleicht später einen trinken gehen.«

Kerle wie der gehen immer davon aus, daß die Frauen dasselbe wollen wie sie.

»Sie ist nicht da«, sagte ich.

»Bestell ihr, daß ich nach ihr gefragt habe«, sagte er, ohne ein Bitte oder Danke. Typisch.

»Das kannst du ihr selber sagen«, sagte ich und machte die Tür zu.

Er klopfte noch mal.

»Hör mal«, sagte er, als ich aufmachte. »Ich habe dich nett gefragt…«

»Und ich habe dir nett geantwortet. Sie ist nicht da.«

»Wann kommt sie wieder? Es ist bloß, weil jemand rumgeschnüffelt hat. Ich habe nichts gesagt, aber sie wird es wissen wollen.«

»Wer?«

»Das sage ich ihr selber.«

»Dann sagst du es ihr überhaupt nicht«, sagte ich. »Wenn ich nämlich nicht weiß, auf wen ich ein Auge haben muß, dann sucht sie sich ein anderes Plätzchen zum Schlafen.«

Er ließ es sich durch den Kopf gehen. Ich hörte das Getriebe knirschen. Endlich sagte er. »Zwei Bimbos. Richtige Schränke. Aus uns haben die nichts rausgekriegt.«

»Wann war das?«

»Vor 'ner Stunde oder so.«

»Gut«, sagte ich. »Danke. Ich warne sie.«

Obwohl ich davon Bauchschmerzen bekam, bedankte ich mich. Das nennt man mentale Disziplin, Harsh wäre stolz auf mich gewesen. Aber die Bauchschmerzen kamen auch daher, daß irgendwer, vermutlich Leute von Count Suckle oder Bermuda Smith, hinter Goldie her war. Das wäre nur logisch gewesen. Bermuda Smith hatte sie wegen dem Tränengas auf dem Kieker und Count Suckle wegen mir. Wenn man in schlechter Gesellschaft gesehen wird, nachdem die Kacke schon am Dampfen ist, dann hat man wirklich Ärger am Hals. Ich bin Ärger gewöhnt – mir macht so was nichts aus. Was man von Goldie vielleicht nicht sagen konnte. Ich mußte mich um sie kümmern.

Ich verließ den Hänger. Alles, was ich brauchte, hatte ich in meinem alten Seesack. Wenn dich alle aufs Korn genommen haben, reicht es eigentlich nicht, mit ein paar Dosen Eintopf irgendwo unterzutauchen. Aber wenn es hart auf hart geht, mußt du auch dazu bereit sein.

Das Problem war nur, daß ich berühmt werden wollte.

Das Problem war Goldie.

Das Problem war nur, daß ich, als ich vom Schrottplatz kam und zu meinem Cortina wollte, zwei schwarze Typen in einem weißen Maestro entdeckte, die hinter der Kurve auf der Lauer lagen und das Tor im Auge behielten.

Sie haben mich nicht gesehen – oder vielleicht haben sie mich doch gesehen, aber sie warteten auf Goldie und waren in die *Racing News* vertieft.

Das war nun wirklich ein Problem, weil mein Cortina genau hinter ihnen stand. Ich verkrümelte mich unauffällig, ging einmal um den Block und pirschte mich von hinten an.

Die ganze Zeit überlegte ich, ob ich ihnen lieber einen Hamburger in den Auspuff stecken oder einen Ytongstein durch die Windschutzscheibe schmeißen sollte, um ihnen mal zu zeigen, mit wem sie es zu tun hatten. Aber als ich zum Cortina kam, war ich zu dem Schluß gekommen, daß ich, wenn ich schon als tot galt, ruhig noch ein bißchen länger tot bleiben konnte, wenigstens bis nach dem Kampf mit Sherry-Lee Lewis. Danach war sowieso alles egal. Danach war ich nämlich auch eine ernstzunehmende Gegnerin, und dann mußten sie es sich schon zweimal überlegen, ob sie sich mit mir anlegen wollten. Dann wußten alle, daß ich springlebendig war.

Ich ließ den Wagen an, wendete und war schon weg, bevor sie noch den Sieger im Dreidreißig-Rennen in Newcastle hätten tippen können. So leicht kriegt mich keiner – eine Staubwolke mit Lichtgeschwindigkeit, volle Fahrt voraus – und schon war ich verschwunden. Herrlich. Ich würde Harry Richards schon noch zeigen, wie dumm ich war! Alle sollten sie es sehen.

Aber als ich ins Studio kam, war keiner mehr da. Kein Mensch, und plötzlich fühlte ich mich flau und irgendwie fröstelig. Man kann niemandem was beweisen, wenn keiner da ist.

Und ich mußte Goldie vor den beiden Typen in dem Maestro warnen. Ich sah es direkt vor mir, wie sie nach Hause kam, auf den Schrottplatz, und wie die beiden Trantüten von hinten über sie herfielen. Sie mußte es wissen, aber sie war nicht da.

Ich hatte noch nie darüber nachgedacht, aber ein leeres Fitneßstudio ist ein ziemlich trauriger Anblick. Es riecht nach Schweiß, und die Geräte stehen still, wie in einer pleite gegangenen Fabrik. Nichts klirrt, nichts grunzt, es wirkt nicht mehr menschlich.

Während ich noch dastand und überlegte, wo ich hinsollte, kam Sam mit einem Schraubenschlüssel und einer Ölkanne rein, also sagte ich: »Wo sind denn die anderen alle geblieben?«

Er warf einen Blick auf die Wanduhr. Es war halb drei.

Er sagte: »Die Mittagspausentrimmer sind gekommen. Die Bande ist noch in der Kneipe.«

Das hätte ich wissen müssen, aber ich war viel zu beschäftigt gewesen, um mir Gedanken um die Uhrzeit zu machen. Wir Profis mischen uns nicht unter die Trimm-Trab-Freizeitsportler. Zu viele mollige Büromenschen verderben die Stimmung, also ziehen wir mittags immer über die Straße ins Prince of Wales um, wo wir uns ein Bier und eine Fleischpastete genehmigen.

Ich lief sofort los.

Das Prince of Wales ist ein düsteres Lokal, wo kein Geld für bunte Lichter und Videospiele ausgegeben wird. Das einzig Interessante ist der Billardtisch im Hinterzimmer. Ansonsten ist es bloß eine Kneipe.

Als ich reinkam, sah ich keinen, und ich wurde fast verrückt vor Angst. Aber als ich nach hinten durchging, fand ich die ganze Bande im Billardzimmer versammelt.

Mr. Deeds zeigte Goldie, wie man Billard spielte, der dreckige alte Wichser. Er beugte sich über sie und sagte: »Wenn du eine Brücke machst, mußt du die Hand ganz ruhig halten, Schatz!«

Gruff Gordon sagte: »Du mußt der Kugel einen Drall geben, Kindchen.« Er stieß Pete in die Seite und guckte so schmierig aus der Wäsche wie ein Schmalfaß, was er ja auch war.

»Es ginge vielleicht besser, George, wenn Sie mich nicht so einengen würden«, sagte Goldie. An ihren Manieren war nichts auszusetzen. Ich hätte ihm den Schniedel an den Fußboden genagelt, wenn er mir so dicht auf die Pelle gerückt wäre.

Die Julios spielten in der Ecke Karten, Harsh saß allein am Tisch und las den *Independent*.

Goldie sah hoch, als ich reinkam. Sie sah hoch und lachte mich an. Das Licht von der Billardlampe über dem Tisch hing in ihren Haaren, und sie sah aus, als ob sie einen Heiligenschein hätte. Sie schien zu leuchten – ganz golden. Sogar ihre Haut sah wie Honig aus.

Sie sah hoch und lachte mich an.

»Hallo, Eva«, sagte sie. Mehr nicht. Meine Freundin. Meine.

»Muß mit dir reden«, sagte ich. Ich habe bestimmt ziemlich gekrächzt, weil ich plötzlich was im Hals hatte.

»Es hat sich was gerührt«, sagte ich.

»Was hat sich gerührt?« fragte Pete und gab Gruff eins mit dem Ellenbogen.

»Frag George Deeds«, sagte Gruff und lachte.

Das ist es wohl, was ich an bestimmten Männern am meisten hasse – sie können einem aber auch wirklich alles verderben.

»Dreckskerle«, sagte Mr. Deeds geschmeichelt.

Goldie richtete sich auf. Sie legte das Queue weg und kam um den Tisch.

»Unter uns«, sagte ich. Ich wollte nicht mit Gruff Gordon, Pete Carver und Mr. Deeds im selben Raum sein.

Wir gingen in die Bar durch. Ich holte mir ein Bier und ihr einen Wodka mit Orangensaft. Wir setzten uns an einen Tisch in der Ecke, wo uns keiner belauschen konnte.

Ich sagte: »Jemand hat sich auf dem Schrottplatz nach dir erkundigt. Und als ich gegangen bin, haben draußen zwei Typen in einem Lieferwagen gewartet.«

»Wer?« fragte sie und sah mich an, mit klaren, ruhigen Augen.

»Ich weiß nicht. Zwei Schwarze.«

Sie sagte nichts. Sie sah mich nur an.

Ich sagte: »Könnten Bermuda Smiths Leute sein oder Count Suckles.«

Ihre Augen weiteten sich, nur ein Ideechen.

»Du weißt über Count Suckle Bescheid«, sagte sie. Es war keine Frage. Sie seufzte. »Ich hätte es dir erzählt. Ich wollte es dir sagen. Aber ich wußte nicht, wie es zwischen dir und Bermuda Smith und den Chengs steht.«

»Ja«, sagte ich. »Das dachte ich mir.«

»Aber ich verstehe nicht, warum mich Count Suckles Leute suchen sollten. Ich war nur ein kleines Licht.«

»Wegen mir«, sagte ich. »Alleine waren wir kein Problem. Aber seit wir uns zusammengetan haben, sind wir ein Problem. Du hast mich bei den Chengs und Bermuda Smith reingeritten, und ich dich bei Count Suckle. Vor allen Dingen nach der Sache mit der Bombe und so.«

»Was für eine Bombe?«

»Die Bombe«, sagte ich. »Du weißt doch, ich habe dir von der Explosion erzählt.«

»Du hast gesagt, es war eine Gasexplosion.« Sie starrte mich an. Ihr Gesicht war jetzt weiß und hölzern.

»Tja... nun...«

»Eine Bombe, wo?« fragte sie. »Wo, Eva?«

Ich konnte sie nicht mehr ansehen.

»Wo?«

Ich sagte: »Count Suckle hat Tränengas verschickt. Mr. Cheng hat eine Bombe geschickt.«

»Der Club?« sagte sie. »Du hast den Club in die Luft gejagt?«

»Nein!«

»Was soll das heißen? Du hast doch selber gesagt, daß die Bombe von Mr. Cheng kam.«

»Ja. Sie kam von Mr. Cheng.«

Sie legte mir die Hand auf den Arm.

»Sieh mich an, Eva«, sagte sie.

Ich sah sie an. Sie hatte sich einigermaßen wieder gefangen.

»Erzähl es mir, Eva«, sagte sie. »Erzähl es mir einfach.«

»Die wollten mich auch umbringen«, sagte ich. »Ich wußte nicht, daß es eine Bombe war.«

»Du hast eine Bombe in den Club gebracht?«

»In einer Plastiktüte von Safeway. Sie haben gesagt, es wäre Geld für Mr. Aycliffe.«

»Für wen?«

»Mr. Aycliffe.«

Sie schüttelte den Kopf. Der Name sagte ihr nichts.

»Wer war da?« fragte sie.

»Ich weiß nicht«, sagte ich. »Ich durfte mich doch nicht blikken lassen.«

»Calvin«, sagte sie. »War Calvin da?«

»Ich habe nichts gesehen.«

»Du hast etwas gesehen«, sagte sie. »War er da?«

»Ich habe nichts gesehen. Die wollten mich auch umbringen.«

Sie stand auf.

»Wohin willst du?« Ich hielt sie am Ärmel fest.

Sie schüttelte mich ab und ging zur Bar. Der Barmann zeigte ihr, wo das Telefon war. Sie ging hin und wählte eine Nummer.

Ich stand auf und lief zu ihr. Ich drückte die Gabel runter.

»Nicht«, sagte ich. »Nicht. Es ist zu spät.«

Sie schlug mir mit dem Hörer auf die Hand.

»Geh weg«, sagte sie, sehr langsam, sehr deutlich.

Ich wich zurück.

»Geh weg!«

Ich ging an unseren Tisch zurück und beobachtete sie. Sie hielt den Hörer ans Ohr. Sie sagte nichts. Nach einer Weile wählte sie noch eine Nummer. Dann noch eine. Diesmal redete sie.

Sie drehte mir den Rücken zu und sprach mit jemandem. Dann hörte sie auf zu reden. Sie ließ die Arme hängen, den Hörer hatte sie immer noch in der Hand.

Ich zählte bis fünfzig, während ich sie beobachtete. Sie stand mit hängenden Armen da, den Rücken zu mir, während ich bis fünfzig zählte.

Dann legte sie den Hörer auf und kam zu mir rüber.

»Ich dachte, das hättest du vielleicht gern gewußt«, sagte sie, sehr langsam, sehr deutlich. »Calvin lebt. Er war drei Stunden unter den Trümmern eingeklemmt. Er hat ein Auge verloren, sein halbes Gesicht ist weg, aber er lebt. Ich dachte, du hättest gern gewußt, was du angerichtet hast.«

Es war schlimmer, als ich es mir je vorgestellt hatte. Ihre Augen waren absolut leer. Es war grauenhaft. Genausogut hätte man ein totes Tier ansehen können.

Mit hängenden Armen stand sie vor mir und sagte: »Marsha ist tot. Val ist tot. Micky ist tot. Sie waren meine Freunde. Wußtest du das, Eva?«

Ich konnte bloß den Kopf schütteln.

»Aber Calvin hast du gekannt«, fuhr sie fort, sehr langsam, sehr deutlich. »Du hast ihn gesehen. Du wußtest, wie schön er war. Du hast ihn singen hören. Du hast ihn tanzen sehen.«

»Die wollten mich auch umbringen«, sagte ich vergeblich. »Die Bombe sollte mich auch umbringen.«

»Aber das hat ja nicht geklappt, was, Eva? Du hast nur ein paar Schrammen und Kratzer abbekommen. Meinst du, das wiegt Vals und Mickys und Marshas Tod auf? Meinst du, das wiegt Calvins Auge auf? Du müßtest schon ein paarmal sterben, um das wieder auszugleichen, Eva.«

Sie ist nicht mal laut geworden. Sie hat sich umgedreht und ist aus der Kneipe gegangen.

Zuerst konnte ich mich nicht bewegen. Ich hatte das Gefühl, als hätte sie mir die Eingeweide aus dem Leib getreten. Dann stand ich auf und rannte hinter ihr her. Ich mußte es doch wenigstens versuchen, oder?

Ich holte sie ein, als sie gerade über die Straße gehen wollte. Sie sah nicht nach rechts und nicht nach links.

»Goldie!« schrie ich. »Du kommst noch unters Auto.«

Ich packte ihren Arm.

»Hör mir zu«, sagte ich. »Du mußt mir zuhören. Du weißt doch, daß ich so was nicht absichtlich machen würde. Das *mußt* du doch wissen. Wir sind doch Freunde.«

Sie sah mich nicht an. Sie sagte: »Und wenn du der letzte Mensch auf der Welt wärst, würde ich nicht deine Freundin sein wollen.«

Sie ging über die Straße, ohne nach rechts und links zu schauen. Wagen kamen mit kreischenden Bremsen zum Stehen, Fahrräder wichen aus, Autofahrer hupten. Sie ging schnurgerade über die Straße und verschwand zwischen den Einkaufsbummlern auf der anderen Seite.

Ich wollte ihr folgen, aber für mich hielt keiner an, und als ich endlich auf der anderen Seite war, war sie verschwunden, und ich wußte nicht mal, wohin sie gegangen war. Erst rannte ich in die eine Richtung, dann in die andere. Ich suchte die Bushaltestellen ab, ich lief sogar runter in die U-Bahnstation, falls sie vielleicht auf einen Zug wartete. Aber London hatte einfach sein großes, breites Maul aufgemacht und sie verschluckt.

Zum Schluß ging ich wieder in Sams Fitneßstudio. Mr. Deeds war da, die Julios waren da, und ein anderes Zwei-Mann-Team, die Icemen, war auch da, aber obwohl ich in der Dusche nachsah und in der Damentoilette, Goldie war nicht da.

Mittlerweile rechnete ich schon gar nicht mehr damit, sie zu finden. Es war, als ob eine alte Geschichte sich noch einmal wiederholte. Ich wußte, daß ich sie nicht finden würde. Frag mich nicht wieso. Ich wußte es einfach.

Ich mußte es weiter versuchen. Es ging nicht anders. Aber ich wußte, daß ich sie verloren hatte. Ich war total überdreht. Ich wuselte herum wie eine Ratte in der Falle, aber ich mußte weitermachen, weil mir nichts anderes übrigblieb.

Es ging nicht anders, ich mußte zurück zum Schrottplatz. Ich dachte, vielleicht geht sie auch hin. Dann dachte ich, natürlich geht sie hin. Schließlich hatte ich alles, was ihr gehörte, im Hänger – die ganzen neuen Klamotten, die sie gekauft hatte. Garantiert mußte sie zum Schrottplatz zurück.

Also rannte ich aus Sams Studio. Aber ich konnte mich auf Teufel komm raus nicht mehr erinnern, wo ich den Cortina abgestellt hatte. Während ich noch unentschlossen auf dem Bürgersteig stand, sah ich Harsh vorbeigehen. Er lief Richtung U-Bahn, und mir fiel wieder ein, daß ich ja mit ihm reden wollte. Jetzt mehr denn je, nur wußte ich nicht mehr genau, was ich sagen wollte. Also sah ich ihm nur nach.

Er hatte einen so wunderbar lockeren Gang. Seine Krickettasche mit der Ausrüstung hatte er sich über die Schulter geschlungen. Er trödelte nicht. Er hetzte nicht. Er schritt vollkommen gleichmäßig und ungeheuer geschmeidig aus. Und ich dachte, wie erstaunlich es doch war, daß man schon an seinem Gang erkennen konnte, was für ein Mensch er war.

Ich rannte hinter ihm her.

»Harsh!« schrie ich. »Harsh – warte.«

Er blieb stehen und drehte sich um.

»Harsh«, sagte ich. Ich war außer Atem und schwitzte. »Harsh«, sagte ich. »Ich habe Goldie verloren. Ich kann sie nicht finden. Sie ist weg.«

»Ja?« sagte er höflich. Er wußte nicht, wie wichtig es war.

»Sie ist weg, Harsh, weg, für immer. Sie kann mir die Sache mit der Bombe nicht verzeihen. Und jetzt paßt keiner mehr auf sie auf. Die werden versuchen sie umzubringen, so wie sie es mit mir vorhatten.«

»Eva«, sagte er. »Ich verstehe nicht, was du sagst. Ich verstehe auch nicht, warum du es ausgerechnet mir sagst. Aber wenn du mir einen Moment zuhörst und aufhörst herumzuhopsen, dann will ich dir etwas sagen, was dir möglicherweise weiterhilft.«

Er war so unwahrscheinlich ruhig, daß ich tatsächlich mit der Hopserei aufhörte.

»Eva«, sagte er. »Wieder einmal läßt du es zu, daß dich deine Emotionen verletzen. Du bist wie ein Ding, das der Wind umherweht. Im Moment bläst der Wind dich gegen eine Wand. Die Wand ist hart. Sie kann nicht zerbrochen werden. Du kannst die Wand nicht zerbrechen. Die Wand wird dich zerbrechen.«

Ich wußte, daß es wichtig war, weil er so ernst auf mich einredete. Aber ich verstand kein einziges Wort. Oder vielmehr, ich verstand jedes Wort, nur wußte ich nicht, was er meinte.

»Aber was ist mit Goldie? Ich muß Goldie finden.«

»Nein«, sagte er. »Du mußt Goldie nicht finden. Was du finden mußt, ist Frieden. Wenn du Frieden gefunden hast, dann wirst du nicht mehr vom Wind umhergeweht werden. Dann wirst du Goldie finden, oder du wirst sie nicht finden. Aber wie auch immer, du wirst dir nicht weh tun, weil Trivialitäten dann nicht mehr zählen.«

Habe ich schon mal erwähnt, daß Harsh die dichtesten und schönsten schwarzen Augenwimpern auf der Welt hat? Und daß er mich, obwohl er so ein dunkler Typ ist, manchmal an einen Engel erinnert? Das muß ich jetzt loswerden, weil es mir so vorkam, als redete er aus großer Ferne und großer Höhe mit mir.

Er ging zur U-Bahnstation runter und ließ mich wie einen Volltrottel auf dem Bürgersteig stehen. Ich wußte nicht, was ich denken sollte, aber ich mußte mich fragen, ob er wohl mit Soraya auch so redete. Wenn er das machte, wie hatte er dann so lange überlebt? Aber vielleicht verstand Soraya ihn. Ich verstand ihn auf jeden Fall nicht. Dabei wollte ich ihn gern verstehen, weil ich das Gefühl hatte, daß er etwas wirklich Hilfreiches gesagt hatte. Ich wußte nur nicht was.

Harsh ist furchtbar weise, aber es hat nicht viel Zweck, weise zu sein, wenn dich keiner versteht.

17

Damals, irgendwann in den Achtzigern, kamen Simone und ich in eine Einrichtung, die Burlington House hieß. Es war ein Übergangsheim. Weil es kurz vor Weihnachten war, hatten wir keine Schule, aber wir Mädchen hatten trotzdem den ganzen Tag zu tun: Laub harken, Fußböden schrubben und Fenster putzen. Zum Aufstehen wurde geläutet, zum Frühstück wurde geläutet, und zu allem anderen, was sich die Schweine, die den Laden schmissen, für den Tag sonst noch ausgedacht hatten, wurde auch geläutet. Vor und nach jedem Essen wurde gebetet. Raus durften wir nur sonntags, zum Kirchgang. Abends durften wir eine Stunde fernsehen, wenn wir brav gewesen waren. Wenn wir böse gewesen waren, wurden wir bestraft: kein Fernsehen, keine Margarine aufs Brot, keinen Zucker in den Tee, kein anständiges Bett.

Kleine Strafen, die sich zusammenläpperten.

Irgendwie war ich nie brav genug. Wir waren kaum ein paar Monate da, da aß ich nur noch trockenes Brot, trank ungezukkerten Tee und schlief im Flur auf dem Fußboden. Fernsehen durfte ich auch nicht. Es war ein Leben, aber es war zum Kotzen.

Simone hat sich auch nicht besser angepaßt als ich, aber sie sah immer so aus, als ob sie kein Wässerchen trüben könnte. Dafür hatte sie eine Begabung, ein ganz besonderes Talent. Gäbe es diese Begabung in Flaschen zu kaufen, würde ich ein Vermögen dafür ausgeben.

Aber eines Tages fand eine von den Schließerinnen draußen auf der Erde ein paar Zigarettenkippen unter Simones Schlafsaalfenster. Ich glaube nicht, daß sie von Simone waren. Jedenfalls hat sie das immer behauptet. Sie hat gesagt, daß sie ihre Kippen aufgedröselt und ins Klo geschmissen hat, und das glaube ich ihr – sie war nicht unvorsichtig.

Aber die Ziegen aus dem Schlafsaal haben Simone die Sache angehängt, und dann schlief sie plötzlich auch draußen im Flur. Es war sehr kalt in dem Jahr. Morgens klebte innen Eis an den Fenstern. Simone war so was nicht gewöhnt, sie war sehr traurig und unruhig in der Nacht. Aber das Schlimmste war, daß das Rauchen in Burlington House eine große Sünde und ein Verbrechen war, und deshalb sollte sie am Morgen Prügel kriegen. Das hatte sie noch nie erlebt, und sie hatte panische Angst davor.

Ich habe ihr gesagt, daß es so schlimm schon nicht werden würde, aber sie hat so gezittert vor Kälte und so geweint, daß ich sie nicht trösten konnte.

»Ich war es nicht«, sagte sie immer wieder. Sie tat mir richtig leid.

Das Komische war, daß ich andauernd verpetzt wurde. Oder noch nicht mal richtig verpetzt. Wenn irgendwas passiert war, haben sich die Schließerinnen immer zuerst mich ausgeguckt. Ich weiß auch nicht warum. Wahrscheinlich habe ich das Gesicht dafür. Jedenfalls haben sie mich genausooft für Sachen verknackt, die ich gemacht hatte, wie für Sachen, die ich nicht gemacht hatte. Das störte mich nicht besonders. So war das Leben eben.

Aber Simone war anders. Sie war hübsch und zart. Sie war beliebt. Sie war es gewöhnt, gut behandelt zu werden – so gut jedenfalls, wie man in Einrichtungen wie Burlington House überhaupt behandelt wurde. Damit rechnete sie. Damit rechnete ich. Deshalb war es für mich fast genauso schlimm, daß sie verpetzt worden war und auf dem Fußboden schlafen mußte und am Morgen Prügel beziehen sollte.

Ich konnte nicht verstehen, wieso die anderen ihr das angehängt hatten. Wie ich schon sagte, sie war beliebt. Also habe ich sie danach gefragt. Es war so. Da war ein Mädchen, Rosie Price, und die hatte eine beste Freundin, Sheena. In Einrichtungen wie Burlington House muß man sich bei Leuten mit besten Freundinnen ein bißchen in acht nehmen. Beste Freundinnen sind so was Ähnliches wie Ehepaare. Ich selber hatte nie eine, nur Simone, aber Schwestern zählen nicht. Na ja, wie auch immer, Sheena mochte Simone gut leiden, und Simone mochte Sheena gut leiden. Simone hat fast jeden gemocht, und fast jeder mochte Simone.

Aber Sheena hat sich zu oft mit Simone abgegeben, und da wurde Rosie Price sauer. Sie dachte, Sheena wollte sie verlassen. Wahrscheinlich stimmte das gar nicht, weil Rosie Price nämlich ein kräftiges Mädchen war, und es hat seine Vorteile, wenn man in einer Einrichtung wie Burlington House eine kräftige beste Freundin hat.

Simone meinte auf jeden Fall, daß diese Geschichte hinter der Petzerei steckte. Sie hat mir erzählt, daß Rosie Price, als die Schließerinnen die Kippen gefunden hatten und die Razzia im Schlafsaal veranstalteten, sofort aufgestanden ist und mit dem Finger auf sie gezeigt hat. Simone hat gesagt, daß Rosie Price dabei die ganze Zeit Sheena angesehen hat, um sie einzuschüchtern. Sie sollte sich entscheiden. Sheena hat sich nicht getraut, sich für Simone zu entscheiden. Sie hat Rosie Price unterstützt. Und dann haben die anderen Ziegen im Schlafsaal Sheena Schützenhilfe geleistet, weil Rosie Price, wie schon gesagt, für ihr Alter eine ganz schöne Kante war.

Man kann es ihnen nicht verdenken. Solche Geschichten kommen in Einrichtungen wie Burlington House dauernd vor.

Aber um ehrlich zu sein, ich lüge. Heute sage ich, daß man es ihnen nicht verdenken kann. Heute habe ich eine relaxte mentale Einstellung und jede Menge Selbstdisziplin. Aber damals habe ich es ihnen übelgenommen, und ich war wirklich wütend auf Rosie Price. Wirklich wütend.

Ich habe es Simone gesagt. Ich habe ihr gesagt, wir sollten uns in Rosie Prices Schlafsaal schleichen und sie vermöbeln. Aber da weinte Simone nur noch mehr. Sie hat gesagt, wenn wir das machten, würde Rosie Price ihr auflauern und sie dafür bezahlen lassen. Sie hat gesagt, sie wollte bloß wieder in den Schlafsaal, so wie immer, und Rosie Price zeigen, wie nett sie war. Sie wollte nämlich nie, daß einer sie nicht leiden konnte.

Aber ich wußte es besser. Ich kannte Mädchen wie Rosie Price. Die Sorte gibt nie Ruhe. Wenn die einen erst mal am Boden haben, treten sie nur noch fester zu. Und das Blöde an Einrichtungen wie Burlington House ist, daß man Mädchen wie Rosie Price nicht aus dem Weg gehen kann.

Also habe ich es allein gemacht. Ich habe mich mit einem Krug kaltem Wasser in Rosie Prices Schlafsaal geschlichen. Auf Zehenspitzen habe ich mich an ihr Bett gepirscht. Ich habe das kalte Wasser über sie und in ihr Bett gekippt, und als sie schreiend aufwachte, habe ich ihr das nasse Kopfkissen aufs Gesicht gedrückt und ihr mit dem Krug eins übergebraten. Dreimal habe ich ihn ihr mit voller Wucht über die Rübe gezogen. Dann wollte ich abhauen, bevor die anderen aufwachten und das Licht anmachen konnten.

Aber eine von ihnen war schon am Lichtschalter, bevor ich durch die Tür zischen konnte, und alle haben gesehen, daß ich es war. Und ich habe gesehen, daß ich das falsche Bett erwischt hatte. Ich hatte das Wasser aus Versehen über Sheena gekippt. Rosie Price war knochentrocken und böser als ein Wespennest.

Also machte ich die Fliege. Ich schnappte mir Simone, und wir haben uns unten im Heizungskeller versteckt. Was keine schlechte Idee war, weil es, wie gesagt, kurz vor Weihnachten war und sehr kalt, und im Heizungskeller war es wärmer als im Flur.

Rosie Price hat uns nicht gefunden.

Wahrscheinlich haben sie uns beim Morgenappell vermißt, aber das spielte schon keine Rolle mehr. Wir kletterten über die Mauer, als die anderen alle beim Frühstück saßen.

Ich habe Simone gesagt, jetzt könnten wir wenigstens Weihnachten zu Hause sein, und das stimmte auch. Aber unsere Ma hat sich nicht sonderlich gefreut, uns zu sehen, und unsere Oma meinte, wir würden uns nur noch mehr Scherereien einhandeln. Simone hat nicht viel gesagt, aber sie muß froh gewesen sein. Als sie uns nämlich wieder eingefangen hatten, wurden wir nicht nach Burlington House zurückverfrachtet. Sie haben uns in eine etwas sicherere Einrichtung gesteckt, wo es auch nicht besser war als in Burlington House, aber immerhin gab es da keine Rosie Price. Und wenigstens waren wir Weihnachten zu Hause gewesen, auch wenn wir keinem sehr willkommen waren.

Damals war ich neun und Simone war zehn.

Du siehst also, schon als Kind hat bei mir meistens nicht alles geklappt. Manchmal klappt es einigermaßen, aber nie ganz genauso, wie ich es mir gedacht habe. Meistens krabble ich mit Müh und Not aus dem einen Loch, nur um gleich in ein noch tieferes zu stürzen.

Vielleicht hatte Harsh recht. Vielleicht war ich tatsächlich nur ein Ding, das der Wind vor sich herwehte. Aber wie bringt man den Wind dazu, daß er aufhört zu wehen?

Ich hatte gehofft, Harsh würde mir einen Rat geben – wie zum Beispiel das eine Mal, als er mir gezeigt hat, wie man Krafttraining ohne Gewichte macht: Man setzt das eigene Gewicht und die eigene Kraft ein.

Aber er hatte mir keinen Rat gegeben. Er hatte mich bloß an die alten Zeiten erinnert und daran, daß es mit meinen Plänen im Leben nie richtig klappte. Und obwohl ich immer versuche, auch die Positive zu sehen – zum Beispiel, daß wir Weihnachten zu Hause sein konnten und nicht wieder nach Burlington House zurückmußten –, war das Positive meistens gar nicht so positiv. Es war kein schönes Weihnachten, und die neue Einrichtung war genauso beschissen wie die alte. Zu allem Überfluß waren wir jetzt auch noch als Ausreißerinnen abgestempelt, was uns die Flucht beim nächsten Mal nur schwerer machte.

Harsh hatte mir überhaupt nicht geholfen. Er hatte mich nur total deprimiert. Aber etwas Positives gab es auch diesmal. Er hatte mich an eine sehr wichtige Tatsache erinnert – niemand stand mehr auf meiner Seite. Ich war auf mich allein gestellt, und ich mußte noch vorsichtiger sein.

Ich ließ mir sehr viel Zeit, bis ich den Schrottplatz wieder betrat. Ich umrundete das Gelände in immer kleiner werdenden Kreisen und überzeugte mich, daß die Luft rein war, bevor ich reinging. Ich sah mich nach Leuten um, die ich kannte, nach Leuten, die hier nicht hinpaßten, nach Männern in geparkten Autos und vor allem nach zwei Typen in einem weißen Maestro.

Alles sah wie immer aus. Der Maestro war nicht mehr da. Ich ging rein. Aber bevor ich den Hänger erreichte, erwischte mich Mr. Gambon.

»Was wollen Sie?« sagte ich. »Ich hab's eilig.«

»Warum hast du immer so eine Stinklaune?« fragte er. Sein dünner, kleiner Schnurrbart zuckte, und er sah aus wie eine Ratte, was er auch ist. »Wir haben Freitag. Ich brauche deine Unterschrift.«

Freitag, ich hatte es schon wieder vergessen. Zahltag. Ich kritzelte meinen Namen in sein Heft und griff nach dem braunen Umschlag. Die ersten Männer machten Feierabend.

»Jemand hat im Bürogebäude ein Fenster aufgelassen«, sagte ich.

»Was für eins?«

»Im Frauenklo. Dafür sind Sie zuständig.«

»Das mag ich so an dir, Eva«, sagte er. »Deine charmante Art.«

»Sie bezahlen mich nicht für meinen Charme«, sagte ich und ließ ihn stehen, bevor er noch was sagen konnte. Ich war in einer bösen, gefährlichen Stimmung.

Rob lungerte am Hänger rum.

»Und?« sagte ich.

»Sie ist weg«, sagte er.

»Wer?«

»Eleanor.«

»Ach, die«, sagte ich.

»Sie war noch mal hier, hat ihre Sachen geholt und ist mit den zwei Bimbos abgehauen. Schienen Bekannte von ihr zu sein.«

»Sind ihre Kumpel.«

»Schien mir gar nicht der Typ dafür zu sein«, sagte er.

»Wofür?«

»Du weißt schon«, sagte er.

»Nein, keine Ahnung.«

»Komm mir doch nicht auf die Tour«, sagte er. »Ich kann mir gut vorstellen, daß du dich mit Schwarzen abgibst. Aber doch nicht sie.«

»Da sieht man mal wieder, wie man sich täuschen kann«, sagte ich. Er sah wirklich geknickt aus, und das tat mir gut.

Er drehte sich weg, dann drehte er sich wieder um. Er wußte nicht, was er machen sollte, der blöde Hund. Ich beobachtete ihn. Er sah wirklich elend aus.

»Kommt sie wieder?« fragte er, ohne mich anzusehen.

»Glaub ich kaum«, sagte ich, als ginge mich das alles nichts an. »Wir sind nicht der richtige Umgang für sie.«

Da ging er endlich.

Ich saß auf der Hängertreppe und sah ihm nach, dem großen Trauerkloß. Was hatte er überhaupt zu jammern? Er hatte mehr von ihr gehabt, als er verdiente.

Komisch. Es war kalt, ich hatte Lust auf eine Tasse Tee, aber ich wollte nicht rein.

Ich dachte, ich bleibe hier sitzen und warte, bis der Schrottplatz leer ist. Dann lasse ich die Hunde raus. Wozu soll ich reingehen und es mir gemütlich machen, wenn ich dann doch noch die Hunde rauslassen muß.

Immerhin hatte ich von Rob etwas erfahren. Wenn Goldie die beiden aus dem Maestro kannte, dann kamen sie von Count Suckle und nicht von Bermuda Smith. Und wenn sie von Count Suckle kamen, dann wußten sie jetzt, daß ich nicht tot war. Und wenn sie wußten, daß ich nicht tot war, dann wollten sie mich vielleicht aufmischen. Ich an ihrer Stelle hätte das bestimmt gewollt.

Es war dunkel. Ich saß auf der Treppe. Einzeln und in Zweiergrüppchen zogen die Männer ab. Mir wäre es lieber gewesen, sie hätten sich ein bißchen beeilt. Ich wollte endlich das Tor abschließen und die Hunde rauslassen. Bis dahin konnte jeder auf den Platz.

Von der Treppe aus konnte ich das Tor gerade noch erkennen,

und ich behielt es die ganze Zeit im Auge. Ich wollte ganz sicher sein, daß alle, die sich da bewegten, gingen und nicht kamen. Aber das Licht war schlecht, und ich konnte nicht viel sehen.

Endlich war der Platz leer. Ich nahm die große Taschenlampe und ging zum Tor. Ich hatte gerade die erste Kette und das erste Schloß vorgelegt, als von der anderen Straßenseite jemand rüberrief: »Eva? Eva Wylie?«

Es war eine Frauenstimme. Ich spähte in die Dunkelheit.

»Wer ist da?« sagte ich. »Goldie, bist du das?«

Aber die Frau, die ins Licht kam, war nicht Goldie. Es war die Bullentante, die ich vor ein paar Tagen abgewimmelt hatte.

»Ach, Sie sind das«, sagte ich und machte mich weiter am Tor zu schaffen. »Was wollen Sie?«

»Reden«, sagte sie. »Kann ich reinkommen?«

»Nein, ich schließe gerade ab.«

»Können wir nicht trotzdem reden?«

»Nein«, sagte ich. »Mit Bullen rede ich nicht.«

»Ich bin nicht von der Polizei«, sagte sie und kam ganz nah ans Tor, so daß ich sie sehen konnte. Sie hatte zwar keine Uniform an, aber wenn sie keine Polizistin war, dann war ich ein Tomatensandwich.

Ich sagte: »Sie glauben wohl, ich bin von gestern. Das sieht doch ein Blinder mit 'nem Krückstock, daß Sie bei der Truppe sind.«

»Ich war bei der Truppe, da haben Sie recht. Aber ich bin längst ausgestiegen. Ich bin seit Jahren Privatdetektivin.«

Die machen dir alles mögliche weis und erwarten, daß du es glaubst, aber wenn du dann selber mit Erzählen an der Reihe bist, sagen sie, du lügst.

Ich befestigte das Schloß am untersten Riegel und richtete mich auf.

Sie sagte: »Sie glauben, ich war bei der Razzia in Bermuda Smiths Club dabei, was?«

Ich schenkte mir die Antwort.

Sie fuhr fort: »Aber ich war schon eine ganze Weile vorher da.«

»Ich habe Sie nicht gesehen«, sagte ich.

»Ich habe Sie gesehen.«

»Sie haben einen Scheißdreck gesehen«, sagte ich schnell. Wie ein typischer Bulle hörte sich das an, ›Ich habe Sie gesehen‹. Sie wollte durchblicken lassen, daß sie mich bei einer krummen Sache beobachtet hatte.

»Stimmt«, sagte sie. »Ich habe nichts gesehen. Aber wenn ich von der Polizei wäre, hätte ich was gesehen, und Sie säßen längst wegen Taschendiebstahl im Bau.«

Sie machte mich fuchsteufelswild, das Weib.

Ich sagte: »So, wie Sie damit beschäftigt waren, Betrunkene einzukassieren, hätten Sie doch noch nicht mal mitgekriegt, wenn einer ein Sortiment Reisetaschen geklemmt hätte.«

»Nur eine Betrunkene«, sagte sie. »Eleanor Crombie. Ihr hätte was passieren können, da unten auf dem Fußboden. Ich wollte sie rausbringen, aber dann kamen Sie und haben sie gekidnappt. Irgendwie haben Sie sie sogar für mich in Sicherheit gebracht, aber dafür hatte ich sie dann auch wieder verloren. Seitdem suche ich nach ihr.«

Ich bemühte mich so sehr, mich zu erinnern, was ich ihr beim letzten Mal erzählt hatte, daß mir der Schädel brummte. Bei den Bullen kommst du nur durch, wenn du ihnen jedesmal haargenau dieselbe Geschichte auftischst. Wenn du dir nur die kleinste Abweichung leistest, machen sie sich mit Spitzhacke und Schaufel ans Werk, bis von deiner Story nur noch ein Schutthaufen übrig ist und du deinen eigenen Namen nicht mehr weißt.

Alles in allem ist es immer besser, gar nichts zu sagen. Ich sagte nichts.

Sie sagte: »Ich suche Eleanor Crombie. Ich arbeite für ihre Eltern. Sie denken, daß sie in Schwierigkeiten steckt. Sie wollen, daß sie nach Hause kommt.«

»Was geht das mich an?« sagte ich. »Ich habe Ihnen schon mal gesagt, daß ich nicht weiß, wo sie ist. Ich sage es ihnen jetzt noch einmal – ich weiß nicht, wo sie ist.«

Es war die reine Wahrheit, aber es machte mich sehr traurig. Ich zeigte der Bullentante den Rücken und ging.

»Eva«, rief sie. »Eva Wylie. Bleiben Sie nicht hier heute nacht.«

Ich blieb stehen.

»Bleiben Sie nicht hier«, wiederholte sie. »Und lassen Sie den Kampf morgen. Zu viele Leute haben es auf Sie abgesehen.«

Ich drehte mich zu ihr um.

»Was soll das heißen?«

»Ich habe es Ihnen gesagt, ich bin Privatdetektivin. Ich rede mit Leuten. Ich habe mit Harry Richards gesprochen.«

»Jetzt weiß ich, daß Sie lügen«, sagte ich. »Harry würde nie mit einer Bullentante reden.«

Da rastete sie aus. Sie sagte: »Paß auf, du blöde Kuh. Sperr die Lauscher auf, und hör zur Abwechslung mal zu. Ich bin kein Bulle, verdammt.«

Super – ich hatte sie richtig auf die Palme gebracht. Tat richtig gut zu wissen, daß ich sie genauso aufgeregt hatte wie sie mich.

Ich sagte: »Putzen Sie sich gefälligst selber die Ohren aus. Ich weiß nicht, wo Goldie ist. Und ich rede nicht mit Bullen.«

Ich ließ sie vor dem Tor stehen. Dann machte ich schnell den Zwinger auf.

»Los!« brüllte ich, als Ramses und Lineker rausgeschossen kamen. »Los, faß!«

Sie rasten mit einem Affenzahn zum Tor, sie knurrten und bellten und sprangen am Zaun hoch.

Schade eigentlich. Sie ist weder platt auf den Rücken gefallen, noch hat sie sich in die Hose gemacht, wie ich fast gehofft hatte. Sie drehte sich einfach um und ging, der Rücken so gerade wie ein Telegrafenmast.

Trotzdem, sie hatte mich so auf Touren gebracht, daß ich jetzt doch in den Hänger mußte. Vorher hatte ich ihn nicht betreten wollen, weil ich dachte, er wäre kalt und leer und traurig. Aber jetzt ging ich ohne langes Nachdenken einfach rein. Ich lief schnurstracks zum Kessel, ohne nach rechts und links zu sehen, und machte mir Wasser heiß. Ich verzichtete auf den Strom – den hatte Rob für Goldie angeschlossen. Das hatte nichts mit mir zu tun.

Als ich schließlich eine schöne, warme Tasse Tee in der Hand hielt, wagte ich es, mich umzuschauen.

Alles war so wie früher, bevor sie gekommen war – kalt und leer und meerwassermiefig. Nur im Schlafzimmer war es anders – da roch es nach ihr, und ihre Lieblingsseife lag noch in der Dusche. Die hatte sie nicht mitgenommen.

Aber sie hatte mir noch was dagelassen, eine Selfridge-Plastiktüte auf dem Bett. Zuerst wollte ich nicht reingucken, weil ich Angst hatte, es wäre etwas Fürchterliches drin, ein Brief vielleicht, in dem sie mir sagte, was sie wirklich von mir hielt. Aber nach ein paar Minuten überwand ich mich, sie aufzumachen.

Es war ein großes, weites T-Shirt mit der Aufschrift »Big is Beautiful« auf der Brust. Und ein Schmusetier, ein Tier mit einem fiesen Grinsen auf dem Gesicht und zitterigen Schnurrhaaren.

Ich setzte mich aufs Bett. Ich war völlig hinüber, das gebe ich zu. Ich mußte an den Abend denken, an dem sie sternhagelvoll nach Hause gekommen war und ich mich so über sie aufgeregt hatte, an dem sie mir gesagt hatte, daß sie mir ein Geschenk gekauft hatte. Ich weiß nicht mehr, was ich ihr darauf geantwortet habe, wahrscheinlich, daß sie es sich in die Haare schmieren kann. So was kommt bei mir vor – ich sage Sachen, ohne nachzudenken. Das ist nun mal so, leider.

Weil sie mir keine Nachricht hinterlassen hatte, wußte ich nicht, was das Geschenk zu bedeuten hatte. Vielleicht dachte sie: »Ich habe die Sachen für Eva gekauft, aber jetzt kann ich sie nicht mehr ausstehen und will nicht mehr an sie erinnert werden.«

Vielleicht dachte sie: »Na ja, einmal hat sie mir wohl wirklich aus der Patsche geholfen.«

Vielleicht dachte sie aber auch gar nichts in der Art. Vielleicht war ihr einfach alles egal, und sie hat die Sachen genauso vergessen wie die Seife.

Ich wußte jedenfalls nicht, was ich von den Geschenken auf dem Bett halten sollte. Ich stopfte die beiden Teile in meine Fluchttasche, und ich putzte mir die Nase, und ich trank den Tee aus. Es bringt nichts, wenn man sich zu lange mit Sachen beschäftigt, die man nicht versteht – laß dir das von einer Fachfrau gesagt sein.

Es mußten ein paar Entscheidungen her. Entscheidungen. Scheißentscheidungen. Wie trifft man die? Meistens gar nicht. Meistens hängst du bloß rum und kriegst Kopfschmerzen,und dann, wenn du vom Nichtstun absolut die Schnauze voll hast, dann unternimmst du was und nennst es Entscheidung. Hauptsache, du machst überhaupt was.

Ich traf die Entscheidung, mich vom Acker beziehungsweise vom Schrottplatz zu machen. Warum? Das kann ich dir sagen – obwohl es mir gegen den Strich geht, der Polizei zu glauben, wurde ich doch das Gefühl nicht los, daß an dem, was die Bullentante mir gesagt hatte, was Wahres dran war. Ich konnte schließlich einen Rat gebrauchen, oder nicht? Und von ihr hatte ich immerhin einen bekommen.

»Bleiben Sie nicht hier«, hatte sie gesagt. Na schön. Das war ein Tip, den ich gerne annahm. Alles, was ich brauchte, hatte ich längst in meiner Fluchttasche verstaut.

Ihre anderen Ratschläge konnte sie sich meinetwegen in die Haare schmieren. Ich sollte den Kampf morgen sausenlassen? Auf die Auseinandersetzung mit Rockin' Sherry-Lee Lewis verzichten? Was für eine Idee! Sehe ich aus wie ein Waschlappen? Benimmt sich die Katze wie ein Kanarienvogel? Na also.

Wenn du einen guten Rat befolgst, solltest du immer das machen, was du selber willst. Das ist mein Rat.

Aber es war kalt – nicht so kalt, daß es im Gesicht brannte, aber immerhin so kalt, daß man seinen Atem sah –, und ich muß sagen, ich freute mich nicht besonders darauf, im Freien kampieren zu müssen. Es gab mal eine Zeit, da habe ich es jede Nacht gemacht. Nicht, daß ich unbedingt darauf versessen gewesen wäre, aber nach einer Weile gewöhnst du dich an alles, und schließlich kommt es dir fast ungesund vor, unter einem Dach zu schlafen. Wenn du in einem Zimmer schläfst, kriegst du keine Luft und du kommst dir vor wie eingesperrt. Andererseits schläft es sich besser, wenn du weißt, du wirst nicht weggejagt und es kann sich im Dunkeln keiner an dich ranschleichen.

Es ist doch so. Ganz egal, wie arm du bist, du hast immer noch etwas zu verlieren. Das ist ein Naturgesetz. Es kann deine Jacke sein, es kann ein geschütztes Plätzchen sein, aber was du einmal hast, willst du auch behalten.

Das andere Naturgesetz lautet, wenn du etwas hast, gibt es irgendwo immer einen, der es auch haben will. Wenn sie sich im Dunkeln an dich ranschleichen, wollen sie es dir wegnehmen.

Der Trick ist, nichts zu haben, was du nicht verteidigen kannst.

Dafür sind Häuser da – daß du den ganzen Krempel beschützen kannst, den du nicht mit dir rumschleppen willst. Wenn es bloß darum ginge, einen Platz zum Schlafen und einen Platz zum Waschen zu haben, wäre es einfacher. Dafür bräuchte man nicht viel Platz. Aber die Leute sammeln allen möglichen Kram zusammen, und dann wollen sie ihn beschützen. Und je mehr sie sammeln, desto mehr Platz brauchen sie, um die Sachen sicher aufbewahren zu können. Nicht die Leute brauchen große Häuser, sondern die Sachen.

Nehmen wir zum Beispiel mal mich. Ich trödelte auf der Hängertreppe rum. Und weshalb? Wenn du es unbedingt wissen willst, ich machte mir Sorgen um die Sachen, die ich dalassen mußte. Viel war es nicht. Nur ein paar Klamotten, ein paar alte Töpfe und Pfannen, mein Londoner Killerqueen-Poster. Aber sogar von dem bißchen konnte ich mich nicht losreißen.

Außerdem war da ja auch noch die Knete. Die konnte ich nicht mitnehmen, wenn ich draußen übernachten wollte. Früher, als ich noch öfter im Freien kampierte, hatte ich keine Knete. Jetzt habe ich welche, und das laß dir gesagt sein, Geld ist nur eine Sorge mehr.

Ich ging noch mal rein. Es war nicht geheizt, aber trotzdem wärmer als draußen. Vielleicht wurde ich langsam weich, daß mir der Abschied auf einmal so schwerfiel. Vielleicht war ich in dem Hänger glücklich gewesen. Ich konnte mich nicht mehr erinnern, aber er war auf jeden Fall mein Zuhause gewesen. Das einzige, worauf ich jemals ein Anrecht gehabt hatte. Von Rechts wegen mein.

Bescheuert und behämmert, dachte ich. Ich blieb doch bloß über Nacht weg. Morgen war ich wieder da. Ich mußte wiederkommen – die Hunde mußten gefüttert und das Tor aufgeschlossen werden.

Ich sah mich noch ein letztes Mal um. Dann ging ich und schloß die Tür hinter mir ab.

18

Eigentlich wollte ich durchs Tor gehen, aber die Hunde führten sich so komisch auf. Zu zweit streiften sie aufgeregt durch das Gelände. Wenn sie sonst aus dem Zwinger kommen, rasen sie erst mal eine Weile über den Platz, vertreten sich die Beine, erschnuppern, was am Tag passiert ist. Danach sucht Ramses sich eine windgeschützte Stelle in der Mitte vom Platz und legt sich hin. Er paßt die ganze Nacht auf, aber er schont seine Kräfte. Lineker, der jünger und dümmer ist, hetzt hinter jagenden Ratten her und verbellt Autos. Manchmal tobt er sich so müde, daß er einschläft, bevor es Morgen ist.

Nachdem ich sie ein bißchen beobachtet hatte, stellte ich den Seesack ab und folgte ihnen. Sie interessierten sich sehr für den Zaun an der Torseite. Sie liefen ein paar Schritte, blieben stehen, witterten, liefen weiter. Dann wieder stellten sie sich Seite an Seite am Zaun auf, als ob sie auf den Hinterbeinen besser sehen könnten. Aber was wollten sie besser sehen?

Ich hielt mich im Schatten, weil ich nicht entdeckt werden wollte. Hinter den Bergen von Metall und Reifen blieb ich in Deckung.

Ich konnte nichts Verdächtiges erkennen. Alles war ruhig und dunkel. Es fuhren keine Autos vorbei. Nur das Scharren und Kratzen von Ramses und Lineker, die hin- und herstrichen, war zu hören. Aber plötzlich hatte ich ein ungutes Gefühl – als ob ich von jemandem beobachtet würde, der mir an den Kragen wollte.

Ich löste mich vom Zaun und schlich zwischen den Autos und Maschinen hindurch zurück zu meinem Seesack.

Besser nicht durchs Tor gehen, dachte ich.

Der Schrottplatz hatte einen Hinterausgang, der nie benutzt wurde. Ich hatte ihn entdeckt, als ich eingezogen war. Schon damals war ich froh darum gewesen. Nicht, daß ich ihn selber schon mal hätte benutzen müssen, es tat einfach gut zu wissen, daß es ihn gab. Das kommt davon, wenn du in Abbruchhäusern schläfst. Wenn du in so eine Bude kommst, überzeugst du dich als erstes, ob es einen Hinterausgang gibt. Du willst auf keinen Fall in einem Haus mit nur einem Ausgang in der Falle sitzen. Die Bullen könnten aufkreuzen und dich wegjagen, es könnten Berberklatscher vorbeikommen oder auch nur besoffene Penner. Ganz egal. Du kannst einfach keinen schnellen Abgang machen, wenn der Feind dieselbe Tür benutzt. Du brauchst mir das nicht abnehmen, aber jeder Einbrecher, der sein Geld wert ist, kann dir das bestätigen.

Der Hinterausgang, ein Eisentor in einer Dreimetermauer, war in der hintersten Ecke vom Schrottplatz. Er führt eigentlich nirgendwohin. Hinter der Mauer ist eine Lücke und dahinter wieder eine Mauer. Dahinter tote Rangiergleise. Die Lücke war früher wohl mal ein Durchgang gewesen, der aber inzwischen an beiden Enden zugebaut worden war.

Wenn ich rauswollte, ohne gesehen zu werden, mußte ich durch das Eisentor, durch die Lücke, die kein Durchgang mehr war, über die Mauer und über die Rangiergleise.

Ich schulterte den Seesack und marschierte los.

Das Tor war ein Klacks, weil ich ja alle Schlüssel hatte. Ich schloß auf und stand in der Lücke. Und dann war es plötzlich grauenhaft. Ich stand in einer engen Lücke zwischen zwei Mauern, zwischen zwei hohen Mauern. Ich fing ohne Grund an zu schwitzen.

Ich sah an der Mauer hoch, über die ich klettern wollte, und stellte fest, daß oben in den Beton Glasscherben eingelassen waren. Das erinnerte mich an was, aber ich wußte nicht mehr woran. Mir wurde richtig schlecht, also ging ich wieder auf den Schrottplatz und hockte mich erst mal neben dem Tor auf die Erde.

»Schön blöd«, sagte ich. »Blöd, blöd, blöd.«

Und dann dachte ich, wenn nun hinter der Mauer schon einer wartet? Einer, der mich erwischen will? Einer von Count Suckles Leuten oder von Bermuda Smiths Leuten oder von wem auch immer? Nur mal angenommen, sie hätten den Schrottplatz gründlich ausgekundschaftet? Nur mal angenommen, sie hätten ihn umstellt?

Es ging mir schon ein bißchen besser, weil ich jetzt wenigstens einen Grund für das mulmige Gefühl hatte.

Ich ließ den Seesack stehen und ging die Hunde suchen. Sie streiften immer noch am anderen Ende des Geländes herum, aufgeregt und nervös. Als ich Lineker die Hand aufs Halsband legte, zuckte er zurück, und ich sah, daß er das Fell sträubte.

Sie kamen mit mir zum hinteren Tor. Sie wollten nicht, aber sie kamen mit. Ich scheuchte sie in die Lücke zwischen den beiden Mauern. Sie liefen den Streifen einmal rauf und einmal wieder runter und kamen dann zurück. Sie bellten und knurrten nicht. Nachdem sie mich verwundert angesehen hatten, trotteten sie wieder zum Zaun.

Ich starrte auf die Mauer. Wenn ich Ramses und Lineker glauben konnte, war sie sicher. Sie meinten nicht, daß auf der anderen Seite einer wartete. Ich vertraute diesen Hunden. Sie waren nicht dumm, auf jeden Fall Ramses nicht.

»Scheiß drauf«, sagte ich und ging ein paar Reifen holen.

Als ich die Reifen hoch genug aufeinandergestapelt hatte, kletterte ich hoch. Zuerst stellte ich den Seesack auf die Mauer. Dann legte ich meine wattierte Jacke auf die Scherben. Jetzt erst stemmte ich mich hoch und lugte hinüber.

Auf der anderen Seite rührte sich nichts. Soweit die Taschenlampe reichte, sah ich bloß alten Schotter, kaputte Ziegelsteine und vermoderte Eisenbahnschwellen. Ich schubste den Seesack runter. Ich kletterte auf die Mauer und suchte mir eine Stelle, wo die Scherben nicht allzu spitz waren. Ich hob meine Jacke auf und sprang.

Es war ein Kinderspiel. Wenn du nicht weißt, wie man fällt, brauchst du nie mit dem Catchen anzufangen.

Sobald ich auf der anderen Seite gelandet war, fühlte ich mich prima, einfach prächtig. Ich konnte nicht verstehen, was vorher mit mir losgewesen war.

Ich tastete mich vorsichtig durch die Trümmer voran. Es wäre ja auch ein ausgemachter Schwachsinn gewesen, heil von einer Dreimetermauer zu kommen, nur um sich dann an einem kaputten Backstein den Knöchel zu verknacksen.

Ein kaputter Ziegel. Weißt du, daß es auf dem ganzen Rangiergelände kein einziges Teil gab, das nicht kaputt war? Kaputte Ziegel, kaputtes Glas, kaputte und halb vermoderte Schwellen, kaputte Kinderwagen, kaputte Einkaufswagen. Alles kaputt und halb verrottet.

Am unteren Ende des Hangs, da, wo früher die Gleise hergelaufen kamen, stand ein alter Schuppen. Die Tür fehlte, das Fenster war kaputt, und ein Teil vom Dach war eingestürzt. Aber immerhin war es besser als gar nichts, und für eine Nacht würde es schon gehen.

Ich ging rein. Es roch nach Pisse und alten Lagerfeuern. Ich kannte den Geruch. Einmal gerochen, nie vergessen. Irgendwann vor nicht allzulanger Zeit hatten in dem Schuppen Penner gehaust.

Bergeweise lagen feuchte Zeitungen, Pappfetzen und Lumpen herum. Kaputte Flaschen und zerquetschte Aludosen häuften sich. Ich räumte mir eine Ecke frei, die Ecke, die am wenigsten nach Pisse roch. Ich rollte meinen Schlafsack aus und setzte mich drauf. Dann knipste ich die Taschenlampe aus und wartete. Ich wartete, bis sich meine Augen an die Dunkelheit gewöhnt hatten und meine Ohren die leisen Geräusche unterscheiden konnten.

Du mußt mindestens zehn Minuten ganz stillsitzen, bevor du hörst, was um dich rum vorgeht.

Da waren Ratten. Ratten waren immer da. Da war eine Eule. Sogar mitten in London kannst du Eulen hören. Sie jagen nach Ratten und Mäusen. Da war gedämpftes Verkehrsgebrumm. Da war das kratzige Krabbeln von kleinen Tieren und Käfern. Da war das Rascheln von Papier im Wind. Da war mein Atem. Aber da waren keine Menschen.

Ich entspannte mich ein bißchen, und sobald ich mich entspannt hatte, kriegte ich Hunger. Seit dem Frühstück hatte ich kaum einen Bissen gegessen. Es war eben einer von den Tagen. Ich dachte darüber nach, wie der Tag gewesen war. Ich dachte über das nach, was Harry Richards mir gesagt hatte. Ich versuchte, nicht an das zu denken, was Goldie zu mir gesagt hatte. Ich versuchte statt dessen, an Sherry-Lee Lewis zu denken. Aber ich konnte nicht. Eines stand fest, es war einer der schlimmsten Tage in meinem Leben gewesen. Und es schien mir nur logisch, daß ich ihn in einer Pennerburg beendete.

»Iß was«, sagte ich laut. »Hau rein und Kopf hoch.« Es hörte sich an, als käme meine Stimme aus einem Lautsprecher.

Ich knipste die Taschenlampe an und machte den Seesack auf. Ich entschied mich für eine Dose Eintopf, Rindfleisch mit Kartoffeln. Ich wollte kein Feuer machen, das wäre zu auffällig gewesen. Ich wollte den Eintopf kalt essen. Es spielte sowie keine große Rolle – Doseneintopf schmeckt nie besonders gut, und wenn du so einen Hunger hast wie ich an dem Abend, dann ist dir das auch schon egal.

Ich hatte die Dose in der einen Hand und die Taschenlampe in der anderen. Ich starrte nach unten in den Seesack, als mir ein grauenvoller Gedanke kam. Ich war total geplättet. Das gab es nicht, das konnte doch nicht sein. Ich hatte vergessen, einen Büchsenöffner einzupacken.

Hast du so was schon mal gehört? Ich jedenfalls nicht! Drei verfluchte Bolas und kein Büchsenöffner!

Ich stand auf und schmiß die Dose durch das kaputte Fenster. Glas splitterte. Ich hörte, wie sie draußen in den Schutt knallte. Ich lief hinterher. Ich sammelte Steine und Holzstücke auf. Ich schmiß sie, soweit ich konnte. Ich hopste rum wie Rumpelstilzchen. Ich war blind vor Wut. Ich heulte. Ich machte den Mund auf und brüllte so laut, daß mir die Kehle weh tat. Ich boxte mit solcher Wucht gegen das Wellblech, daß ich mir die Knöchel blutig schrammte. Ich trat gegen die Wand, bis der Stiefel vorne aufplatzte.

Was soll ich dir sagen? Im Knast habe ich mal eine Frau gekannt, die war so schlecht drauf, daß sie Scheiben eingeschlagen hat, und wenn es nichts mehr gab, was sie kaputtmachen konnte, hat sie sich mit Glasscherben geschnitten. Hört sich komisch an, was? Na, vielleicht ist es dir bloß noch nie so schlecht gegangen, daß du dich in sie reinversetzen könntest.

Die Schließerinnen haben sich auf sie gesetzt. Sie haben ihr mit Verbandsstoff die Hände und Füße gefesselt, sie haben sie geknebelt, damit sie sich nicht mehr beißen konnte. Im Grunde war das anständig von ihnen. Sie hätte sich sonst Stück um Stück umgebracht. Wenigstens sah es immer so aus. Aber sie haben es nie soweit kommen lassen, deshalb weiß ich es nicht mit Sicherheit. Vielleicht hätte sie irgendwann von selber aufgehört.

Jeder Wutanfall geht einmal vorbei. So war es auf jeden Fall bei mir. Hinterher war ich nur noch müde, mir war kalt, und ich kam mir albern vor. Ich war sehr froh, daß mich keiner gesehen hatte.

In dem Schuppen konnte ich es nicht mehr aushalten. Also packte ich zusammen und ging.

Plötzlich mußte ich an Mr. Cheng denken. Das lag zum Teil daran, daß ich Hunger hatte, und das erste, was mir in den Sinn kam, war ein Teller mit Hühnchen und Zuckerschoten. Aber Hühnchen und Erbsen bringen dich nur durcheinander, wenn du sie lieber zwischen den Zähnen als im Sinn gehabt hättest, und ich wurde schon wieder wütend. Schließlich war Mr. Cheng an allem schuld. Ohne Mr. Cheng hätte ich jetzt mit Goldie im Hänger sitzen können, statt mich mit Dosensuppen auf dem Buckel und ohne Büchsenöffner auf den Straßen rumtreiben zu müssen. Ich hätte keinen Hunger gehabt, und ich wäre nicht ohne einen einzigen Freund auf der Welt gewesen. Mr. Cheng hatte einiges zu verantworten.

Und dann hätte ich gern noch etwas anderes gewußt – wieso hatten es Count Suckles Leute auf mich abgesehen? Ausgerechnet auf mich? Sie hätten hinter Mr. Cheng her sein sollen, aber denkste. Ich gab ein leichtes Ziel ab. Ich war allein. Ich war eine Frau. Und im Zweifelsfall geben die Männer immer den Frauen die Schuld. Das war nicht fair. Sicher, ein völlig unbeteiligter Zuschauer war ich auch nicht gewesen, aber davon wußte ich ja damals nichts. Und Mr. Cheng hatte mich genauso umbringen wollen. Seine Leute waren mir zu der Kneipe gefolgt. Sie hatten die Küchentür abgeschlossen. Ich war bloß der nützliche Idiot, der ihm die Bombe hingeschleppt hatte, und danach hatte er keine Verwendung mehr für mich.

Je weiter ich ging, desto wütender wurde ich.

»Nützlicher Idiot«, sagte ich laut. »Ich werde ihm schon zeigen, wer hier ein nützlicher Idiot ist.«

Ein Pärchen, das mir entgegenkam, blieb stehen und starrte mich an.

»Was gibt's denn da zu glotzen?« sagte ich, und sie liefen eilig weiter.

Das riß mich aus meinen Gedanken. Ich führte mich auf, als wäre ich immer noch alleine auf dem Rangiergelände, aber da war ich ja längst nicht mehr. Ich war auf den Straßen unterwegs, und ich war schon ganz schön weit gekommen, fast bis zum Fluß, ohne daß ich davon was gemerkt hätte.

»Scheiße!« sagte ich. Jetzt war es mir schon wieder passiert. Ich lief irgendwo rum und wußte nicht, wie ich dahin gekommen war.

Na schön, dachte ich, ich gehe zum Beijing Garden und zeige Mr. Cheng was 'ne Harke ist. Weit war es sowieso nicht mehr – weiße Scheinwerfer kamen auf mich zu, rote Rücklichter fuhren von mir weg. Ich folgte den roten. Sie paßten zu meiner Stimmung.

Im Westend kam man nicht durch, ohne rechts und links Leute anzurempeln. Alle wollten irgendwohin – zum Essen, zum Tanzen, ins Kino, ins Theater. Alle waren auf Achse. Kein Mensch stand in der Kälte rum.

Nur ich. Ich stand in der Kälte und sah mir das Beijing Garden an. Im Fenster standen Plastikblumen, und die Glühbirnen steckten in Lampions. Gerahmte Seidenstickereien hingen an der Wand. Rosa Decken lagen auf den Tischen, blaue und weiße Aschenbecher standen darauf. Von meinem Platz aus konnte ich das alles nicht sehen, aber ich wußte, daß es genau so war. Ich war so oft dagewesen, daß es fast wie ein Zuhause für mich war. Jedesmal, wenn die Tür aufging und mit den Gästen auch die Gerüche rauskamen, lief mir das Wasser im Mund zusammen.

Es kam mir alles so vertraut vor, daß ich fast hätte reingehen können, um ein bißchen mit Tante Lo rumzualbern. Mit Tante Lo rumalbern, was für ein Witz! Das einzige, worüber Tante Lo lachen konnte, war ich. »Wann heiratest du, Eva? Prust-prust-prust.« Das ist Eva, sie ist eine Witzfigur, eine richtige Komikerin. Sprengen wir sie doch mitsamt Count Suckles Lokal und seinen ganzen Gästen in die Luft. Die Idee ist zum Schießen. Prust-prust-prust.

An einem runden Fenstertisch saß ein Schickitrupp. Der Tisch war für große Schickitrupps reserviert. Solche vornehmen Gäste gaben dem Restaurant einen erfolgreichen Anstrich. Während ich sie mir noch ansah, bezahlte einer von den schnieken, satten Typen die Rechnung. Die anderen schnieken, satten Typen und ihre Weiber gingen die Mäntel holen. Das war fein.

Genau in dem Augenblick kam Mr. Chengs Astra um die Ecke geschnurrt und hielt vor dem Eingang an. Der Typ, der hinterm Steuer saß, stieg eilig aus. Er durfte sich nicht lange aufhalten, weil er im absoluten Halteverbot stand. Er flitzte ins Restaurant und verhedderte sich in dem schnieken, satten Trupp, der gerade gehen wollte. Die Schickis unterhielten sich aus voller, satter Kehle.

Ich ging über die Straße. Ich hatte nicht viel Zeit. Der Typ hatte die Wagentür offengelassen, aber die Schlüssel hatte er mitgenommen. Das merkte ich, als ich eingestiegen war.

So schnell hatte ich noch nie einen Wagen kurzgeschlossen.

Die satte Gesellschaft schwebte, wiehernd und schnaubend, die Straße hinauf, Richtung Theaterland.

Ich knallte den Rückwärtsgang rein und setzte so weit zurück, bis der Astra mit der Schnauze auf das Fenster vom Beijing Garden zielte. Ich schmiß das Fernlicht an und drückte auf die Hupe.

Gesichter tauchten in der Tür und am Fenster auf – neugierige Gesichter, die im Nu zu ängstlichen Gesichtern wurden.

Ich knallte den ersten Gang rein und ließ den Motor aufheulen. Die Hupe brüllte immer noch.

Sie waren mehr als genügend vorgewarnt. Soviel Vorwarnung hatte mir keiner gegönnt.

Ich nahm den Fuß von der Kupplung und stieg aufs Gas. Der Astra schoß los. Und ich fuhr genau durch das Vorderfenster vom Beijing Garden. Es dauerte kaum eine Sekunde.

Und es war einfach herrlich.

Der Motor kreischte, das Glas splitterte. Der große, runde Tisch verschwand unter der Motorhaube. Die Leute quietschten und flüchteten.

Ich würgte den Motor ab. Dann hörte ich nur noch leises Klirren von Glas und hysterisches Gekreische. Für mich klang es nach vollkommenem Frieden.

Ich wuchtete die Tür auf und stieg aus. Ich ging durch das große Fenster, meine Schritte knirschten in den Scherben. Dann nahm ich die Beine in die Hand und verdünnisierte mich.

Ich lachte.

So schön hatte ich es mir in meinen kühnsten Träumen nicht vorgestellt – viel besser als ein Backstein. Außerdem liegen im Westend sowieso nicht an jeder Ecke Steine rum.

Ich war zufrieden. Zufriedenheit ist ein seltenes Glück, aber ich hatte Mr. Chengs Restaurant und seinen heißgeliebten Astra auf einen Schlag demoliert. Du kannst das nennen, wie du willst. Ich nenne es Zufriedenheit.

»Prust-prust-prust«, sagte ich, während ich mich durch die Menschenmenge am Piccadilly Circus kämpfte, aber ich sagte es nicht sehr laut. Die anderen hätten sonst bloß gedacht, daß ich unter Atemnot litt.

Vor der Academy wurde ich langsamer. Ich kriegte wirklich keine Luft mehr. Der Seesack auf dem Buckel war schwer. Ich dachte an Milon von Kroton, der mit einem Kalb auf dem Rükken durch die Gegend getrabt war. So hatte er sein Krafttraining gemacht. Ich rannte mit Suppendosen auf dem Rücken durch die Landschaft. Wenn ich mehr Gewicht auflegen wollte, brauchte ich bloß noch ein paar Dosen Eintopf zu kaufen. Milon mußte warten, bis sein Kalb größer wurde. Vielleicht hatten die alten Griechen sehr viel Geduld.

Ich ging bis Hyde Park Corner, wo ich mir das Denkmal mit den toten Soldaten ansah. Diesmal hatte ich keinen umgebracht. Ich hatte noch nicht mal einen verletzt. Aber ich hätte es mir zugetraut. Wenn ich Mr. Cheng in dem Restaurant gesehen hätte oder Tante Lo, hätte ich womöglich den Fuß auf dem Gas gelassen und sie über den Haufen gefahren. Aber ich hatte sie nicht gesehen. Vielleicht waren sie dagewesen, hinten irgendwo, bei der Bar. Vielleicht hatten sie mich gesehen. Aber ich hatte sie nicht gesehen. Gleich nach dem Fenstereinfahren hatte ich angehalten. Ich war so begeistert von dem Chaos und dem Durcheinander und den ängstlichen Gesichtern, daß ich nicht mehr weiterfahren brauchte. Hätte ich Mr. Cheng oder Tante Lo gesehen, hätte ich sie womöglich umgenietet.

Das ist das Blöde, wenn du dich mies fühlst. Weil du dich mies fühlst, unternimmst du was, damit du dich wieder besser fühlst. Und das Blöde daran ist, daß dieses bessere Gefühl nicht lange vorhält. Das, was du unternommen hast, damit du dich besser fühlst, bringt es manchmal mit sich, daß du dich auf lange Sicht gesehen hinterher noch mieser fühlst.

Ich starrte durch den Verkehr, der am Hyde Park Corner herumbrauste, hinüber zu den Statuen der toten Soldaten. Ich fühlte mich noch immer ziemlich gut, aber ich lachte nicht mehr. Ich überlegte, wie mir wohl in diesem Augenblick zumute gewesen wäre, wenn ich Mr. Cheng und Tante Lo gesehen hätte – wenn ich mit dem Fuß nicht vom Gas gegangen wäre. Ich überlegte, ob ich dann beim Weglaufen auch gelacht hätte.

Das Schlimme, das echt Furchtbare daran war, daß ich mir ziemlich sicher war, daß ich gelacht hätte.

Es war komisch, in der Landschaft rumzustehen, sich tote Soldaten anzusehen und zu überlegen, was ich wohl gedacht hätte, wenn alles eine Spur anders gelaufen wäre. Sich tote Soldaten anzusehen und sich mies zu fühlen, weil es mir so gut ging.

Das hast du nun vom Denken. Es verdirbt dir alles. Denken lohnt sich nicht. Es hatte mich außerdem kein bißchen weitergebracht. Mir war immer noch kalt, ich hatte immer noch Hunger, und ich wußte immer noch nicht, wo ich schlafen sollte.

Ich ging durch die Unterführung auf die andere Seite vom Hyde Park Corner. Ich verstand überhaupt nichts mehr. Wieso fühlte ich mich mies, weil ich Mr. Cheng und Tante Lo womöglich was hätte antun können? Ich hatte sie doch noch nicht mal angetickt. Und ich wäre jede Wette eingegangen, daß Mr. Cheng und Tante Lo sich um mich keine Gedanken gemacht hätten.

In der Unterführung machte eine Tante Musik, wahrscheinlich genau unter den toten Soldaten. Sie sang irgendwas über irgendwen, den sie »Dear Dandelion« nannte, mein lieber Löwenzahn. Die Stimme war schön, aber die Gitarre war verstimmt. Vielleicht ist eine kalte Unterführung nicht gerade der ideale Ort für eine Gitarre.

Ich blieb unter einer Lampe stehen und schlang mir den Seesack vom Rücken. Mir taten die Schultern weh. Ich hatte eine Pause nötig.

Die Straßenmusikantin sang: »*Only needed a shoulder to cry on. Don't run away, dear Dandelion.*«

Ich sah sie an, und sie hörte auf zu spielen. Vielleicht war ich ihr nicht geheuer. Vielleicht dachte sie, ich wollte ihr die Kröten klauen.

»Meinetwegen kannst du ruhig weiterspielen«, sagte ich.

»Nee«, sagte sie. »Mir fallen die Finger ab. Ich wollte sowieso aufhören.«

Wie schon gesagt, sie hatte eine schöne Stimme. Sie steckte ihr Kleingeld ein, schmiß die Gitarre in den Kasten und zog ab. Ihre Schritte hallten auf dem harten Boden wie Kirchenglocken.

»Es muß etwas geschehen«, sagte ich.

Die Leute, die durch die Unterführung kamen, sahen mich von der Seite an und gingen ihrer Wege. Und plötzlich sah ich mich so, wie sie mich sahen. Eine Kante von Frau, die vor einem Seesack hockte und in der Öffentlichkeit Selbstgespräche führte.

»Herrgott!« sagte ich. »Das bin ich nicht.«

Weil ich das wirklich nicht war. Ich war Armour Protection. Ich war die Killerqueen. Ich hatte morgen abend einen Kampf gegen Sherry-Lee Lewis. Ich wollte berühmt werden.

Aber ich war es. Klebte wie angewurzelt in der vornehmsten

Ecke Londons, irgendwo zwischen Knightsbridge, Mayfair und Belgravia, ohne Büchsenöffner, ohne Schlafplatz. Kann man noch mehr Glück haben?

Also machte ich den Seesack auf, warf einen Blick rein, und was sah ich? Einen Schmusetiger mit zitterigen Schnurrhaaren.

»Scheiße«, sagte ich und starrte den Tiger an.

Ich könnte bei Ma unterkriechen, dachte ich. Würde die sich freuen, mich zu sehen. Jede Wette. Sie hatte einen Kerl bei sich, wenn sie einen aufgerissen hatte. Der würde sich auch freuen, wenn er mich sah.

»Was meinst du?« fragte ich den Tiger.

Der Tiger griente mich an, sagte aber nichts.

Da fiel mir die Künstlertruppe ein. Er fand mich »geradezu ideal«.

Der Tiger griente noch breiter.

»Leck mich«, sagte ich.

Drei Bolas, ein Tiger, kein Büchsenöffner. Über den Büchsenöffner konnte ich mich immer noch nicht einkriegen. Ich konnte nicht fassen, daß ich so unvorsichtig gewesen sein sollte, und es machte mir Angst. Ich taugte nicht mehr für das Leben auf der Straße. Ich war außer Kondition. Ich war nicht mehr clever genug.

Der Katalog von der Künstlergruppe hatte sich auf den Boden des Seesacks verkrochen, zusammen mit dem Brief vom Anwalt.

Eine Ausstellung, Skulpturen von Dave de Lysle. Er hatte seine Telefonnummer unter seinen Namen geschrieben. Rücksichtsvoller Typ.

Ich klopfte mir die Taschen nach Kleingeld ab und fand auch welches. Dann wuchtete ich mir den Seesack auf den Rücken und marschierte los, zur U-Bahnstation Knightsbridge, ein Telefonhäuschen suchen.

19

So was hatte ich im Leben noch nicht gesehen. Der Mann mußte im Geld schwimmen. Er hatte ein ganzes Haus für sich alleine, und im Erdgeschoß war das sogenannte Studio untergebracht. Dreckig war es da – lauter weißer Staub und schmieriges Zeugs. Dinger, die wohl Menschen darstellen sollten, waren von oben bis unten in nasse Lappen und Plastikfolie eingewickelt, so daß sie wie Gespenster aussahen. Ich konnte nur einen kurzen Blick durch eine Glastür werfen, weil er mich sofort mit nach oben nahm.

Oben war es besser – eher wie in einer richtigen Wohnung, mit Tischen und Stühlen und so. Aber man sollte doch meinen, daß sich ein Kerl mit eigenem Haus auch neue Möbel leisten könnte. Alles sah furchtbar alt aus. Jede Wette, das Sofa von meiner Ma war neuer als seins, und dabei hatte sie ihres schon gebraucht gekauft.

Aber Platz hatte er, soviel Platz, daß mir der Mund offen blieb, was aber auch daran lag, daß es so viel zu sehen gab. Alles war vollgestopft mit Sachen – kleine Modelle von Menschen, Zeichnungen, Bilder, Gliedmaßen – Arme, Beine und Hände. Sachen an den Wänden, auf dem Boden, auf Regalen und Tischen. Steinbrocken, Holzklumpen. Teppiche an den Wänden statt auf dem Fußboden.

Ich sage dir, der Mann war ein Irrer – bei dem war alles verkehrtrum.

»Soso, soso«, sagte er. »Schön, daß Sie mal vorbeischauen.«

Sogar das war verkehrt. Ich überfalle ihn kurz vor zehn Uhr in der Nacht, und er findet es auch noch schön. Und wie behämmert er aussah. Die Haare waren verstrubbelt wie bei einem Eintageküken, und er hatte eine Cordhose an. Echt abartig.

»Einen Drink?« sagte er und winkte auch schon mit der Flasche.

»Nee«, sagte ich. Wenn der mich in diesem Zimmer betrunken machen wollte, hatte er sich aber ganz schön geschnitten.

»Was dann?« sagte er.

»Tee?« sagte ich. Damit konnte wohl nichts schiefgehen. »Haben Sie was zu essen da?«

In dem Augenblick kam eine Frau rein. Sie sah aus, als ob sie einen Bettbezug anhatte, und sie wirkte überrascht, mich zu sehen.

»Das ist Eva«, sagte er.

»Tag, Eva«, sagte sie.

»Eva, das ist Wendy.«

»Tag«, sagte ich.

»Ich glaube, Eva könnte eine Tasse Tee und einen Happen zu essen vertragen«, sagte er.

»Tatsächlich?« sagte Wendy und pflanzte sich in einen von den alten Sesseln.

Ich grinste. Langsam fühlte ich mich wohler. Dave de Lysle stand dumm in der Landschaft rum und sah Wendy an. Sie sah meinen Seesack an. Sie kapierte schneller als er. Kein Wunder, eigentlich.

»Bleib sitzen, ich hol ihr was«, sagte er. Ziemlich perplex ging er aus dem Zimmer.

Sie rührte sich nicht vom Fleck. Sie sah mich einfach nur mit ausdruckslosen, braunen Augen an.

Nach einer Weile sagte sie: »Ist es nicht reichlich spät für einen Besuch?«

»Ist kein Besuch«, sagte ich. »Ist geschäftlich.«

Ich drehte ihr den Rücken zu und tat so, als ob ich mir die Sachen auf dem Tisch ansah.

Sie sagte: »Ist es nicht reichlich spät für Geschäfte?«

Ich antwortete nicht. Ich sah mir sein Zeichenheft an, das auf dem Tisch lag. Er hatte Wendy gezeichnet. Man konnte sie an dem langen Hals und den hochgesteckten, dunklen Haaren erkennen, aber auf dem Bild sah sie jünger und friedlicher aus. Ich nahm das Heft in die Hand und drehte mich um.

»Sind Sie das?« fragte ich.

»Natürlich.«

»Vor wie vielen Jahren?«

Sie zeigte mir die Zähne. »Er hat es heute abend gezeichnet«, sagte sie.

»Ach«, sagte ich. Ich sah mir das Bild an, ich sah mir sie an. Das Giftige an ihr hatte er nicht eingefangen, soviel stand fest.

Sie war nicht so alt wie er, aber fünfunddreißig mußte sie mindestens sein. Auf dem Bild sah sie wie ein Mädchen aus.

»Hübsch«, sagte ich.

»Danke«, sagte sie.

»Das Bild«, sagte ich.

»Ich weiß, was Sie meinen«, keifte sie.

Ich grinste und drehte mich weg.

Dave de Lysle kam mit einem Tablett rein. Er machte ein bißchen Platz und stellte es auf den Tisch. Er hatte eine Kanne Tee mitgebracht, Milch und Zucker und ein paar dicke Stullen, aus denen Schinken und Tomaten rausquollen. Tomaten um diese Jahreszeit – ich bitte dich!

»So«, sagte er munter. »Das müßte erst einmal reichen.«

»Eva ist geschäftlich hier«, sagte Wendy. Es klang wie eine Warnung.

Ich nahm den Seesack und stand auf. Ein riskantes Manöver, aber ich mußte es wagen.

Ich sagte: »Ich hätte nicht kommen sollen. Ihre Freundin findet, daß es reichlich spät ist. Ich mach wohl besser die Biege.«

»Herrgott noch mal!« sagte er. »Setzen Sie sich hin und essen Sie. Es ist nicht spät. Sie können bleiben, so lange Sie wollen.«

»Schönen Dank«, sagte ich. Aber ich sah Wendy an, und sie sah mich an. Es war mir wirklich schwergefallen, den Stapel Stullen abzuschreiben, und das wußte sie.

Ich setzte mich hin, und während er mir eine Tasse Tee eingoß, machte ich mich schon mal über die Brote her.

»Lecker«, sagte ich mit vollem Mund. »Schönen Dank.«

Er schien sich zu freuen. Der arme Irre. Jede Wette, daß diese Wendy ihn ganz schön unter dem Pantoffel hatte. Er tat mir richtig leid, aber so leid, daß ich ihn mit seiner Herzdame in die Federn hätte hüpfen lassen, tat er mir nun auch wieder nicht.

Es war doch schließlich so: Bei Dave de Lysle war ich in Sicherheit. Hier würde mich keiner suchen – nicht mal die Bullen. Kein Mensch würde darauf kommen, daß ich hier untergeschlüpft war. Ich war von mir selber beeindruckt.

»Ich bin müde«, sagte Wendy und gähnte zum Beweis.

Ich mampfte weiter. Auch wenn es ihr vielleicht noch gelang, mich loszuwerden, auf die Stullen wollte ich nicht verzichten.

»Erzählen Sie uns doch, weshalb Sie hier sind«, sagte sie. »Dann kommen wir alle noch einigermaßen früh ins Bett.«

»Ihnen nicht«, sagte ich. »Ihm.«

»Aha«, sagte sie. »Private Geschäfte. Warum haben Sie das nicht gleich gesagt? Dann hätte ich mich doch längst verabschiedet.« Bei ihr klang »private Geschäfte« furchtbar unanständig. Sie ging mir wirklich auf den Keks.

»Bitte, Wendy«, sagte der arme Irre. »Es ist doch ganz anders.«

»Anders als was?« Sie klapperte mit den Augenlidern. »Ach so, anders als das. Großer Gott, David, daran hätte ich nicht einmal im Traum gedacht.«

Das ist das Problem mit feinen, gebildeten Frauen – die wären imstande, sich aus Mitleid für verkrüppelte Babys und tote Seehunde umzubringen, aber richtige Menschen, die bei ihnen auftauchen, weil sie einen Platz zum Schlafen brauchen und was zu essen, richtige Menschen sind ihnen scheißegal. Am liebsten hätte ich ihr eins auf die Angebernase gegeben und sie aus dem Fenster geschmissen, nur um ihr mal zu zeigen, wie das wirkliche Leben aussah. Aber ich mußte an meine Manieren denken.

Ich aß das letzte Brot auf und sagte: »Das tat gut, Mr. de Lysle. Ich hatte wirklich Hunger.«

Das war die Wahrheit, und ich brach mir keinen Zacken aus der Krone, wenn ich es ihn wissen ließ.

»Nehmen Sie doch noch etwas Tee«, sagte er freundlich. Strahlend schenkte er nach, und ich rührte mir drei Löffel Zucker rein, um zu beweisen, wie ausgehungert ich gewesen war.

»Wie wär's mit einem Stück Kuchen? Wendy, hatten wir nicht noch... nein, schon gut. Ich gehe.« Schon war er wieder verschwunden.

Wendy saß da und sah mich an. Es ist nicht besonders angenehm, wenn einer bloß dasitzt und dir beim Essen zusieht.

Dave kam mit einem großen Stück Rosinenkuchen zurück. Ich zögerte nicht lang und schob es mir hinter die Kiemen.

Wendy sagte: »Sieht ganz so aus, als könnte es länger dauern. Vielleicht sollte ich doch besser gehen.«

Also wohnte sie nicht hier. Das heiterte mich ungemein auf.

»Wendy, bitte!« sagte Dave de Lysle. »Das ist seit Monaten unser erstes gemeinsames Wochenende.«

»Ich weiß«, sagte sie. »Ich dachte nur, dir wäre es vielleicht entfallen.«

»Es ist doch bloß...« Er brach ab, und sie half ihm nicht weiter. Beide sahen mich an.

Ich wollte ihnen noch einmal erklären, daß ich geschäftlich da war, nur für den Fall, daß sie es vergessen hatten. Aber ich hatte zuviel Kuchen im Mund. Kuchenkauen und gleichzeitig das Wort »geschäftlich« aussprechen vertragen sich nicht – schon gar nicht in einer so noblen Absteige.

Dave de Lysle sagte: »Ich habe Eva in Bermuda Smiths Club kennengelernt. Du weißt doch, der Club, wo wir den guten Jazz gehört haben. Am anderen Ende von Ladbroke Grove.«

»Ich kann mich an einen Club erinnern, wo du auf die Bühne gegangen bist und Saxophon gespielt hast. Ich konnte dich nicht überreden, wieder runter zu kommen, und nach Hause wolltest du auch nicht.«

»Genau den meine ich«, sagte er munter. »Er ist geschlossen worden. Ich weiß nicht, für wie lange. Da hat sich eine höchst sonderbare Sache abgespielt – eine Polizeirazzia, und mitten im Getümmel hat plötzlich jemand Tränengas geworfen.«

»Tränengas?« sagte sie erstaunt. »David, du solltest wirklich vorsichtiger sein. Wieso treibst du dich nur in solchen Spelunken rum? Du bist Akademiemitglied, du hast einen Ruf zu verlieren. Wozu das Risiko? Wenn du Jazz hören willst, warum gehst du dann nicht in Ronnie Scotts Club?«

»In Ronnie Scotts Club gehe ich ja auch«, wehrte er sich. »Aber manchmal höre ich eben gern weniger etablierte Musik.«

»Soll heißen, bei Ronnie würden sie dich nicht in der Band mitspielen lassen«, sagte sie.

»Autsch«, sagte er. »Nein, das ist nicht alles. Ich will auch ab und zu Leute sehen, die nicht so sind wie ich. Leute, die genauso sind wie ich, öden mich manchmal an.«

»Die so sind wie ich?« sagte sie etwas giftig.

»Natürlich nicht.«

Plötzlich dämmerte mir, daß sie sich stritten. Nur war es nicht die Art von Streit, mit der ich viel anfangen konnte. Sie brüllten sich nicht an, sie schmissen sich keine Sachen an den Kopf, sie prügelten sich nicht. Aber trotzdem war es ein Streit. Ich fand es wirklich spannend.

»Aber genau so hat es sich angehört«, sagte sie. »Du willst Lokale besuchen, in denen du Razzien und Tränengas ausgesetzt bist, in denen mir unbehaglich zumute ist. Du willst Leute kennenlernen, in deren Gesellschaft ich mich nicht wohl fühle. Ich kann mich nur so selten freimachen, wir können so selten zusammen sein, aber du mußt uns auch noch diese Treffen verderben.«

»Wir könnten uns öfter sehen als nur alle Jubeljahre einmal, wenn du dich endlich von deinem Mann...«

»David!« sagte sie schnell.

Sie warfen mir einen Blick zu, aber ich tat so, als wäre ich völlig ins Teenachgießen vertieft und als ginge das alles über meine Begriffe.

»Und dann muß ich schließlich auch an meine Arbeit denken«, sagte Dave de Lysle laut, um den Ehemann-Versprecher zu kaschieren. »Der kanadische Auftrag. Du erinnerst dich? Ich brauche Modelle.«

»O ja, du brauchst Modelle.« Sie klang so gehässig, daß ich nicht überrascht gewesen wäre, wenn er ihr eine geknallt hätte.

»Ganz recht«, sagte er. »Ich habe dir doch die Zeichnungen und den Entwurf von dem Speerwerfer gezeigt, nicht wahr?«

»In aller Ausführlichkeit«, sagte sie.

»Ja, und den habe ich gefunden, als ich auf der Suche nach Eva war. Er ist Ringkämpfer, Leichtmittelgewicht.«

»Dann ist sie wohl auch Ringerin.«

»Genau«, sagte ich. »Ich bin Catcherin.«

Dazu fiel ihr nichts mehr ein. Sie sah total verdattert aus.

»Sie ist geradezu ideal«, sagte Dave de Lysle. Jetzt sagte er es schon zum zweiten Mal, aber ich konnte mich immer noch nicht daran gewöhnen.

Ich muß wohl gefeixt haben oder was, auf jeden Fall stand sie plötzlich auf und sagte: »Also, wenn so dein Ideal aussieht, bin ich hier wirklich an der falschen Adresse. Dann will ich nicht weiter stören.« Sie stürmte aus dem Zimmer.

»Entschuldigung«, sagte Dave de Lysle zu mir. »Tut mir schrecklich leid.« Und schon rannte er hinter ihr her. Ein Jammer. Ich hätte zu gern gesehen, wie er sich da wieder rausboxen wollte.

Ich schlich zur Tür und lauschte. Aber ich konnte nicht viel hören. Anscheinend streiten sich Leute mit besserer Schulbildung im Flüsterton, was nun wirklich gar keinen Spaß macht.

Ich setzte mich auf das große, alte Sofa.

Soso, die Künstlertype und Wendy Langhals hatten also ein kleines Techtelmechtel. Das hörte man gern. Vielleicht waren sie doch nicht soviel feiner als ich. Schon war mir etwas wohler in meiner Haut.

Es war warm. Mein Magen war schön voll. Die Kissen waren weich.

Der Wind peitschte den Regen gegen die Fensterscheibe. Aber hinter den dicken Samtvorhängen hörte es sich ganz weit weg an. Solange ich nicht draußen war, sollte es von mir aus ruhig regnen.

»Mach jemand anders naß«, sagte ich.

Das nächste, was ich hörte, war Musik. Ich machte die Augen auf.

»Nicht bewegen«, sagte Dave de Lysle.

Ich konnte ihn nicht sehen. Er saß irgendwo seitlich von mir.

»Schlafen Sie weiter«, sagte er. »Ich zeichne.«

Ich schloß die Augen und döste halb wieder weg. Aber ich schlief nicht mehr richtig ein.

Und dann dachte ich, er malt mich. Aber er hat nicht bezahlt. Und meine Augen klappten wieder auf.

»Sie haben nicht bezahlt«, sagte ich.
»Was?«
»Geld.«
»Ach so«, sagte er. »Momentchen noch.«
Immerhin gehörte ihm ein ganzes Haus. Geld bedeutete ihm bestimmt nicht viel.
»Verdammt«, sagte er, ohne sich beim Zeichnen stören zu lassen.
Eigentlich war es dasselbe wie Diebstahl – mich ohne Erlaubnis zu malen, und dann auch noch, während ich schlief.
»Das ist Diebstahl«, sagte ich.
»Was?« Er sah irgendwie abwesend und weggetreten aus.
»Sie haben gesagt, Sie bezahlen mich. Wo ist das Geld?«
Er hörte auf zu zeichnen und starrte mich an. Es war, als käme er gerade erst wieder ins Zimmer zurück.
Er sagte: »Aber ich habe Ihnen ein Schinkenbrot gegeben.«
»Stimmt«, sagte ich. »Da haben Sie recht. Ich habe gefragt, und Sie haben mir was gegeben. Herzlichen Dank auch. Aber ich habe es Ihnen nicht geklaut, als Sie geschlafen haben.«
»Ach so«, sagte er. »Verstehe.« Er fing an zu lachen.
»Sie finden mich komisch?« Ich stand auf.
»Nein, nein«, sagte er. »Nicht komisch. Logisch.«
»Genau das bin ich«, sagte ich. »Logisch.« Es war ein komisches Wort, und ich mußte auch lachen.
»Was ist das für Musik?« fragte ich.
»Miles Davis. Sie wollten doch geschäftlich mit mir reden. Dann lassen Sie mal hören.«
Geschäftlich? Das hatte ich tatsächlich gesagt? Ich rieb mir die Augen. Mir war irgendwie schwummerig, und müde war ich auch.
»Die Sache ist die«, fing ich an. Aber dann blieb ich auch schon stecken, weil die Sache zu kompliziert war, um sie einem Fremden zu erklären. Also machte ich den Seesack auf und gab ihm den Anwaltsbrief.
»Es geht um meine Schwester«, sagte ich. »Da steht was von einem Kind drin. Das ist meine Schwester, Simone.«

Stirnrunzelnd las er ihn durch.

»Das ist ja schon vor Jahren geschrieben worden«, sagte er, als er fertig war.

»Ja, aber ich habe ihn gerade erst in die Finger gekriegt. Meine Ma hatte ihn.«

»Und was soll ich damit?«

»Ich will meine Schwester finden. Es ist nämlich so, ich dachte immer, sie würde sich mal melden. Ich dachte, eines Tages würde sie einfach wieder zurückkommen. Aber da ist nichts draus geworden. Und jetzt will ich die Sache selber in die Hand nehmen.«

Er sah mich an, und dann las er den Brief noch einmal.

Ich sagte: »Ich kann doch nicht mit einem Anwalt reden. Natürlich könnte ich es eigentlich schon, aber ich würde keinen Furz aus ihm rauskriegen. Solche Leute können Leute wie mich nicht leiden.«

»Dann soll ich für Sie mit dem Anwalt reden?«

»Genau.« Dem Typen mußte man aber auch alles erklären.

Es sah so aus, als ob er den Brief schon wieder las.

Ich sagte: »Sie können sich doch so gut ausdrücken.« Ich fand, er hatte eine kleine Aufmunterung nötig.

»Danke«, sagte er. Aber es klang, als ob er mit den Gedanken ganz woanders war.

»Haben sie sie zum Schluß adoptiert?« fragte er. »Diese Leute, ihre Pflegeeltern, die Redmans?«

»Keine Ahnung«, sagte ich. Und plötzlich hatte ich einen Kloß im Hals. »Mir sagt ja keiner was.«

»Dann kann sie also Simone Wylie heißen oder Simone Redman.«

»Sie würde nie einen anderen Namen annehmen«, sagte ich sauer. »Passen Sie auf, ich will nur eins von Ihnen, nämlich daß Sie mit dem beschissenen Anwalt reden und ihm die verdammte Adresse von den Pflegeeltern abschwatzen. Alles übrige erledige ich dann schon.«

»Mmm«, sagte er. Und weißt du was? Als er das sagte, hörte er sich genau wie Goldie an.

Ich riß ihm den Brief aus der Hand. »Wenn Sie es nicht machen wollen, brauchen Sie es bloß auszuspucken«, sagte ich. »Verarschen kann ich mich alleine. Es ist doch bloß ein verdammter Anruf.«

»Aber sicher mache ich es«, sagte er.

»Ja?«

»Natürlich. Es könnte allerdings etwas schwieriger werden, als Sie sich das vorstellen, und ich kann Ihnen nicht versprechen, daß ich die Information auch bekomme.«

»Aber versuchen wollen Sie es?«

»Ja.«

»Versprochen?«

»Versprochen«, sagte er ernst.

»Abgemacht.« Ich gab ihm den Brief zurück. »Dann können Sie weitermalen.«

»Habe ich das richtig verstanden?« fragte er. »Sie stehen mir Modell, wenn ich den Anwalt anrufe?«

»Klaro«, sagte ich. Besonders helle war er wirklich nicht.

»Wann?«

»Jetzt gleich«, sagte ich. »Worauf warten Sie noch?«

»Schön«, sagte er. »Was haben Sie unter dem Sweatshirt an?«

»Noch ein Sweatshirt, ein paar T-Shirts und ein Unterhemd.«

»Großer Gott«, sagte er.

»Kalte Nacht«, sagte ich. Er war wirklich ein bißchen schwer von Kapee.

»Ziehen Sie sich bis aufs Unterhemd aus«, sagte er. »Hier ist es warm genug.«

»Und keine Schweinereien?«

»Schweinereien?« sagte er. »Keine Schweinereien, Ehrenwort. Aber schließlich will ich Sie zeichnen, nicht Ihre Wäsche.«

Also zog ich mich bis aufs Unterhemd aus. Ich zog auch Schuhe, Socken, Trainingshose und Leggings aus. Aber den Schlüpfer behielt ich an. Ich meine, wieviel ist so ein Telefonanruf wert? Das frag ich dich.

»Stellen Sie sich einfach hin«, sagte er. »Das Gewicht gleichmäßig verteilen. Die Arme hängen lassen.«

Also stellte ich mich einfach hin. Ich stand über eine Stunde.

Ich stand mit dem Gesicht zu ihm. Ich stand mit der Seite zu ihm. Ich stand mit dem Rücken zu ihm. Eins kann ich dir sagen, für einen Künstler Modell zu stehen, ist das Allerletzte. Angeglotzt zu werden ist nicht mein Traum von einem lustigen Freitagabend, und schon nach zehn Minuten taten mir die Beine weh. Ich hätte nie gedacht, daß Stillstehen so anstrengend sein kann – ist es aber. Und wenn du einen Künstler kennst, der dich zeichnen will, hör auf meinen Rat und sag ihm, er soll dich am Hobel blasen. Was Schwachsinnigeres gibt es nicht, das kannst du mir glauben.

Als ich kurz vor dem Umkippen war, sagte er plötzlich: »Okay, genug für heute. Wie wär's mit einer Tasse Tee?«

Was für eine Frage. Ich wußte nicht, ob ich ihn küssen oder erdrosseln sollte. Ich hatte keine Knochen mehr im Leib.

Als er mit dem Tee ankam, lag ich auf dem Sofa, die Füße auf der Armlehne.

Ich sagte: »Wie hoch ist denn eigentlich das Honorar? Der übliche Satz?« Und dann sagte ich: »Nein, vergessen Sie's, es kann gar nicht hoch genug sein.«

Er sagte: »Da haben Sie recht. Die meisten Leute denken, Modell zu stehen, wäre einfach. Ist es aber nicht. Es ist ein anstrengender Job, vor allem, wenn man keine Übung darin hat.«

Er goß den Tee ein. Habe ich dir schon gesagt, daß er sehr schöne Hände hatte? Die hatte er nämlich. Wenn er zeichnete, sahen seine Hände irgendwie tüchtig aus. Ansonsten war er vielleicht ein ziemlicher Schlappmann, aber mit den Händen hatte er was drauf.

Er rührte mir Zucker in die Tasse und sagte: »Wissen Sie, an wen Sie sich noch wenden könnten, falls ich aus dem Anwalt nichts Vernünftiges herausbekomme?«

»An wen?«

»Die Privatdetektivin.«

»Was für eine Privatdetektivin?«

»Anne Lee«, sagte er.

»Noch nie was von gehört.«

»Hat sie Sie nicht gefunden? Sie hat nach Ihrer blonden Freundin gesucht.«

Wenn ich nicht so kaputt gewesen wäre, hätte ich mich aufgesetzt. »Die?« sagte ich. »Die ist doch ein Cop.«

»Was?«

»Sie ist ein Bulle.«

»Nein«, sagte er. »Sie hat mir erzählt, daß sie Privatdetektivin ist.«

»Und das haben Sie ihr abgenommen?«

»Na ja, schon«, sagte er. »An dem Abend, als es in dem Club so heiß herging, war doch auch die Polizei da, und als sich alles wieder beruhigt hatte, wurden alle, die noch da waren, verhört. Sie ist genauso vernommen worden wie wir anderen.«

»Tatsache?« Öfter mal was Neues. Bullen, die Bullen durch die Mangel drehten. »Die Tante, die den Laternenpfahl verschluckt hat?«

»Sie hält sich wirklich furchtbar gerade, was?«

»Hm«, sagte ich. Das mußte ich erst noch verdauen. Ich habe es gar nicht gern, wenn ich mit solchen Sachen falsch liege.

»Sie hat mich am nächsten Tag besucht. Sie hatte wohl gesehen, wie wir uns vorher an der Bar unterhalten hatten. Sie dachte, wir wären Bekannte.«

»Waren wir aber nicht.«

»Ich habe ihr gesagt, sie sollte es mal bei Harry probieren. Der schien Sie zu kennen.«

»Das waren also Sie, hm?« Ich war zu müde, um mich richtig aufzuregen, aber Bescheid stoßen mußte ich ihm trotzdem. »Hören Sie zu«, sagte ich. »Am besten lassen Sie sich das Maul mit Zwirn zunähen. Man erzählt keinem Fremden, wo er wen finden kann. Man verpfeift keine Leute, die man nicht kennt, weil einem diese Leute dann nämlich gehörig das Maul stopfen.«

Er blinzelte bloß. Er war ungefähr so helle wie eine Fünfundzwanzigwattbirne.

»Keine Panik«, sagte ich. »Im Moment könnte ich nicht mal ’ne Socke stopfen. Noch was in der Kanne?«

Er schenkte nach, und wir tranken schweigend unseren Tee.

Dann sagte er: »Aber trotzdem, sie weiß, wie man Leute findet.«

»Was Goldie angeht, hat sie sich nicht gerade mit Ruhm bekleckert.«

»Noch ist nicht aller Tage Abend. Aber sie wüßte bestimmt, wie man jemanden findet, der eventuell einen anderen Namen angenommen hat.«

»Ein für allemal«, sagte ich. »Simone würde nie einen anderen Namen annehmen.«

»Schon gut, schon gut«, sagte er. »Vergessen wir es.«

Er griff nach Zeichenheft und Bleistift. »Nicht bewegen«, sagte er. »Bleiben Sie so. Wunderbar.«

Er hörte auf zu blubbern und fing wieder an zu zeichnen, und ich war unheimlich froh, daß ich nicht mehr aufstehen mußte, weil ich nämlich total erledigt war und bestimmt nicht mehr hätte stehen können, es sei denn, mich hätte einer an die Wand genagelt.

20

Als ich aufwachte, lag ich, die Beine hoch, auf der Couch. Ich hatte mich nicht gerührt, aber ich war zugedeckt. In der Ecke brannte eine kleine Lampe, und ich konnte, ohne den Kopf zu drehen, erkennen, daß es auf der Uhr im Regal sieben war.

Ich stand auf und stieg in meine Klamotten. Ich konnte es kaum glauben, daß ich die ganze Nacht in der Unterwäsche verbracht hatte. Und die halbe Nacht zusammen mit einem Fremden, der mich anglotzte. Dave de Lysle war ein höchst seltsamer, aber allem Anschein nach harmloser Kauz.

Leise schlich ich durch die Wohnung, ich suchte die Küche. Dort stand zwar jede Menge Eßbares rum, aber weil das meiste wie Heusamen aussah, säbelte ich mir noch eine dicke Scheibe von dem Rosinenkuchen ab und steckte eine Banane ein. Dann ging ich.

Der Milchmann war schon dagewesen, zwei Flaschen standen vor der Tür. Ich spülte den Kuchen mit einem Viertelliter Milch runter.

Dave de Lysle dachte bestimmt, er hätte bei unserem Geschäft den längeren gezogen – jede Menge Zeit zum Zeichnen für nur einen kleinen Anruf. Aber du kannst es auch anders sehen – ich hatte Abendbrot, Frühstück und ein warmes Bett für die Nacht rausgeschlagen. Na, wer hatte also gewonnen? Und für das alles brauchte ich bloß ein bißchen in Unterhemd und Schlüpfer rumspringen. Ein Wahnsinnsschnitt!

Nach ungefähr fünfzig Metern fand ich in der Straße einen schönen alten Volvo-Kombi, der geradezu ausgeborgt werden wollte. Die Transportfrage hatte sich also schon von selber geregelt. Ich aß die Banane im Wagen und pfiff ein Liedchen zur Musik aus dem Radio. Ich pfiff auf der Fahrt zum Schrottplatz vor mich hin, weil es mir so gut ging. Es ging mir gut, weil die Banane süß und reif war – weder hart noch matschig. Und irgendwie schien sich alles wieder eingerenkt zu haben. Gestern abend hatte ich bei Mr. Cheng die letzte offene Rechnung beglichen, und ich glaubte nicht, daß er mich anzeigen würde. Über Kerle wie Mr. Cheng kannst du sagen, was du willst, aber auf die Idee, dich bei den Bullen zu verpfeifen, würden sie genausowenig kommen wie ich.

Er mußte wissen, daß ich es gewesen war. Das mußte ihm sonnenklar sein. Und die Geschichte würde sich rumsprechen. Count Suckles Leute würden davon erfahren. Und dann wußten sie auch, wo ich stand.

Kapiert? Ich war aus dem Schneider.

Außerdem war heute der große Tag. Heute abend trat ich in den alten Ladywell Baths gegen Rockin' Sherry-Lee Lewis an, den Star von der Ostküste. Heute abend kämpfte ich zum ersten Mal gegen einen richtigen Star. Ein sagenhafter Abend stand mir bevor.

Kaum war ich am Schrottplatz angekommen, ging alles den Bach runter.

Warum muß das so sein? Warum?

Kann ich nicht einmal mein Leben genießen? Ich meine, wäre es wirklich zuviel verlangt, wenn ich mal einen einzigen anständigen Tag ohne Krawall hätte? Andere Leute haben doch auch ab und zu ihre Ruhe, wieso ich nicht? Nur einen einzigen anständigen Tag, mehr verlange ich doch gar nicht.

Und war mir der vergönnt? Wurde ich als Schönheit geboren? Zwei Fragen, eine Antwort.

Ich parkte den Wagen in einiger Entfernung vom Schrottplatz, nicht in derselben Straße, wo der Cortina stand. Komisch, jetzt hatte ich hier in der Gegend den R 12, den Fiat Panda, den Cortina und nun auch noch den grauen Volvo-Kombi stehen, und die Bullen hatten noch nicht einen davon gefunden. Ein geborgtes Auto brauchst du bloß zwischen anderen Autos abzustellen, und schon fällt es nicht mehr auf. Nur wenn du versuchst, es zu verstecken, kann es schwierig werden.

Trotzdem hatte ich das Gefühl, daß Vorsicht nicht schaden konnte und ich mein Glück nicht überstrapazieren durfte. Dieser Gedanke ging mir noch im Kopf herum, als ich um die Ecke bog und die Hunde sah. Die armen Hunde.

»Ach du Scheiße«, sagte ich.

Es war furchtbar. Die Hunde hingen am Drahtzaun.

Ich wollte es mir nicht ansehen.

Wir waren ein Team – Ramses, Lineker und ich. Wir waren Armour Protection.

Ich mußte es mir ansehen.

Ich ging langsam weiter. Ich hätte sie nie allein lassen dürfen. Mir war es am wichtigsten vorgekommen, meine eigene Haut zu retten. Hätte ich bloß ein bißchen weiter gedacht.

Aber als ich näher kam, sah ich, daß Lineker sich bewegte. Ich rannte zu ihm.

Er hing tatsächlich, aber die Hinterpfoten standen auf dem Boden, so daß er nicht erstickt war.

Ein Stückchen weiter baumelte Ramses' massiger Körper am Zaun. Der wulstige Hals hatte sich ihm wie eine Halskrause ums Gesicht geschoben.

Als ich auf ihn zulief, machte er die bösen, gelben Augen auf und funkelte mich an.

Er gab mir die Schuld. Das sah ich ihm sofort an.

Ich rannte zum Tor, schloß auf und schaute mich um. Der

Schrottplatz wirkte leer und still. Alles schien in Ordnung zu sein. Nur die beiden Hunde hingen am Zaun.

Als erstes kümmerte ich mich um Lineker. Ehrlich gesagt, war Ramses übler zugerichtet, aber ich hatte Angst, daß er mir was antun würde, wenn ich ihn losmachte.

Kaum hatte ich Lineker erreicht, fing er schwach zu strampeln an. Der Blödmann hat sogar versucht, mit dem Stummelschwanz zu wedeln.

»Halt still, du dumme Töle!« knurrte ich, weil er es so nur noch schlimmer für sich machte.

Sein Kopf steckte in einer Schlinge, deren loses Ende fest an den Zaun gebunden war. Zwischen den Zähnen hingen ihm Fetzen von einem Sack. Während ich ihn befreite, wurde mir klar, was passiert war. Diese Fangmethode für Tiere steht in meinem eigenen SAS Survival-Handbuch. Ich könnte es selber machen, wenn ich wollte.

Du stellst dich mit zwei Stöcken vor einen Zaun. Auf den einen Stock hast du was gespießt, was das Tier anlockt – ein Stück Fleisch oder so. An dem anderen Stock hast du die Schlinge. Das Tier steckt den Kopf selber in die Schlinge, um an den Köder zu kommen. Dann zerrst du das Tier an dich ran, die Schlinge zieht sich zu, und das Tier kriegt keine Luft mehr.

Bei Wachhunden kannst du sogar auf das Fleisch verzichten. Weil Wachhunde darauf trainiert sind, alles anzugreifen, was sich bewegt, brauchst du bloß mit einem Lumpen oder einem Stück Sack vor ihnen rumzufuchteln, um sie zu reizen. Die Wirkung ist dieselbe. Aber dabei brauchst du dem Hund nicht die Luft abschnüren. Du kannst ihn auch einfach anbinden. Ein netter Mensch würde ihn hinterher losschneiden.

Linekers Hals war von dem Strick wund gescheuert. Er war so entkräftet, daß er zu Boden sackte und sich nicht mehr rührte. Ich hatte es nicht mit netten Leuten zu tun. Wer sie auch waren, Hundefreunde waren sie auf jeden Fall nicht.

Vorsichtig näherte ich mich Ramses, aber der bewegte sich nicht. Er bewegte sich nicht, als ich den Strick durchschnitt. Und dann merkte ich, daß die Schweinehunde bei ihm auch noch

Draht benutzt hatten. Er hatte sich so tief in seinen Hals eingegraben, daß ich ihn nicht sehen konnte. Ich ging eine Drahtschere holen. Als ich wiederkam, hatte Lineker sich soweit erholt, daß er sich zu Ramses geschleppt hatte und nun versuchte, ihm das Blut von der Brust zu lecken.

Ramses starrte mich einfach nur an. Der Blick gefiel mir ganz und gar nicht, also bastelte ich mir aus dem zerschnittenen Strick eine Art Maulkorb zusammen, den ich ihm über die Schnauze schob. Das hört sich bestimmt grausam an, aber ich kannte Ramses, und so, wie er mich ansah, hätte er mir, sobald ich ihn befreit hatte, die Hand aus dem Gelenk gerissen und Zerfetzen damit geübt.

Ich stemmte ihn hoch und knipste den Draht durch. Ich ließ ihn langsam runter. Ich konnte ihn nicht loslassen, weil ich erst den Draht finden mußte, den er immer noch um den Hals hatte.

»Scheiße!« sagte ich.

Ich redete auf ihn ein, während ich seine Halsfalten abtastete.

»Du blöder Hund«, sagte ich. »Wie konntest du bloß auf so einen alten Trick reinfallen?«

Die ganze Zeit sah er mich mit seinen bösen Augen an. Lineker war zu doof, um mir die Schuld zu geben, aber Ramses kannte sich aus, und Ramses vergißt einem so leicht nichts. Obwohl er halb erstickt war, mußte ich ihm zeigen, wer hier der Herr war, sonst hätte er mich umgebracht.

»Du müßtest es besser wissen«, sagte ich. »Was meinst du, wieso ich dich füttere, du Blödian? Ich dachte immer, du wärst hier derjenige mit Köpfchen.«

Ich kriegte den Draht ab. Nur weil er genug Köpfchen gehabt hatte, sich nicht zu bewegen, war er nicht gestorben. Der Draht hatte ihm fast die Kehle durchgeschnitten.

Ich brachte die beiden in den Zwinger. Lineker steuerte sofort seine Schüssel an und machte sich über das Wasser her, als ob er nie mehr welches kriegen sollte. Ramses wollte auch saufen, aber ich konnte ihm den Maulkorb erst abnehmen, nachdem ich die Wunde gereinigt hatte.

Als ich ein paar Lappen aus dem Hänger holen wollte, sah ich, was sie mit meinem Zuhause gemacht hatten. Es sah aus, als hätten sie es mit der Axt bearbeitet. Von außen war es nicht so schlimm, nur Fenster und Türen waren eingeschlagen. Aber von innen! Innen sah es aus wie auf der Müllkippe.

Ich kniff die Augen zusammen und rührte mich nicht. Anders konnte ich nicht nachdenken, nur mit geschlossenen Augen.

»Die Hunde«, sagte ich zu mir. »Erst sind die Hunde dran. Um das Chaos hier kannst du dich später kümmern.«

Ich machte ein Auge auf, schnappte mir den erstbesten Fetzen und rannte zu den Hunden zurück.

Bei dem Fetzen handelte es sich um eins von meinen T-Shirts. Ich machte es naß und nahm mir Ramses' Hals vor. Die Wunde sah häßlich aus, und ich reinigte sie, so gut ich konnte. Ich durchwühlte den Seesack, bis ich die Wundsalbe gefunden hatte. Es war noch dieselbe Tube, mit der Goldie mich das eine Mal verarztet hatte, als ich zerschrammt und zerkratzt von Count Suckles Laden nach Hause gekommen war. Ich schmierte ihm dick den offenen Hals ein.

»Du Idiot«, sagte ich zu ihm. »Du blöder, alter Vollidiot.«

Die ganze Zeit dachte ich, wenn diese Schweinehunde schon den Hunden so was antun konnten, was hätten sie dann wohl mit mir gemacht, wenn sie mich gefunden hätten?

»Du arme Töle«, sagte ich zu Ramses. Ich riß ein Stück vom T-Shirt ab und band es ihm um den Hals, damit die Bazillen nicht in die Wunde konnten.

Dann kümmerte ich mich um Lineker. Der Dummling wollte mir doch tatsächlich das Gesicht ablecken.

»Lernst du es nie?« sagte ich. »Du siehst doch selber, wie es einem ergeht, wenn man weich wird.«

Ich stellte ihnen Futter und frisches Wasser hin, und bevor ich ging, nahm ich Ramses den Maulkorb ab. Nach allem, was ich für ihn getan hatte, wollte er mir trotzdem die Finger abbeißen. Konnte ich ihm eigentlich nicht verdenken, nach dem, was er durchgemacht hatte.

Er soff ein bißchen, aber das Futter rührte er nicht an. Er verkroch sich in seine Hütte, der arme Alte.

Ich ging langsam zum Hänger zurück. Meine gute Laune war wie weggeblasen. Armour Protection hatte tüchtig eins aufs Dach bekommen. Nur ein Gutes hatte die Sache – es war Samstag, kein Mensch war auf dem Schrottplatz, keiner konnte sehen, was passiert war. Ein paar Gebrauchtwagenhändler würden wohl um neun auftauchen, aber die blieben auf ihrem schönen, sauberen Gelände. In die Schrottabteilung verirrten sie sich so gut wie nie.

Zitternd vor Wut stand ich vor dem Hänger.

Wo soll ich anfangen? Also, erstens hatten die Schweine mein Versteck gefunden. Jetzt kann ich dir ruhig sagen, wo es war. Warum auch nicht? Anscheinend weiß es ja sowieso jeder.

Mein Versteck war ein Loch in der Erde unter der Hängertreppe gewesen. Die Stufen sahen schön stabil aus, aber sie ließen sich leicht rausnehmen. Ich hatte ein Loch gegraben und mit einer Plastiktüte ausgeschlagen. Auf dem Loch lag ein Brett, auf dem dann die Treppe stand.

Das waren aber längst noch nicht alle Sicherheitsvorkehrungen. Das Loch war ziemlich tief – du mußtest den ganzen Arm reinstecken, um an die Beute zu kommen, und dabei konntest du nicht sehen, wohin du faßt. Wenn du es nicht wußtest, hast du genau in eine kleine Schlinge Stacheldraht gegriffen. Und wem das noch nicht reichte, den erwarteten ganz unten, auf meinem Schatz, zwei Mausefallen.

Es war nur ein schwacher Trost, aber es klebte Blut an dem Stacheldraht und beide Mausefallen waren zugeschnappt. Irgendwo tat jetzt irgendeinem Schweinehund ganz böse die Hand weh.

Aber mein Geld war futsch. Meine ganzen Ersparnisse, alles, was ich für meine neuen Zähne zur Seite gelegt hatte, alles war weg. Nichts war mehr da. Auch nicht der kleine goldene Ohrring, den Simone mir geschenkt hat, als wir uns Ohrlöcher stechen ließen. Okay, als *sie* sich Ohrlöcher stechen ließ. Ich habe nach dem ersten gekniffen. Ich war noch nie besonders heiß darauf gewesen, mich durchlöchern zu lassen, und habe nur wegen Simone mitgemacht. Ich habe nicht aus Schiß einen Rückzieher gemacht. Nur wegen dem häßlichen, knirschenden Geräusch beim Stechen. Jedenfalls hat Simone mir einen von ihren goldenen Ohrringen geschenkt, weil sie den anderen verloren hatte und weil ich nur das eine und keine zwei Löcher hatte. Mein Ohrläppchen hat sich schließlich entzündet und ist wieder zugewachsen, aber den Ohrring habe ich immer gut aufbewahrt. Schließlich war er aus Gold. Und er war von Simone.

Und die Müllkippe im Hänger? Sagen wir nur, ich brauchte den ganzen Vormittag für das Aufräumen. Ich wußte nicht, wo ich anfangen sollte. Es gab kein Teil, das nicht zerdeppert, zerfetzt oder verbogen war. Die Schweine hatten mir sogar aufs Sofa gepißt und ins Bett gekackt. An die Wände hatten sie Sprüche geschmiert wie HOFFENTLICH VERRECKST DU AN KREBS, DU SCHLAMPE und noch schlimmere Sachen, die ich unmöglich wiedergeben kann, so ekelhaft waren sie. Schon komisch, wenn »Hoffentlich verreckst du an Krebs, du Schlampe« noch das Netteste ist, was einem gesagt wird.

Ich löste das Problem, indem ich den ganzen Krempel rausschaffte und ein Feuerchen machte. Alles landete auf dem Feuer. Bett, Sofa, Gardinen, alles, auch mein Killerqueen-Poster mit den neu hinzugekommenen Kritzeleien.

Was die Schweinehunde nicht mitgenommen oder kaputtgeschlagen hatten, habe ich verbrannt.

Und als ich fertig war, war der Hänger nur noch eine leere Hülse.

Ich nagelte die Fenster zu und reparierte die Tür. Dann brach ich in der Spritzerei ein – wo die Schrottplatzarbeiter die Lacke und Spritzpistolen aufbewahren. Ich entschied mich für Scharlachrot, weil das meiner Stimmung entsprach, und ich spritzte den Hänger mit Autolack von oben bis unten scharlachrot aus.

Mir wurde richtig schwindelig davon. Das lag zum einen an der knalligen Farbe und zum anderen daran, daß es besser gewesen wäre, wenn ich vorher die Fenster nicht zugenagelt hätte. Ein bißchen frische Luft hätte nicht geschadet.

Hinterher sah es höllisch aus – ich meine wirklich, so wie in der Hölle. Aber wenigstens waren die Schmierereien an den Wänden überdeckt.

Dann sah ich nach den Hunden. Ramses hatte sein Futter immer noch nicht angerührt, das machte mir Sorgen. Wenn er bis morgen nichts gefressen hatte, mußte ich ihn zum Tierarzt bringen.

Als ich ging, schwelte das Feuer noch. Was mir geblieben war, hatte ich auf dem Rücken. Mehr brauchte ich sowieso nicht zum Überleben. Jetzt hatte ich sogar einen Büchsenöffner.

Das habe ich noch gar nicht erwähnt, was? Zufälligerweise lag in Dave de Lysles Küche ein überflüssiger Büchsenöffner rum, den ich mir gewissermaßen ausgeborgt habe. Aber das schien schon lange, lange her zu sein. Kaum noch der Rede wert.

Ich hatte mein ganzes Hab und Gut auf dem Buckel, und es kam mir so vor, als müßte ich, bis auf ein, zwei Teile, die mir allerdings auch nicht unbedingt gehörten, wieder bei Null anfangen. Der Büchsenöffner zum Beispiel, und die Schlüssel vom Cortina hatte ich auch noch. Also fuhr ich erst mal zu Sams Studio, weil ich mir eine lange, heiße Dusche gönnen wollte.

Als ich ankam, war ich in einer komischen Stimmung. Kein Wunder eigentlich, nach dem Morgen, den ich hinter mir hatte. Ich fühlte mich, als hätte ich Billardkugeln im Rücken, ganz bis oben rauf, bis in Nacken und Schultern. Ich fühlte mich, als wäre mein Schädel von Ohr zu Ohr mit Sprengstoff ausgestopft.

Ich fühlte mich, als hätte mir einer Sand in die Haut gerieben.

Statt mich also sofort unter die Dusche zu stellen, trainierte ich erst mal eine Runde. Ich war ganz allein, es gab nichts anderes zu tun. Ich ging von Gerät zu Gerät, von Gewicht zu Gewicht, bis mir der Schweiß ausbrach. Wie Säure aus einer Batterie lief mir das Gift aus der Haut.

Dann duschte ich. Danach fühlte ich mich fast sauber.

Ich legte mich im Umkleideraum auf die Bank. Es war dieselbe Bank, auf der Goldie gesessen hatte, als ich ihr von Simone erzählte.

Das war gestern gewesen, aber Goldie war schon zu einer Fremden geworden.

Goldie war etwas noch Schlimmeres als eine Fremde. Goldie war eine Feindin.

Weil es nämlich Goldie gewesen war, die mir Count Suckles Leute auf den Hals gehetzt hatte.

Das wußte ich jetzt. Ich wußte es wegen der Sache mit den Hunden, und vor allem wußte ich es, weil die Schweine mein Versteck ausgeräumt hatten.

Weil nämlich außer mir, Ramses und Lineker Goldie der einzige Mensch war, der etwas von dem Loch unter der Treppe wußte. Ich hatte ihr nichts davon gesagt, aber besonders geheimgehalten hatte ich es vor ihr auch nicht. Und als sie noch bei mir wohnte, habe ich mal ein bißchen Geld rausgeholt. Ich habe das Geld rausgeholt, weil sie neue Klamotten brauchte. Als ich sie fand, hatte sie gar nichts. Ich habe ihr sogar die Seife gekauft, mit der sie sich gewaschen hat, schön blöd von mir.

Gefällt dir das? Mir schon. Goldie, meine Freundin. Goldie, meine Feindin.

Ich zählte das Geld, das ich in der Tasche hatte, und stellte fest, daß ich in der Tinte saß. In der Tasche hatte ich den Wochenlohn von Mr. Gambon. Normalerweise kam ich damit bis zum nächsten Freitag hin. Aber jetzt mußte ich mir Sachen kaufen. Als erstes mußte ich mir eine neue Kampfausrüstung zulegen, inklusive Knieschoner und Stiefel.

Im Ring bin ich die Frau in Schwarz. Wie im Cowboyfilm – ich bin die mit dem schwarzen Hut. Ich bin der Bösewicht. Die Bösen tragen immer Schwarz – es sei denn, du bist ein wahnsinniger Mönch oder ein Kendo-Krieger, in dem Fall trägst du Rot. Schwarz und Rot sind nämlich die Farben des Teufels.

Ich habe für Schnickschnack nichts übrig. Auf Glitter und Pailletten kann ich verzichten. Ich trage nur ein schlichtes, schwarzes Trikot und schlichte, schwarze Strumpfhosen. Aber die Klamotten sollen auch nicht am Hintern schlabbern oder sich an den Knien ausbeulen, Qualität muß sein, und Qualität kostet.

Wenn ich mich von Kopf bis Fuß neu einkleiden wollte, inklusive Stiefel und Knieschoner, dann war ich bis zum Ende der Woche blank. Aber es ging nicht anders. Heute abend wollte ich mich von meiner besten Seite zeigen – was diese beste Seite auch sein mochte.

Ich zog mir das Big-is-Beautiful-T-Shirt an – das einzige saubere, das ich noch hatte – und ging nach nebenan ins Studio.

Ungefähr ein halbes Dutzend Freizeitsportler werkelten an den Geräten rum. Und Soraya war auch da.

Soraya stand in einem blaßrosa, blaßblauen Sari am Fenster und sah aus wie die Königin von Saba persönlich. Genau der Mensch, dem du begegnen willst, wenn deine ganzen Klamotten dreckig sind und dir nur noch ein Big-is-Beautiful-T-Shirt geblieben ist. Neben Soraya fühle ich mich immer wie eine Kröte, aber dafür kann sie wohl nichts.

»Hallo, Eva«, sagte sie mit ihrer samtigen, süßen Stimme. »Wolltest du gehen?«

Ich sah mich nach Harsh um, aber der war wohl im Umkleideraum.

»Ich muß was einkaufen«, sagte ich. Du hattest das Gefühl, du könntest Soraya schmutzig machen, wenn du bloß mit ihr redetest. »Brauche noch Sachen für heute abend.«

»Ach ja«, sagte sie. »Dein großer Abend, Eva. Harsh hat es mir erzählt.«

Ich konnte mir nicht vorstellen, daß Harsh Soraya von mir und Sherry-Lee Lewis erzählte. Ich konnte mir überhaupt nicht vorstellen, daß sie sich über schwitzende Wesen unterhielten.

Harsh kam aus der Umkleide. Er sagte: »Hast du deine Freundin noch gefunden, Eva?«

Daß er sich daran erinnerte... Ich dachte, sein Geist schwebte in höheren Sphären.

»Sie ist weg«, sagte ich. »Spielt keine Rolle mehr.«

»Eva geht einkaufen«, sagte Soraya. »Soll ich mitkommen, Eva? Es ist langweilig zu warten, bis Harsh fertig ist.«

»Muß zuerst noch in den Waschsalon«, murmelte ich. Ich versteckte mein Bündel dreckiger Klamotten hinter dem Rücken. »Im Waschsalon rumzusitzen ist noch langweiliger, als hier auf Harsh zu warten.«

»Da hast du recht«, sagte sie ernst. »Das ist wahr.«

»Vielen Dank für die Blumen«, sagte Harsh und ging sich warm machen.

Ich verabschiedete mich von Soraya und kratzte schnell die Kurve. Mit Soraya einkaufen gehen! Da würde ich schon lieber Eidechsenschwänze kauen.

Einkaufen ist was für den Arsch. Einkaufen ist was für Zwerge. Die passen wenigstens in die Särge, die sich Umkleidekabinen nennen, ohne sich die Ellenbogen am Spiegel anzuschlagen. Bei meiner Statur willst du keinem Spiegel zu nahe kommen. Aber es mußte sein, und ich brachte es hinter mich, während meine Klamotten in der Waschmaschine waren.

Dann ging ich Mittag essen. Es mußten Kohlehydrate sein. So machen es zumindest die Marathonläufer. Ein paar Stunden vor dem Kampf beziehungsweise Lauf genehmigst du dir die letzte Mahlzeit. Das Essen soll leicht verdaulich sein und schnell Energie freisetzen.

Ich aß Spaghetti mit Fleischklößchensoße und danach ein doppeltes Bananensplit. Harsh hat mich auf Bananen gebracht. Ich bin von Bananen überzeugt.

Als nächstes sollst du dich hinlegen, ausruhen und deine Gedanken sammeln.

Gedanken sammeln ist bei weitem schwieriger als Kohlehydrate essen. Du sollst dich völlig entspannen und im Kopf alles durchspielen, was während des Kampfes passieren könnte, und du sollst dir überlegen, wie du darauf reagierst. Ha-ha, daß ich nicht lache.

Ich kämpfe. Ich denke nicht. Wenn du im Ring stehst und dir erst lange überlegen mußt, wie du dich wehren sollst, wenn einer mit hundertfünfzig Sachen aus den Seilen auf dich zukatapultiert kommt, wirst du eingemacht. Das ist klar wie Kloßbrühe. Eingemacht.

Du denkst nicht. Du handelst.

Aber Harsh sagt: »Geh alle Griffe und Würfe im Kopf durch, Eva. Dann kannst du im Fall des Falles schneller reagieren.«

Das sagt Harsh. Ich versuche es, aber Bananen essen ist einfacher.

Daher kam es, daß ich die tödlichste aller Todsünden beging: Ich fuhr mit dem Cortina auf den Schrottplatz.

So was darfst du nie im Leben machen. Genausogut kannst du dich gleich freiwillig stellen. Wenn du dir einen Wagen borgst, stellst du ihn vor einem fremden Haus ab. Ihn vor deinem eigenen abzustellen, ist in etwa so schwachsinnig, wie du es ohne Gehirnamputation überhaupt sein kannst.

Aber was sollte ich sonst tun? Im Hänger konnte ich mich nicht hinlegen, weil die Farbe noch nicht trocken war. Die Dämpfe hätten ausgereicht, einen Pfaffen zum besoffenen Radaubruder zu machen.

Ich legte mich also auf den Rücksitz und deckte mich mit meinem alten Schlafsack zu. Ich gab mir alle Mühe, an nichts zu denken. Hast du das schon mal probiert? An rein gar nichts zu denken? Der Verstand hat doch tatsächlich seinen eigenen Willen. Ich glaube, ich habe an alles gedacht, nur nicht daran, die Griffe und Würfe noch einmal durchzuspielen.

Zum Schluß stand ich auf und sah nach den Hunden. Ramses hatte immer noch nichts gefressen. Er lag mit Kopf und Pfoten vor dem Napf, damit Lineker nicht rankonnte, aber er hatte keinen Bissen angerührt. Ich nahm ihm den Verband ab und sah mir seinen Hals an. Er sah übel aus. Noch mehr Kummer machte es mir allerdings, daß Ramses keine Anstalten machte, mich zu verhackstücken, als ich ihn anfaßte. Er knurrte und funkelte mich zwar böse an, aber er ging nicht auf mich los. Das sah ihm gar nicht ähnlich.

»Okay, Bürschchen«, sagte ich. »Ich schaffe deinen häßlichen Kadaver zum Tierarzt.«

Warum auch nicht? Ich hatte es satt, an nichts zu denken. Mir geht es immer besser, wenn ich was zu tun habe, und bevor ich zu den Ladywell Baths fahren mußte, hatte ich sowieso noch ein paar Stunden totzuschlagen.

Bis zur nächsten Tierarztpraxis, wo am Wochenende immer einer Notdienst schob, war es nicht weit. Das wußte ich, weil Mr. Gambon die Tiere da behandeln ließ und ich Lineker mal hingebracht hatte, als er in eine Glasscherbe getreten war. Der Tierarzt war ein alter Mann, der keuchte und Pfeife rauchte. Keuchen und Rauchen zur gleichen Zeit, schön blöd. Man sollte meinen, ein Mann in seinem Alter wüßte es besser. Wachhunde behandelte er nur, wenn sie einen Maulkorb trugen – also war er vielleicht doch nicht ganz so blöd.

Ich brachte Ramses im Cortina hin. Ramses mochte den Cortina nicht, und den Tierarzt haßte er, aber er mußte sich alles gefallen lassen, weil er den Maulkorb umhatte.

Ich hob ihn auf den Tisch, damit der Tierarzt seinen Hals untersuchen konnte.

Die Pfeife des Arztes blubberte. Vorne waren seine Haare gelb vom Nikotin. Er paffte Ramses ins Gesicht. Ramses ließ mich nicht aus den Augen. So böse hatte ich ihn noch nie erlebt. Er gab mir für alles die Schuld, auch für die Pfeife des Tierarztes.

»Ein feiner Hund«, murmelte der Arzt. »Ein schönes, muskulöses Tier. Prachtvoll.«

Vielleicht merkte er nicht, wie Ramses mich ansah. »Prachtvoll« war nicht das Wort für den Blick.

»Es könnte schlimmer sein«, sagte er, nachdem er eine Weile an Ramses' Hals rumgefummelt hatte. »Keine ernste Verletzung. Keine Spur von einer Infektion. Durch die Krusten und den Schorf sieht es schlimmer aus, als es ist. Vorsichtshalber gebe ich ihm trotzdem eine Spritze, aber er ist ein schönes kräftiges Tier, und die Wunde heilt schon zu.«

»Er frißt nicht«, sagte ich. »Dabei hat er sonst immer Appetit. Er frißt wie eine Betonmischmaschine.«

»Woher hat er die Verletzung?« fragte der Arzt. Während er bei ihm Fieber maß, sah Ramses mich an wie ein Tiger eine fette Ziege.

Ich erzählte dem Arzt ein bißchen was von dem Einbruch auf dem Schrottplatz.

»Wie kann man nur einem Hund so was antun«, sagte der Arzt. Er sah auf das Thermometer und sagte mir, daß Ramses' Temperatur normal sei.

»Hat er Schmerzen?« fragte ich. »Warum frißt er nicht?«

»Also, ein bißchen weht tut es ihm bestimmt«, sagte er. »Das wird ihm auch auf den Magen geschlagen sein. Aber eigentlich kommt die Appetitlosigkeit nicht daher.«

»Woher dann?«

Der Tierarzt trat einen Schritt zurück und sah sich Ramses an, der auf dem Tisch hockte. Ramses starrte mich an. Er reckte den Kopf zwischen den Schulterblättern vor, als ob er mich anspukken wollte.

Der Arzt sagte: »Der Hund ist in seiner Ehre gekränkt.«

»Er ist doch bloß ein Hund«, sagte ich. Wie gesagt, der Arzt war ein blöder alter Mann.

»Trotzdem fühlt er sich in seinem Stolz verletzt. Man hat ihm weh getan, und man hat ihn zum Narren gemacht.«

»Das passiert mir andauernd«, sagte ich. »Aber deshalb lasse ich mir noch lange nicht den Appetit verderben.«

»Wahrscheinlich ist er durch eine bessere Schule gegangen als Sie«, sagte der Arzt böse. »Er ist darauf abgerichtet, sein Revier zu verteidigen. Er hat versagt. Er fühlt sich in seinem Stolz verletzt und damit basta.«

»Das hat mir gerade noch gefehlt zu meinem Glück«, sagte ich zu Ramses, als wir wieder auf der Straße waren. »Ein Sensibelchen als Wachhund. Reiß dich zusammen, mein Junge.«

Aber es wollte mir nicht mehr aus dem Kopf.

Während ich dann auf dem Schrottplatz meine Runden ging, Zaun, Schlösser, Tore, Türen und Fenster überprüfte, mußte ich immer wieder daran denken, wie ich die aufgehängten Hunde gefunden hatte.

»Das wird nicht noch mal passieren«, sagte ich laut. »Für die Schweine gibt es hier nichts mehr zu tun. Nur mit mir sind sie noch nicht fertig.«

Trotzdem war mir nicht wohl bei dem Gedanken, die Hunde alleine zu lassen. Was natürlich absolut hirnrissig war. Ramses und Lineker waren dazu da, den Schrottplatz zu bewachen. Ich war nicht dazu da, sie zu beschützen. Sie waren schließlich abgerichtete Kampfhunde, verdammt noch mal!

Im allerletzten Augenblick, als ich meine Ausrüstung schon überprüft und im Cortina verstaut hatte, beschloß ich, die Hunde mitzunehmen.

»Ihr dämlichen, doofen Blödmänner«, sagte ich, während ich

sie auf die Rückbank packte. »So was wie ihr will ein Kampfhund sein? Nichts als Sorgen habe ich mit euch. Ab morgen fangt ihr lieber an, euch Sorgen um mich zu machen. Kapiert? Wenn ihr weich werdet, geht es euch an den Kragen. Haben wir uns verstanden?«

So fuhren wir also zu dritt zu den Ladywell Baths.

21

Die alten Ladywell Baths sind aus grauem Stein. Sie sehen so aus, als könnten sie einen Atomangriff überstehen. Früher war das Gebäude mal wichtig. Heutzutage ist es baufällig und runtergekommen. Aber von außen hast du den Eindruck, es wäre für die Ewigkeit gemacht. Es sieht wie ein Gefängnis aus.

Es ist kein Theater wie der Bau in Frome, wo du an dem einen Ende den Ring hast und die Sitzplätze davor. Nein, in den Ladywell Baths steht der Ring in der Mitte und die Plätze sind ringsrum angeordnet. Wenn du reinkommst, gehst du einen Gang runter, rechts und links Publikum, du marschierst auf den Ring zu, und aus den Lautsprechern kommt deine Musik. Und du marschierst, und die Leute schreien, und du fühlst dich wichtig. Du hast das Gefühl, es brodelt in dir, es sprudelt immer und immer stärker, bis du den Ring erreichst und hochkletterst und dich über die Seile schwingst. Du stehst im Scheinwerferlicht, du hörst die Stimmen, du siehst die Gesichter. Und dann brodelt es so heftig in dir, daß du kurz vor dem Platzen stehst.

Ich nahm den Nebeneingang. Ramses hatte ich links neben mir, Lineker rechts. Das erste, was mir ins Auge sprang, war ein Telefon, und plötzlich hatte ich Lust, jemand anzurufen. Ich wollte Simone anrufen oder sonst irgendwen und sagen: Hier bin ich, ich kämpfe gegen Rockin' Sherry-Lee Lewis, den Star von der Ostküste. Komm her, und sieh dir den Kampf an.

Das ging natürlich nicht. Aber bei dem Gedanken an Simone fiel mir Dave de Lysle ein. Also band ich die Hunde an einen Heizkörper und rief ihn an.

»Hier ist Eva«, sagte ich, als er sich meldete. »Ich kämpfe heute abend gegen Rockin' Sherry-Lee Lewis, den Star von der Ostküste, in den alten Ladywell Baths. Kommen Sie her und sehen Sie sich den Kampf an.«

»Hallo, Eva«, sagte er. »Das würde ich liebend gern machen.«

Liebend gern, hast du das gehört? Liebend gern.

»Aber«, fuhr er fort, »ich habe ein kleines Problem. Als ich heute mittag aus dem Haus ging, war mein Auto weg, gestohlen. Es könnte schwierig sein hinzukommen.«

»Ach.«

Ich sah Mr. Deeds und Harry aus der Arena kommen. Harry sagte gerade: »Alles klar, Mr. Deeds. Es kann losgehen.«

Mr. Deeds sagte: »Fast wie in den alten Zeiten, was, Harry?« Und dann sah er Ramses und Lineker.

Dave de Lysle sagte: »Tritt Harsh auch auf?«

»Ja.«

Mr. Deeds kam angewalzt. Ramses und Lineker standen auf und fingen an zu knurren. Mr. Deeds blieb stehen.

»Wenn ich bloß irgendwie hinkommen könnte«, sagte Dave de Lysle. Was für eine Type!

»Schaff die verdammten Köter hier raus«, sagte Mr. Deeds.

»Ich kann mir nicht vorstellen, was jemand mit meinem Wagen anfangen will«, blökte Dave de Lysle. »Es war nur ein alter, grauer Volvo-Kombi.«

»Scheiße!« sagte ich und legte auf.

»Ich sagte, schaff die Viecher hier weg«, sagte Mr. Deeds.

»Wieso?« sagte ich. Er mußte einem aber auch immer alles verderben.

»Du kannst hier keine Hunde reinbringen.«

»Sie sind zu meinem Schutz hier, Mr. Deeds. Mein Leben ist in Gefahr.«

»Wieso denn das, zum Teufel?«

»Es ist wahr«, sagte ich. »Es stimmt doch, Harry?«

Harry scharrte mit den großen Plattfüßen.

»Ist mir scheißegal, wieso du sie mitgebracht hast«, sagte Mr. Deeds. »Schaff sie weg.«

»Sie sitzen nicht gerne im Auto«, sagte ich. »Aber wenn Sie sie weghaben wollen, können Sie sie von mir aus ruhig selber nach draußen bringen.«

Mr. Deeds sah Ramses an, und er sah mich an.

»Sei vorsichtig, Eva«, sagte er. »Ich kann dich einfach so abservieren.« Er wollte mit den Fingern schnippen, aber er hatte verschwitzte Hände. Er drehte sich um und ging mit Harry ins Hauptfoyer. Harry warf mir über die Schulter einen Blick zu. Er sah nicht glücklich aus.

»Eins zu null für uns«, sagte ich.

Ich machte die Hunde los und ging in die Arena. Mit voller Beleuchtung machte sie nicht viel her. Sie sah nicht aus wie ein magisches Lichtermeer in der Finsternis. Aber es würde schon gehen. Die Matten lagen bereit. Der ganze Ring war rot, weiß und blau dekoriert, und auch die Seile waren rot, weiß und blau. Genau, wie Harry gesagt hatte, es konnte losgehen. Nur das Publikum fehlte noch. Dann konnte die Show beginnen.

Ganz vorne, in der ersten Reihe, saßen ein paar Leutchen zusammen. Ich schlenderte den Gang runter, um sie mir anzusehen. Die Hunde zerrten mich schneller voran, als ich wollte.

Eine aus der Gruppe drehte sich nach mir um. Sie winkte.

Sie sagte. »Bist du Eva Wylie?«

»Ja«, sagte ich vom Gang aus.

»Komm mal rüber, Spatz«, rief sie.

Ich ließ mich weiterziehen. Einer von den Leutchen sah die Hunde und wich zurück. Ich kam näher. In der ersten Reihe saßen drei enorme Frauen und das eine verschreckte Männchen.

Sie war es, und sie war sogar noch gewaltiger, als ich sie in Erinnerung hatte.

Sie hatte schulterlange, rote Haare, ihre Haut war weiß wie Schweineschmalz und mit kleinen Sommersprossen gesprenkelt.

Ich sagte: »Tag, Miss Lewis.« Als ich nun vor ihr stand, wußte ich nicht so recht, wie ich sie anreden sollte.

»Tag, Spatz«, sagte sie. »Darf ich vorstellen? Meine Mama und meine Schwester. Sie sind immer mit dabei. Wir kommen nicht oft nach London, da ist es für sie mal eine kleine Abwechslung.«

»Tag«, sagte ich noch mal. Die Hunde rissen an der Leine, und ich versuchte sie zurückzuhalten.

Sherry-Lee Lewis' Mama begutachtete mich wie einen Gebrauchtwagen von oben bis unten. Die Schwester sagte: »Was meinst du zu dem Kaliber, Sherry?«

Sherry-Lee Lewis lachte. »Müßte reichen«, sagte sie.

Ich war so stolz, daß ich an die Decke hätte schweben können.

Das Männchen sagte: »Äh, diese Hunde, äh – könnten Sie die nicht irgendwo anbinden?«

»Sie werden sich doch wohl nicht vor den zwei Hundchen fürchten?« sagte Sherry-Lee Lewis. Aber mir fiel auf, daß sie keine unnötigen Bewegungen machte und auch nicht mit den Armen wedelte. Sie verstand was von Hunden.

Sie sagte: »Das ist Benny Knight vom *Takedown* Magazin. Er macht ein Interview mit mir. Wollen Sie Eva auch ein paar Fragen stellen, Benny?«

Er mochte die Hunde wirklich nicht, aber er hielt mir sein kleines Tonbandgerät hin und sagte: »Eva, Sie sind noch ein relativer Newcomer im Catchring. Wie fühlt man sich, wenn man gleich zu Beginn der Karriere gegen eine so große Gegnerin antreten darf?«

»Prächtig«, sagte ich. Ich sah Sherry-Lee Lewis an, sie lächelte. Ihre Zähne waren nicht übel. Ich bewunderte sie.

»Wie schätzen Sie Ihre Chancen heute abend ein?«

Sherry-Lee Lewis lächelte immer noch.

Ich sagte: »Ich bin die Londoner Killerqueen. Das hier ist mein Revier.«

Sherry-Lee Lewis sagte: »Ich bin die Frau, die ihr Revier mal richtig umpflügen wird und der Killerqueen einen Satz heiße Ohren verpaßt.« Sie zwinkerte mir zu, und ich wußte, was ich zu tun hatte.

Ich sagte: »Und ich bin die Frau, die Rockin' Sherry-Lee Lewis den Marsch bläst und sie wieder zurück nach Newcastle befördert, wo sie hingehört.«

»Super«, sagte Benny. »Ich glaube, ich hole mir jetzt was zu trinken. Vielleicht sehen wir uns später noch.«

Nachdem er sich im Rückwärtsgang vor Ramses und Lineker in Sicherheit gebracht hatte, sprintete er den Gang hoch.

Sherry-Lee Lewis lachte. Sie hatte ein schönes, kehliges Lachen. »Du machst mir doch heute abend keine Scherereien, Schätzchen? Ein Schulterwurf in der zweiten und ein K.o. in der dritten, okay?«

»Ich habe noch nicht mit Mr. Deeds geredet«, sagte ich.

»Kannst du ruhig noch machen, aber er wird dir dasselbe sagen. Ein Schulterwurf in der zweiten und ein K.o. in der dritten.«

»Okay.«

»Aber vorher wollen wir ihnen eine gute Show bieten, ja? Das heißt, wenn du nicht bloß Kartoffelbrei in den Armen hast.«

»Sieht das etwa aus wie Kartoffelbrei?«

»Immer mit der Ruhe«, sagte sie. »Ich will ja nur, daß das Frauencatchen ein bißchen ernster genommen wird. Muskeln allein machen's auch nicht.«

»Ich habe mehr zu bieten«, sagte ich. »Du wirst schon sehen.«

»Okay. Aber denk daran – ein Schulterwurf...«

»In der zweiten und ein K.o. in der dritten. Ich hab's gehört.«

»Aber nicht vergessen.«

Sie war nett, und ich mochte sie, aber ewig brauchte sie auch nicht darauf rumzureiten.

Ich hatte sie noch nicht im Stehen gesehen, aber ich schätzte sie auf mindestens einsneunzig. Wir paßten gut zusammen. Die erste anständige Gegnerin, die ich je gehabt hatte.

»Was für ein Abend«, sagte ich auf dem Weg zur Garderobe zu mir. »Was für ein wahnsinniger, irrer, wunderbarer Abend.«

Es muß mal gesagt werden, daß Mr. Deeds nicht gerade ein Spitzenpromoter ist. Er hat keinen so großen Stall von Kämpfern wie die anderen Promoter. Eigentlich sind wir eine ziemliche Gurkentruppe, wenn du es unbedingt wissen willst, aber Mr. Deeds hatte mir meine erste Chance gegeben, also sollte ich ihm dankbar sein. Und das bin ich auch, wenn ich daran denke.

Sherry-Lee Lewis kam aus einem größeren Stall, und wahrscheinlich war sie auch an bessere Bedingungen gewöhnt. Da sie

Mr. Deeds mit dem Auftritt bei seiner Veranstaltung nur einen Gefallen tat, konnte sie ihm den Vertrag diktieren.

Sie kriegte die größte Garderobe, die normalerweise die Schwergewichtler für sich gehabt hätten. Ich war daran gewöhnt, in irgendeine Ecke abgeschoben zu werden – aber für Gruff Gordon und Pete Carver war das was Neues. Gruff Gordon machte ein Gesicht für die Götter, als er erfuhr, daß die Stargarderobe schon vom Star von der Ostküste belegt war – sowie von ihrer Mama und ihrer Schwester.

»Sie haben unsere Garderobe einem Weibsstück gegeben?« schnauzte er Mr. Deeds an. »Das kommt nicht in Frage. Das ist eine Unverschämtheit.«

»Ging nicht anders«, sagte Mr. Deeds. »Das hat sie im Vertrag. Nur dieses eine Mal.«

»Aber einem Weibsstück!« sagte Gruff Gordon. »Das sehe ich mir nicht mit an.«

»Dann mach die Augen zu«, sagte Mr. Deeds. »Es läßt sich nicht ändern. Und wenn es dir nicht gefällt, weißt du, was du machen kannst.«

Er hatte den epileptischen Blick drauf, den er jedesmal vor einer Show kriegt, wenn nicht alles nach Plan läuft.

»So was Perverses«, sagte Gruff Gordon. »Weiber im Ring.«

Ich beobachtete sie durch einen Riß in der Wand der winzigsten, schäbigsten Abstellkammer in den ganzen Ladywell Baths. Und ich freute mich wie ein Schneekönig. Die Schwergewichtler halten sich immer für die Größten.

»Wo ist das andere Weib?« fragte Gruff Gordon.

»Eva?«

»Eva doch nicht«, knurrte er. »Die Hübsche. Ich hab sie noch nicht gesehen. Sie ist spät dran.«

»Frag Eva«, sagte Mr. Deeds. »Aber nimm dich in acht, sie hat zwei Riesenköter in ihrer Garderobe.«

»Fragen Sie sie«, sagte Gruff. »Das ist Ihr Job.« Er war wirklich geladen.

Als Mr. Deeds an meine Tür klopfte, hatte ich schon wieder Grund zur Freude. Normalerweise überfällt er dich nämlich, ohne lange zu fragen. Wenn du dir in diesem Leben Respekt verschaffen willst, brauchst du dir bloß zwei große Hunde anzuschaffen.

Ich ließ ihn ein paar Minuten zappeln. Dann machte ich auf.

»Treten Sie ein«, sagte ich großzügig. Aber er dachte nicht daran. Hätte ich auch gar nicht erwartet – so wie Ramses und Lineker hinter mir lauerten.

»Wo ist deine Freundin, Goldie?« fragte er.

»Keine Ahnung.«

»Sie müßte längst hier sein. Gruff und Pete kommen ohne sie nicht aus.«

Ich schwieg. Sie kam bestimmt nicht, aber von mir sollte er das nicht erfahren.

»Ich dachte, sie wohnt bei dir.«

»Das war einmal.«

»Sie ist aber angekündigt«, sagte er. »Ich habe ihr einen Vorschuß gegeben.«

Ich hätte sagen können »eigene Doofheit«, aber ich sagte nichts. Ich hätte ihm aufzählen können, was ich ihr alles gegeben hatte. Aber ich schwieg. Ich wollte mir nicht die Lippen besudeln.

»Wenn sie auftaucht«, sagte er, »schick sie gleich rüber zu mir.«

»Klar.«

»Ihr seid die zweite Nummer nach der Pause.«

Ich grinste. Eine gute Plazierung. Die beste, die ich je hatte.

»Ich habe mit Miss Lewis geredet«, sagte er. Miss Lewis! Hast du das gehört? »Und sie möchte einen Schulterwurf in der zweiten und einen K.o. in der dritten.«

»Ich weiß.«

»Du hast mit ihr geredet?«

»Klar«, sagte ich. »Wir haben es besprochen.«

»Und keine Dummheiten diesmal, Eva«, sagte er. »Diesmal hältst du dich an die Absprache. Wenn du dir noch einen Ausrutscher leistest, sorge ich dafür, daß du in diesem Beruf kein Bein mehr auf die Erde kriegst.«

Hinter mir fing Ramses zu knurren an.

Er sagte: »Tu mir den Gefallen, Eva. Laß dir doch was sagen.«

»Ich hab schon verstanden«, sagte ich. »Ich bin der Bösewicht. Sie ist Blauäuglein. Sie gewinnt durch einen Schulterwurf in der zweiten und einen K.o. in der dritten.«

»Und die verdammten Köter bleiben in der Garderobe.«

»Okay.«

Ich machte die Tür zu. Am liebsten hätte ich getanzt. Mr. Deeds schwitzte Blut und Wasser. Herrlich.

»Und ihr beiden Prachtkerle«, sagte ich zu Ramses und Lineker. »Ihr macht mir alle Ehre. Im Ernst.«

Sie starrten mich an, wirkten überrascht. Für Wachhunde hielten sie sich besser, als ich gedacht hatte. Vielleicht lag es daran, daß Ramses nicht er selber war, aber trotz allem benahm er sich wirklich nicht schlecht.

Ich fing an mich umzuziehen. Dabei lasse ich mir gerne ein bißchen Zeit. Alles soll stimmen. Und wenn ich das schwarze Kostüm anziehe, habe ich immer das Gefühl, daß ich mich in die Londoner Killerqueen verwandele. Wenn ich das Schwarz anziehe, werde ich zum Bösewicht.

Die Haare bürste ich mir so, daß sie mir wild vom Kopf abstehen. Manchmal male ich mir die Lippen an. Aber immer schneide ich eine Fratze im Spiegel. Ich dehne Hals und Schultern und schneide eine Fratze, und ich sehe in den Spiegel, und ich sage: »Du bist böse, Mann, was bist du böse! Du bist so böse, daß man dich einsperren müßte.«

Dadurch fühle ich mich erst richtig gemein. Dadurch kriege ich Lust, jeden aufzumischen, der mir in die Quere kommt. Denn ich bin die Böse, und jeder im Publikum soll es glauben. Und ich muß es auch glauben.

Das ist nur der Anfang. Ich habe nämlich noch eine kleine Gewohnheit. Ich ziehe mir den Bademantel an und suche mir ein Plätzchen, von wo aus ich unbeobachtet den Zuschauerraum auskundschaften kann. Ich sehe zu, wie die Leute reinkommen, und ich sehe mir vor meinem Kampf noch einen anderen an. Ich will wissen, was für ein Publikum wir angelockt haben – wie viele

Leute, wie sie sich aufführen. Manchmal mußt du dich richtig abrackern, um sie in Stimmung zu bringen. Manchmal brauchst du kaum den kleinen Finger krumm zu machen, und schon wollen sie Blut sehen.

Ich sage das nur ungern, aber auf dem Gebiet ist Gruff Gordon Meister. Auf dem Gebiet ist er besser als Harsh. Harsh ist der Beste. Harsh ist ein As. Gruff Gordon ist so alt und fett, der könnte keine Eiswaffel niederringen. Aber er kann das Publikum mitreißen, und das kann Harsh nicht. Na ja, vielleicht könnte Harsh es doch, wenn er nicht so ein Purist wäre. Aber er ist nun mal ein Purist, und ihn interessiert nichts anderes als ein schöner Kampf.

Darum tritt Gruff Gordon immer als letzter auf. Wegen ihm bleiben die Leute bis zum bitteren Ende auf den Sitzen kleben. Er schickt die Meute zufrieden nach Hause. Und das liebt die Meute. Ich sage nicht gerne was Nettes über Gruff, weil er so ein Wichser ist, aber fair ist fair. Manchmal geht's eben nicht anders.

Also ging ich los, um mir das Publikum anzusehen.

Es schien kein schlechter Abend zu werden. Die Arena füllte sich schon, und überall raschelte und knisterte es, wie immer, wenn die Leute ihren Spaß haben wollen. Das ist wichtig, weil das Publikum so was Ähnliches ist wie der dritte Mann im Ring – beziehungsweise die dritte Frau. Da bist du, da ist dein Gegner, da ist das Publikum.

Der vierte Mann ist der Ringrichter. Er ist auch sehr wichtig.

Ich traf den Ringrichter, während ich durch den Türspalt das Publikum beobachtete. Er kam auch mal kurz gucken. Ich kenne ihn. Er gehört zu unserer Truppe, er geht mit uns auf Tour.

Er sagte: »Wie ist die Lage?« und löste mich an der Tür ab.

»Nicht schlecht«, sagte er, bevor ich antworten konnte. »Das wird ein guter Abend. Das habe ich im Urin.«

Auf den Urin des Ringrichters ist Verlaß. Er ist schon viel länger dabei als ich. Er ist ein guter Ringrichter. Er weiß, wann er wegsehen muß. Er bringt die Meute zur Raserei. Er ist der Mann, der keinen Vater hat. Er ist der Mann, der einen weißen Stock braucht. Aber er ist auch der Mann, der einen Bösewicht den Bösewicht spielen läßt. Im Ring ist er mein Kumpel.

Er sagte: »Hast du es mit Mr. Deeds besprochen, Eva? Er will...«

»Schulterwurf in der zweiten, K.o. in der dritten. Alles abgeklärt.«

»Okay«, sagte er. Der Ringrichter muß wissen, was läuft, sonst kann er dir nicht helfen.

Ich weiß, was du denkst. Du brauchst es mir nicht zu sagen, ich habe es schon oft genug gehört. Du denkst, Catchen ist Betrug. Ich kann es nicht richtig erklären, aber irgendwie ist es Betrug und irgendwie auch wieder nicht. Du hast recht, und du hast unrecht. Und wenn du es nicht verstehst, kann ich es dir auch nicht erklären. Nehmen wir zum Beispiel mal das Kino. Das ist echt und doch nicht echt, aber darüber beklagst du dich nicht, oder? Du willst eine gute Handlung haben. Du willst gute Schauspieler. Du willst dich überzeugen lassen. Du mußt es glauben können, sonst hast du keinen Spaß daran. Catchen ist genauso – nur anders.

Es waren viele Kinder im Publikum. Ich habe gerne Kinder im Publikum. Sie glauben wirklich daran.

Zum ersten Mal habe ich Catchen gesehen, als ich noch ein Kind war. Das war zu der Zeit, als Ma noch Freunde hatte, die es länger als eine Nacht mit ihr aushielten, und einer von diesen Freunden – ich weiß nicht mehr, wie er hieß oder wie er aussah – hat uns eines Samstagabends zum Catchen mitgenommen. Es war wie im Märchen, und noch Wochen später wäre Ma fast die Wände hochgegangen, so habe ich sie bekniet, weil ich unbedingt noch mal gehen wollte. Aber der Freund verdünnisierte sich, und ich kam erst Jahre später wieder zu einem Kampf.

Manche Kinder träumen wohl davon, auszureißen und zum Zirkus zu gehen. Ja, aber ich war noch nie in einem Zirkus. Aber ich war einmal beim Catchen, und Catchen ist immer mein großer Traum gewesen.

Und jetzt stehe ich hier, ich bin die Londoner Killerqueen, und ich habe einen Kampf gegen Rockin' Sherry-Lee Lewis, den Star von der Ostküste. Da soll noch einer behaupten, daß Träume nicht in Erfüllung gehen.

22

Die Lichter in der Arena gingen aus. Das ist der magische Moment. Die Zuschauer werden leise. Sie sitzen im Dunkeln, und der Ring leuchtet wie der Mond in der Nacht. Der Conférencier betritt den Ring und kündigt den ersten Kampf an – »In der roten Ecke... in der blauen Ecke...« Die Musik fängt an, und die beiden Gegner kommen mit ihren Trainern den Gang herunter.

Die Trainer sind in Wirklichkeit bloß Ordner. Es sind ganz normale Leute wie Harry Richards, die weiße Jacken mit der Aufschrift »Deeds Promotion« anhaben. Meistens sind es ehemalige Catcher, wie Harry. Meisten finden sie den Absprung nicht, genau wie Harry.

Ich ging wieder in meine Garderobe, weil Mr. Deeds jetzt, nachdem es losgegangen war, bald fickerig und hibbelig vor den Türen und im Korridor rumgeistern würde und allen auf die Nerven latschte.

Normalerweise teile ich mir die Garderobe mit der Blonden Bombe. Ich bin nicht daran gewöhnt, vor dem Kampf alleine zu sein, und die Warterei zog sich ziemlich in die Länge.

Also machte ich ein paar Dehnübungen. Harsh macht das auch immer – so bleibst du warm und locker. Aber die Zeit klebte wie Kaugummi, und ich hatte schon alle Übungen durch, als noch nicht mal der erste Kampf vorbei war.

Die Hunde sahen mir zu. Vielmehr sah Lineker mir zu. Ramses machte nicht den Eindruck. Er hatte eher einen wütenden, jähzornigen Ausdruck im Gesicht, und ich dachte mir: »So sollte die Londoner Killerqueen auch aussehen.« Aber als ich in den Spiegel sah, stellte ich fest, daß ich längst genau die gleiche Miene aufgesetzt hatte.

Ich wollte jetzt sofort in den Ring.

Ich wollte nicht warten.

Ich hasse das Warten.

Meine Muskeln kribbelten und brannten.

Ich war bereit.

Wieso wurden die anderen nicht fertig?

Ein Schulterwurf in der zweiten und ein K.o. in der dritten.

Na schön, na gut, aber keiner hatte was davon gesagt, daß ich es ihr zwischendurch nicht zeigen durfte. Da hatte keiner was von gesagt, stimmt's?

Nachdem ich meine Glieder noch ein bißchen hin- und hergeschlackert hatte, ging ich in den Korridor. Es ist schwer, stillzuhalten, wenn du kampfbereit bist.

Ich konnte die Zuschauer hören – richtig begeistert waren sie zwar noch nicht, aber sie wurden langsam warm. Flying Phil Julio in seiner blaugelben Robe tigerte nervös hin und her, weil er als nächster dran war.

Ich sagte: »Wo ist Harsh?«

»Mit bei uns«, sagte Phil. »Schöner Mist mit den Garderoben. Sherry-Lee Lewis hat Gruff und Pete aus ihrer Garderobe geschmissen, also haben sie uns aus unserer geschmissen, also sind wir jetzt bei den Mittelgewichtlern, also ist es ganz schön eng. Dad erzählt Geschichten aus der guten alten Zeit, und Harsh verkörpert mal wieder persönlich alle Geheimnisse des Fernen Ostens. Was ist der Kerl für ein Wichser. Der ist so ein Weltmeister, der könnte für die Nationalmannschaft wichsen. Er sitzt mitten im Zimmer auf dem Fußboden, wo jeder über ihn stolpern muß, und meditiert. *Meditiert!* Ist denn das zu fassen?«

»Doch«, sagte ich. »Aber das ist zu hoch für dich.«

»Mitten auf dem Fußboden? Das ist wirklich zu hoch für mich. Der holt sich noch Hämorrhoiden, wenn er nicht aufpaßt. Geschieht ihm recht.«

Ich mußte lachen, ob ich wollte oder nicht. Eigentlich sollte ich nicht lachen, weil Harsh etwas Besonderes ist. Aber Flying Phil ist schon seit seinem vierzehnten Lebensjahr auf Tour. Sein Vater hat ihn damals aus der Schule losgeeist, und deshalb hat er nicht viel Bildung abgekriegt. Von einem solchen Ignoranten kannst du nicht verlangen, daß er einen wie Harsh versteht.

In dem Augenblick kam Mr. Deeds schäumend durch den Korridor getobt. »Fünf Minuten, Phil, fünf. Los, aber dalli. Hol deinen Dad und die Wolverines. Keine Trödelei. Tempo, Tempo.«

»Klar, klar«, sagte Phil und trödelte los, wie ein Kind, das in die Schule sollte.

»Kein Respekt«, murmelte Mr. Deeds. »Der Junge hat überhaupt keinen Respekt.«

Als er mich entdeckte, sagte er: »Wo bleibt deine Freundin, Eva? Sie ist noch nicht da, und wenn sie nicht mehr kommt, ruiniert sie uns alles.«

Irgendwie hatte ich einen Kloß im Hals, weil er mich schon wieder nach Goldie fragte, also sagte ich nichts.

»Mit den Mädchen heutzutage soll sich einer auskennen«, sagte Mr. Deeds. »Du tust ihnen einen Gefallen, und sie treten dir in die Fresse.«

Er stand da und kochte vor sich hin, und ich ging das Klo suchen. In meiner Besenkammer war keins. Sherry-Lee Lewis hatte bestimmt eins in ihrer Garderobe, aber ich hatte keine besondere Lust, sie zu fragen. Schließlich wollte ich sie nach Strich und Faden fertigmachen, da konnte ich sie doch nicht um einen Gefallen bitten. Bei großen Stars mußt du an deine Manieren denken.

Das Gemeine ist nämlich, daß die Männer immer alle Klos mit Beschlag belegen, und manchmal kannst du ewig nach einem stillen Örtchen suchen. Die erwarten von uns Frauen, daß wir sogar an einem kalten Abend eine Blase aus Gußeisen haben, und das ist nicht fair. Vielleicht beschwere ich mich eines Tages, wenn ich reich und berühmt bin. Wenn du nicht reich und berühmt bist, kannst du dir deine Beschwerden in die Haare schmieren. Dann raten sie dir nämlich bloß, du sollst dir einen Korken reinstecken, was dich nur noch mehr auf die Palme bringt.

Mir blieb schließlich nichts anderes übrig, als quer durch das Foyer zu gehen, am Kartenschalter vorbei, zum Zuschauerklo. Ein paar Nachzügler, die noch eintrudelten, stießen sich an und zeigten mit dem Finger auf mich. So ganz allmählich werde ich bekannt. Wirklich. Ein tolles Gefühl.

Eine Frau am Kartenschalter drehte sich um. Ich hätte sie von hinten erkennen müssen – von hinten ganz besonders. Einmal ein Bulle, immer ein Bulle, sage ich immer.

Hätte ich sie gleich erkannt, wäre ich vielleicht weniger versessen darauf gewesen, selber erkannt zu werden. Vielleicht wäre ich einfach durchs Foyer geflitzt. Aber ich bin eine sehr auffällige Erscheinung. Wenn du so gebaut bist wie ich, flitzt es sich nicht so leicht.

»Hallo«, sagte sie. »Ist Ihre Freundin schon da?«

»Keine Zeit«, sagte ich und steuerte auch schon das Klo auf der anderen Seite der Halle an.

Die bescheuerte Tussi mußte aber auch überall auftauchen. Immer, wenn ich mich umdrehte, stand sie da. Wie ein Bulle eben.

Als ich im Klo fertig war, ging ich durch das Foyer hinter die Bühne. Und ob du's glaubst oder nicht, da war sie schon wieder, im Korridor vor den Garderoben.

»Hauen Sie ab!« sagte ich. »Sie haben hier nichts zu suchen. Sie nicht.«

Sie grinste mich an, ziemlich freundlich eigentlich, aber es brachte mein Blut in Wallung. Schließlich trug ich Schwarz. Und wenn ich Schwarz trage, kann von mir keiner Nettigkeiten erwarten.

»Hören Sie«, sagte sie. »Hören Sie doch bitte einen Augenblick zu. Ihre Freundin Eleanor ist in sehr schlechte Gesellschaft geraten.«

»Verpissen Sie sich«, sagte ich. »Und hören Sie mir bloß auf mit schlechter Gesellschaft.«

»Ich meine doch nicht Sie«, sagte sie. »Soweit ich weiß, haben Sie ihr nie etwas getan.«

»Das sagen Sie besser ihr. Sie sollten mal sehen, was sie mit mir gemacht hat.«

»Ich hab's gesehen«, sagte sie. »Sie wissen ja, ich bin Privatdetektivin. Habe ich Sie nicht gewarnt? Ja oder nein?«

Sie hatte mich gewarnt. Das mußte ich zugeben.

»Ist ja auch egal«, sagte ich. »Trotzdem haben Sie hier nichts verloren. Außerdem verschwenden Sie nur Ihre Zeit. Sie kommt nicht. Die traut sich nicht mehr in meine Nähe.«

»Und wenn sie sie zwingen?«

»Wer?«

»Verstehen Sie denn nicht?« sagte sie. »Sie macht alles, um zu beweisen, daß der Sänger und seine Familie und Freunde ihr noch trauen können. Count Suckle. Schon mal gehört, den Namen? Haben Sie noch keinen Blick in den Zuschauerraum geworfen? Die Truppen sammeln sich.«

»Was für Truppen? Was faseln Sie da?«

Da kam Harry aus der Arena. Er machte ein besorgtes Gesicht.

Er sagte: »Yo, Miss Lee.«

»Hallo, Mr. Richards«, sagte sie.

»Sie dürfen sich hier nicht aufhalten«, sagte Harry. »Die Öffentlichkeit hat hinter der Bühne keinen Zutritt. Ich könnte Scherereien mit dem Boß kriegen, Miss Lee.«

»Okay«, sagte sie. »Aber sagen Sie Eva, wen Sie im Zuschauerraum gesehen haben. Wenn Goldlöckchen auftaucht, könnte ihr etwas passieren.«

Sie ging zurück ins Foyer.

»Neugierige Kuh«, sagte ich.

»Sie ist nicht übel, Eva«, sagte Harry. »Sie behandelt einen alten Mann mit Respekt. Nicht so wie du, Eva. Du hast eine messerscharfe Zunge.«

»Ich bin doch die Böse, Harry.« Plötzlich war ich sehr traurig. Ich weiß auch nicht warum.

»Auf den Brettern, da bist du die Böse«, sagte Harry. »Nur im Ring, sonst nicht. Das solltest du unterscheiden können, Eva. Du solltest auf deine Freunde hören.«

»Das mach ich doch, Harry«, sagte ich. Ich war immer noch sehr traurig. Weil Harry plötzlich wie ein alter Mann aussah und wie ein alter Mann redete, und weil er aussah, als wäre er ganz weit fort. Wie meine Oma, als sie gestorben ist.

»Dann sieh dich lieber vor«, sagte Harry. »Weil wir nämlich einen Haufen Chinesen im Publikum haben. Für mich sieht ja einer wie der andere aus, Eva, aber du solltest dich mal fragen, was du Mr. Cheng getan hast. Chinesen kommen nicht zum Catchen, Eva. Das weißt du selber.«

»Scheiße!« sagte ich, weil ich schon fast vergessen hatte, daß ich mit dem Astra ins Beijing Garden gebrettert war. Es schien schon so lange her zu sein. Ich hatte gedacht, es wäre Auge um Auge. Ich hatte gedacht, wir wären quitt.

»Was hast du gemacht, Eva?«

»Scheiße«, sagte ich noch einmal. »Einen Scheißdreck habe ich gemacht, Harry. Ich habe nichts gemacht, was die Chengs nicht vorher mit mir gemacht haben. Das ist nicht mein Krieg, Harry. Das ist ein Krieg zwischen den Chengs und Count Suckle. Warum wollen die mich alle mit reinziehen?«

»Du ziehst dich selber rein, Eva. Du markierst den starken Mann, du reißt die Klappe auf, wenn du besser kleine Brötchen backen solltest.«

»Hör auf, Harry. Ich bin nicht der Bösewicht. Wo sind Mr. Cheng und Tante Lo? Wo ist Count Suckle?«

Harry sah mich an, aber er wußte keine Antwort.

»Und wo war denn Bermuda Smith an dem Abend, als ihr die Randale hattet? Er wußte, daß was in der Luft lag, weil du es wußtest. Warum wolltest du sonst, daß ich aushelfe? Das sag du mir mal, Harry. Wo sind die großen Bosse? Es ist ihr Krieg. Aber sie kämpfen nicht, Harry. Die doch nicht. Die sitzen zu Hause. Die bleiben am Leben. Wir können es ausbaden. Wir sind die Soldaten. Die toten Soldaten, Harry.«

»Es gefällt mir nicht«, sagte Harry. »Zu viele Soldaten da draußen, die mir gar nicht gefallen.«

Er latschte auf seinen großen Plattfüßen weg und ließ mich stehen.

»Sag den Kollegen in der Arena Bescheid, Harry«, rief ich ihm nach.

»Ich sag's ihnen«, rief er zurück. »Dafür sind wir ja hier – als Ordner. Paß auf dich auf, Eva.«

Ich war nicht mehr glücklich. Meine Muskeln waren kalt, und die Zähne taten mir weh.

Aber die Zuschauer hörten sich zufrieden an. Alles kreischte und schrie durcheinander. Es klang, als ob die Julios und die Wolverines sie ganz schön aufheizten. Was sicher so aussah, daß die Wolverines Flying Phil in den Boden spitzten. Flying Phil war der liebe Junge, der von zwei gemeinen, alten Schlägern fertiggemacht wurde, während sein Vater nur hilflos zusehen konnte. Die Julios waren die Blauäugigen, die sich an die Regeln hielten. Die Wolverines hielten Phil in der Ringmitte fest, wo sein Vater ihn nicht abklatschen konnte, und sie verrollten ihn so lange, bis die Zuschauer völlig außer Rand und Band waren. Dann gelang Phil mal wieder eine wundersame Flucht, damit zur Abwechslung mal Danny die Wolverines ein bißchen jagen konnte, und so weiter und so fort.

An einem anderen Tag hätte ich mir das Spektakel bestimmt angesehen, aber mir taten die Zähne weh, und mir war so kalt, daß ich wieder in die Garderobe ging.

Lineker schlief unter der Bank, aber Ramses hatte sich nicht vom Fleck gerührt, seit ich gegangen war, und beobachtete mit seinen wütenden, gelben Augen die Tür. Er wirkte aufbauend auf mich, dieser Hund. Ich tätschelte ihm den Kopf, und er schnappte nach meiner Hand.

»Braver Junge«, sagte ich. Es ging mir schon wieder besser. Nur gut, daß er noch den Maulkorb umhatte.

Ich wärmte mich noch einmal auf. Die Zeit schleppte sich dahin. Immer dasselbe Spiel. Vielleicht sollte ich erst kurz vor dem Auftritt antanzen und mich nicht so früh kampfbereit machen. Aber ich kann einfach nicht anders. Es ist zu aufregend. Ich will jedes Minütchen in eine kleine Schachtel tun, für spät abends, wenn ich ganz alleine bin. Ich will die Geräusche und die Gerüche und das sprudelnde Gefühl in der Brust auf Flaschen ziehen, weil du später, in der Nacht, wenn du ganz allein bist, gar nichts mehr hast. Gar nichts. Das hier ist immerhin etwas. Das ist es, was dir das Herz gegen die Rippen knallen läßt. Und das will ich haben.

Sie wollten es mir wegnehmen. Ich konnte sie da draußen fühlen – die Chengs, die Suckles, die Bullen. All die Mr. Deeds, all die alten Männer, die Mas und Omas – alle, wie sie da sind. Die nehmen dir immer alles weg. Vielleicht haben sie auch mal ihre Chance gehabt. Vielleicht haben sie sie versaut. Wen kümmert es? Aber mir klauen sie meine Chance nicht. Mir nicht. Sie ist wirklich. Diese Chance ist das einzige, was wirklich ist.

Die Pause kam und ging.

Dann war Harsh an der Reihe.

Nach Harsh kam ich. Und Rockin' Sherry-Lee Lewis. Wir zwei. Da draußen. In dem Ring, der wie der Mond in der Nacht leuchtete.

Ich ging mir Harsh ansehen.

Es lohnt sich, sich Harsh anzusehen. Er ist einfach himmlisch. Diese Balance, dieser Rhythmus. Ich kann nicht verstehen, wie sich die Zuschauer immer unterhalten und vollstopfen können, wenn er kämpft. Na ja, eigentlich kann ich es mir doch vorstellen. Sie verstehen einfach die Feinheiten nicht. Darum. Sie sind Idioten. Schwachköpfe.

»Ja, ja«, sagen sie. »Das ist echtes Ringen.« Und dann gehen sie los und holen sich noch ein Bier von der Bar und eine Tüte Chips für die Kleinen.

Hinter mir bewegte sich etwas. Es war Sherry-Lee Lewis.

»Wer ist denn der?« fragte sie.

»Das ist Harsh«, sagte ich stolz. »Er ist mein Kumpel. Er war mein Lehrer.«

»Echt?« sagte sie. Sie sah mit zusammengekniffenen Augen zu. Dann wickelte sie sich die Satinrobe um die Schultern und drehte sich um.

»Tja, Spätzchen«, sagte sie über die Schulter. »Er hinterläßt uns auf jeden Fall noch einen Haufen Arbeit.«

Und sie ging. Ihre Mama tauchte aus dem Dunkeln auf und folgte ihr.

Blöde Kuh. Eigentlich nicht. Ich wußte ja, was sie meinte, aber sie hätte es nicht sagen sollen.

Ich wippte mit den Fußballen. Ich konnte nicht stillstehen. Kitzelige kleine Würmer kribbelten mir unter der Haut rum, und dann hatte ich ja auch noch das Gesprudel in der Brust.

Ich ging wieder in die Garderobe. Nur noch ein paar Minuten.

Vom Ende des Korridors hörte ich Mr. Deeds' Stimme. Zuerst klang er erleichtert.

Er sagte: »Na, endlich.«
Und dann: »Du bist spät dran.«
Und dann: »He, die kannst du aber nicht mit reinbringen.«
Ich verschränkte die Arme vor der Brust und blieb vor der Garderobentür stehen. So ein eiskaltes Luder! Sie war tatsächlich aufgekreuzt.
Soll sie ruhig kommen, dachte ich. Mir war sie scheißegal.
Als erstes sah ich Mr. Deeds. Er sah aus, als ob er rückwärts rannte.
Dann sah ich, daß ihn drei Schwarze schubsten.
Dann sah ich Goldie.
Goldie sah mich.
Sie zeigte mit dem Finger über Mr. Deeds' Schulter. Sie sagte: »Das ist sie!«
Alle blieben wie angewurzelt stehen. Ich starrte Goldie an, aber sie sah mich nicht an. Ihre Augen waren trübe. Tote Tieraugen, dachte ich, totes Tier.
Mr. Deeds sagte: »Kommt, Jungs. Das können wir doch später regeln. Ich spendiere Freikarten für alle. Was sagt ihr?«
Einer von den Typen sagte: »Deine Freikarten kannst du dir an den Hut stecken, Mann. Wir wollen die da.«
Mr. Deeds sagte: »Okay, okay. Ihr könnt sie haben. Aber nach der Show. Okay? Sie muß in einer Minute raus.«
Ich sah Goldie an. Aber sie konnte mich nicht ansehen.
»Hast du das gewollt?« sagte ich.
Sie sagte nichts.
»Hast du das gewollt?«
»Schrei mich nicht an«, sagte sie. »Immer schreist du mich an.«
Dann sah sie mich an. Es war alles so verkehrt.
Sie war so schön. Sie hatte Tränen in den Augen, die ihr über die dichten, dunklen Wimpern kullerten. Und sie hatte eine große, häßliche Schramme auf dem Backenknochen.
»Was haben sie mit dir gemacht, Kleines?« fragte ich.
»Gar nichts«, sagte sie. »Gar nichts, gar nichts, gar nichts. Ich bezahle nur deine Schulden.«
Mr. Deeds sagte: »Los, Jungs. Tut mir die Liebe. Kommt spä-

ter wieder, und wir regeln alles. Eva muß in einer Minute antreten.«

»Ja«, sagte einer der Typen. »Sie muß antreten. Und zwar gegen uns.«

Da kam Harsh die Treppe aus der Arena runter. Er hatte seinen Gegner, Harry und noch einen sogenannten Trainer bei sich. Sie blieben stehen.

Harry sagte: »Ach du lieber Himmel. Suckles Soldaten, Eva. Hab ich's dir nicht gesagt?«

Harsh sagte: »Was ist hier los?«

»Es ist wegen Eva«, sagte Mr. Deeds. »Irgendein Mißverständnis. Diese Herren wollen nicht, daß sie auftritt.«

»Stimmt genau«, sagte der eine Typ. »Sie ist erledigt. Sie kommt mit uns. Keine Widerrede, kein Theater.«

In dem Augenblick tauchte Rockin' Sherry-Lee Lewis, der Star von der Ostküste, auf. In ihrer rot-weiß-blauen Satinrobe schwebte sie auf meine Tür zu. Sie war eine Kante von einer Frau. Das habe ich hoffentlich schon erwähnt. Größer als Harsh, größer als Harry, größer als zwei von den Typen, die Goldie angeschleppt hatte.

Da hörte ich meine Musik. Habe ich schon was von meiner Musik gesagt? Für mich spielen sie immer »Satisfaction«, mit jeder Menge Blech und Geschepper, aber ohne Text.

Das war es.

Ich sagte: »Ich gehe.«

Der eine Schwarze sagte: »Du bleibst.«

Und er zog ein aufgeklapptes Rasiermesser aus der Tasche.

Schweinehund.

Wie schon gesagt. Alle wollen sie mir was wegnehmen.

Sherry-Lee Lewis sagte: »Brauchst du Hilfe, Mäuschen?«

»Verpißt euch, und zwar alle«, sagte ich.

Rückwärts drückte ich mich in die Garderobe und knallte die Tür hinter mir zu. Ich band Ramses und Lineker los. Ich schnappte mir den Seesack.

Ich hatte Ramses' und Linekers Ketten in der einen Hand und den Seesack in der anderen.

Die Tür flog auf.

Die drei Typen wollten rein. Der Schweinehund mit dem Rasiermesser als erster. Suckles Soldaten. Seine Fußtruppen.

Ramses machte einen Satz. Um ein Haar hätte ich mich auf den Hintern gesetzt. Der Schweinehund mit dem Rasiermesser sprang zurück.

In ihrer Panik trampelten sie sich gegenseitig nieder. Suckles Waschlappen.

»Ja!« schrie ich.

Wir kamen rausgeschossen – Ramses, Lineker und ich. Ich schwang den Seesack mit den Suppendosen und den Bolas. Es war mir scheißegal, wer etwas abbekam. Wer mir in die Quere kam, hatte es nicht anders verdient.

»Los, Jungs«, rief ich den Hunden zu.

»Los!« rief ich Harry zu. »Los geht's!«

Und wir gingen. Die Treppe hoch. Durch die Tür. Raus in den Gang.

Ganz weit unten lag der Ring.

Sie spielten meine Musik.

Ich konnte es spüren – bis ganz runter in die Zehenspitzen. Die Hunde, die mir fast den Arm ausrissen. Die Hitze. Die Dunkelheit. Die Zuschauer, die sich umdrehten, die sich den Hals verrenkten, um mich herabsteigen zu sehen.

»Das gehört mir«, sagte ich. »Das nimmt mir keiner weg. Keiner.«

»*Die Londoner Killerqueen*«, schrie der Conférencier im Ring.

Die Meute fing an zu grölen und zu buhen und zu pfeifen, wie immer.

»Schnauze!« schrie ich zurück. »Was bildet ihr euch eigentlich ein!«

»Yak-yak-yak«, machte Lineker.

»Ro-ro-ro«, machte Ramses.

Und während wir herunterstiegen, drehte die Meute vollends durch.

»Guck mal, die Hunde«, brüllte sie.

»Sie hat sich Hunde mitgebracht!«

»Das Tier hat sich Hunde mitgebracht! Ha-ha-ha!«

»Haltet die Fresse«, schrie ich. »Alle, wie ihr da seid.«

»Du Monster!« brüllten sie zurück. »Du Schlampe. Du Kuh. Du Drecksstück!«

»Ro-ro-ro«, machte Ramses.

Es war ein guter Auftritt, ich kann es nicht anders sagen. Mein allerbester Auftritt aller Zeiten. Ich wollte ihn ausgiebig genießen, wollte ihn richtig in die Länge ziehen. Und doch hörte ich irgendwo im Hinterkopf schon eine Stimme, die sagte: »Präg es dir ein. Das ist die Nacht, in der du in den alten Ladywell Baths gegen Rockin' Sherry-Lee Lewis gekämpft hast.«

Aber die Hunde kugelten mir die Arme aus, es ging alles viel zu schnell, und schon stand ich am Ring, gefolgt von Harry, der japsend hinter mir hergewatschelt kam.

Ringrichter und Conférencier traten an die Seile. Beide machten ein erstauntes Gesicht.

Der Conférencier sagte: »Was soll denn das werden?«

»Aus dem Weg«, sagte ich.

»Kommt nicht in Frage«, sagte der Ringrichter. »Keine Hunde in meinem Ring.«

»Harry kann sie ja halten«, sagte der Conférencier.

»Nicht mit mir, Boß«, sagte Harry und wich zurück.

»Du Tier!« schrie jemand aus dem Publikum. Und die vordersten Reihen nahmen den Schrei auf. »Du Tier! Du Tier!«

»Kretins!« schrie ich zurück. Und ich führte die Hunde einmal um den Ring spazieren. Alle sollten mich sehen. Die Chengs, die Suckles, die Schweinehunde mit ihren Rasiermessern, die Goldies, alle, die mich aufhalten wollten.

»Du Tier!« kreischten sie. »Du Miststück!«

»Erstklassige Show«, sagte der Ringrichter. »Prima gemacht. Aber trotzdem kommst du mir nicht mit den Hunden in den Ring.«

Er hatte irgendwie recht. Um ehrlich zu sein, hatte ich jetzt, wo wir am Ring waren, selber keine Ahnung, was ich mit ihnen machen sollte.

Da änderte sich die Musik.

Es war wie eine Explosion. »Great Balls of Fire« knallte in voller Lautstärke aus den Boxen. Ich zuckte zusammen. Die Hunde bellten lauter.

Der Conférencier latschte in die Ringmitte und knipste das Mikro an.

»Auf besonderen Wunsch«, schrie er. »Extra für uns angereist aus dem hohen Norden, der weibliche Schwergewichtschampion aus *Newcastle*, die einzigartige, die einmalige Rockin' Sherry-Lee Lewis, der Star von der Ostküste.«

Und sie kam herabgestiegen. Ich muß schon sagen – ein Wahnsinnsanblick. Die rot-weiß-blaue Robe flatterte wie eine Fahne an einem windigen Tag hinter ihr her. Die roten Haare schienen elektrisch zu sprühen. Die weiße, weiße Haut fing das Licht auf, und sie strahlte, als ob sie von innen erleuchtet wäre.

Sie hatte zwei Trainer – auf jeder Seite einen, und hinter ihr kamen ihre Mama und ihre Schwester. Ich muß es zugeben – sie sah ehrlich wie eine Königin aus, wirklich majestätisch und würdevoll.

Die Zuschauer spendeten ihr tosenden Beifall. Wer der Londoner Killerqueen zeigen will, was eine Harke ist, kann sich immer auf donnernden Applaus gefaßt machen.

Sie behandelte mich wie Luft. Sie ging schnurstracks an Ramses, Lineker und mir vorbei, als ob es uns gar nicht gäbe. Mit einem geschmeidigen Griff hatte sie sich hochgezogen und über die Seile geschwungen. Sie war da. Der Ring gehörte ihr.

Mit hocherhobenen Armen ging sie einmal herum, sie winkte und jubelte, als ob sie schon gewonnen hätte. Und die Meute betete sie an. Alles stand auf und jubelte ihr zu.

Was für ein Star.

»Sehr imposant!« schrie ich zu ihr hoch. »Und was machst du als Zugabe? Dir in die Hose?«

Sie kam an die Seile.

»Ach, bist du das, Täubchen? Ich habe dich da unten gar nicht gesehen.«

Ha-ha-ha, daß ich nicht lache.

»Willst du nicht raufkommen?« sagte sie. »Ich kann mich schließlich nicht den ganzen Abend mit mir selbst beschäftigen.«

»Das machst du doch gar nicht schlecht«, sagte ich. »Nur kannst du davon blind werden. Das sagt der Onkel Doktor.«

»Freches Ding«, sagte sie. »Gib deine Hundchen meiner Mama. Die paßt schon auf sie auf.«

Das war wirklich allererste Sahne.

»Einverstanden, Mrs. Lewis?« sagte ich.

Mrs. Lewis sah mich an, sie sah die Hunde an. Sie seufzte. Sie nahm die Ketten und ging in die erste Reihe. Vier Männer und eine Frau standen sofort auf, um ihr Platz zu machen. Sie setzte sich hin.

»Platz, ihr Köter«, schnauzte sie Ramses und Lineker an. Die Frau kläffte lauter als die Hunde. Na, schließlich war sie ja auch Sherry-Lee Lewis' Mutter – sie mußte einfach was Besonderes an sich haben.

23

Ich klettere nie durch die Seile – ich springe im Salto darüber. Dadurch wirke ich gefährlicher. Dadurch fühle ich mich bereit. Ich landete auf den Zehen und schlenderte gemächlich in die Ringmitte.

Ein Typ aus der Menge brüllte: »Ej, du Tier, mein Gekröse sieht besser aus als deine Visage!«

»Dann komm rauf«, sagte ich. »Und zeig uns, was du in der Hose hast.«

Sherry-Lee Lewis sagte: »Was war denn das hinter der Bühne für ein Aufruhr?«

»Was Persönliches«, sagte ich. »Bloß ein paar Kerle, die mir ans Leder wollten.«

Der Ringrichter kam an und tat so, als ob er uns die Regeln erklärte.

»Was ist los, Eva?« sagte er. »Ziemlich viele fremde Gesichter da unten.«

»Ja.«

»Besser, Sie schmeißen sie heute abend nicht aus dem Ring, Miss Lewis«, sagte er zu Sherry-Lee Lewis. »Sieht so aus, als ob sie da draußen Scherereien kriegt.«

»Okay«, sagte sie.

»Mich aus dem Ring schmeißen«, sagte ich. »Probier's doch.«

»Fangen wir an«, sagte der Ringrichter und ging zur Seite.

Wir verzogen uns in unsere Ecken. Ich sah zu Harry runter, und er sah zu mir hoch. Vor ein paar Jahren hätte er zu mir runtergesehen und ich zu ihm hoch. Es kam mir so vor, als ob ich heutzutage immer traurig wurde, wenn ich Harry sah.

»Kopf hoch, Harry«, sagte ich. »Wir werden das Kind schon schaukeln.«

»Toi, toi, toi, Eva«, sagte er.

Der Gong kam, ich wirbelte herum und stolzierte auf Sherry-Lee Lewis zu.

Wir gingen in die Hocke. Ein paarmal umkreisten wir uns.

Ich visierte ihre Füße und Beine an. Sie hatte tolle Beine – jede Menge Kraft in den Waden- und Schienbeinmuskeln. Allerdings wirkte sie ein bißchen langsam.

Ich machte einen Satz, sie wich aus. Ja, ein bißchen langsam schon, aber so lahm nun auch wieder nicht.

Sie machte einen Satz, ich wich aus.

Wir machten beide einen Satz, prallten zusammen und packten uns bei den Schultern. Sie wollte mir die Arme wegdrücken. Ich wollte ihr die Arme wegdrücken. Kein Erfolg.

Ich wollte sie mit einem Ruck an mich ranziehen. Sie bewegte sich keinen Fingerbreit. Wir blieben in der Schultergriffstellung.

Ich probierte es noch einmal. Die Idee war, sie an mich ranzuziehen und an mir vorbeizuschleudern. Wenn sie an mir vorbeifliegt, stelle ich ihr ein Bein und ringe sie nieder. Eine einfache Übung.

Die Wucht, mit der ich an ihr riß, hätte ausgereicht, um die Blonde Bombe in die obersten, hintersten Ränge zu befördern. Aber die Blonde Bombe ist ein Ersatzteillager. Sherry-Lee Lewis ist ein As.

»Mußt dich schon ein bißchen anstrengen, Spätzchen«, sagte sie und kam ein kleines Stückchen auf mich zu, aber nicht viel. Sie machte ein paar Schritte nach rechts.

Dann ließ sie sich ohne Vorwarnung auf ein Knie fallen und griff nach meinem rechten Fußgelenk. Ich riß den Fuß hoch, wirbelte auf dem anderen Bein herum und landete auf ihrem Rükken. Sie wälzte sich unter mir weg, und wir sprangen beide wieder auf.

»Kinderkram«, sagte ich.

»Stimmt, Kleines. Das mache ich auch nur bei Kindern.«

Wir gingen wieder in den Clinch. Mit aller Kraft. Sie hatte die eine Hand auf meinem Oberarm und die andere in meinem Nakken. Ich wollte nach ihren Ellenbogen packen. Wir stießen mit den Köpfen zusammen. Ich konnte ihr Deo riechen.

Ihr Griff war fester, und sie zog mich langsam nach unten. Ich wehrte mich. Sie legte zu. Ich ließ plötzlich los, setzte mich hin und schlang ihr im Niedergehen die Arme um die Knie. Wieder rollte sie sich im Fallen ab, und wieder sprangen wir auf.

Langsam lernten wir uns kennen.

Der Ringrichter sagte: »Habt ihr euch jetzt genug beschnuppert? Bringt mal ein bißchen Leben in die Bude, Mädels.«

Wir umkreisten uns. Ich machte eine Finte und tat so, als wollte ich ihre Arme packen. Als sie zurückwich, fiel ich auf ein Knie und packte sie an den Fußgelenken. Ich riß sie um, und sie knallte mit solcher Wucht auf den Rücken, daß die Bretter zitterten.

»Uuuh«, machte die Menge.

Ich stürzte mich auf sie. Sie bekam die Knie hoch und fing mich mit den Füßen auf. Sie gab mir einen Tritt, und ich machte eine Rolle vorwärts über sie hinweg.

»Aaah«, machte die Menge.

Tolles Timing. Gut gemacht. Und es sah gut aus.

Mit einer Unbekannten zu kämpfen, muß ungefähr so ähnlich sein, als würdest du mit einem neuen Partner einen Tanz einstudieren. Du mußt dem anderen ein bißchen trauen können, bevor du irgendwelche ausgefallenen Schritte probieren kannst.

Ich landete in der Nähe der Seile auf dem Rücken. Sie landete auf meinen Schultern. Ich zog die Beine an, nahm sie in die Beinschere – meine Knie um ihren Kopf – und riß sie über mich.

Jetzt lag sie auf dem Rücken, und ich kniete auf ihrem Gesicht. Es wurde Zeit für ein paar fiese Tricks. Ich stand auf und fing an, ihr auf den Hals zu stampfen. Das sieht sehr brutal aus und es hört sich schlimm an, aber ich habe sie natürlich kaum berührt.

»Du gemeines, brutales Ding!« kreischte eine alte Dame im Publikum.

Ich zeigte ihr den Stinkefinger und stampfte weiter.

»Oh-oh-oh«, schrie Sherry-Lee.

Das Gute daran war, daß wir ganz am Rand lagen und sie die Seile berührte. Der Ringrichter kam angerannt und sagte: »Auseinander.«

Ich stampfte noch ein paarmal auf sie ein, dann riß der Ringrichter mich weg.

»Betrug!« schrie die Menge.

»Du Tier! Du häßliche, alte Schlampe.«

»Komm rauf und sag das noch einmal«, brüllte ich und beugte mich über die Seile nach unten.

Sherry-Lee erwischte mich am linken Arm und wirbelte mich herum.

»Zeig's ihr«, brüllte die Menge.

»Seile«, sagte sie aus dem Mundwinkel zu mir.

Sie schleuderte mich quer durch den Ring und knallte mich in die Seile auf der anderen Seite. Ich ließ mich rückwärts hineinfallen und kam dann wie mit dem Katapult wieder herausgeschossen. Sie erwischte mich und schmiß mich in die Seile auf der anderen Ringseite. Ich kam langsam in Fahrt – *boing* in die Seile, eine halbe Drehung, *boing* wieder in die Seile.

Als ich genug Fahrt drauf hatte, wirbelte ich uns in der Ringmitte einmal extra herum, und statt mir landete diesmal sie mit dem Gesicht nach vorne in den Seilen. Während sie noch auf der Wäscheleine hing, verkrallte ich die Hände ineinander, sprang in die Höhe und verpaßte ihr einen doppelten Unterarm-Smash in den Nacken. Sie fiel auf die Knie, und ich trat ihr ins Gesicht.

Es war noch ein bißchen früh für so was. Sie kannte mich noch nicht gut genug, um mir zu vertrauen, und es gefiel ihr nicht. Aber ich spielte die Übung zügig durch und tat ihr nicht weh dabei. Sie spürte höchstens, wie meine Stiefelspitze haarscharf an ihrem Kinn vorbeizischte.

Sie war eine Könnerin. Sie flog nach hinten, als hätte ich ihr die Rübe weggetreten.

Ich holte noch einmal aus. Tritte sind meine Spezialität. Sie sind Sache der Bösewichte. Die treten dich noch, wenn du schon am Boden bist.

Die Menge schrie, als ob sie platzen müßte.

Ich trat zu, und sie kippte nach hinten. Ich stellte mich auf ihr Knie, schnappte mir das andere Bein und verdrehte ihr den Fuß. Der Ringrichter kniete sich hin, um nach ihren Schultern zu sehen. Als er wieder schön weit weg war, biß ich ihr in den Knöchel.

Sie kreischte.

»Paß auf, was die da macht!« schrien sie in der ersten Reihe.

Der Ringrichter sah hin. Ich hörte auf zu beißen.

Das ist die Stelle, wo ich mit dem Ringrichter zusammenarbeite. Ich leiste mir alle möglichen schmutzigen Tricks, und er sieht immer weg. Das bringt die Menge auf die Palme.

»Aufpassen, aufpassen, aufpassen«, schreien sie. Er guckt hin. Ich hör auf. Er guckt weg. Ich mache mit meinen schmutzigen Tricks weiter.

»Du sabberst mir das ganze Bein voll«, sagte Sherry-Lee mit schmerzverzerrtem Gesicht.

Also schob ich einen kleinen Ellenbogen-Drop ein, um die ganze Sache etwas aufzulockern. Sie krabbelte weg wie ein Krebs.

Diese Runde gehörte mir. Wenn ich in der zweiten auf die Bretter gehen und mir in der dritten einen K.o. einfangen sollte, wollte ich wenigstens die erste gewinnen. Das Blöde war nur, sie ließ mich nicht. Sie gönnte mir jede Menge schmutzige Tricks wie Beißen und Treten – aber meine richtig guten Griffe ließ sie mich nicht anbringen.

Ich kriegte ihren Kopf zwischen meine Knie und wollte ihr einen schönen Piledriver verpassen, aber als ich sie an der Hüfte hochhob, klemmte sie mir die Knie um den Hals und fiel einfach nicht hin.

Als ich sie mit einem Hipthrow umhauen wollte, riß sie mich mit. Auf alles hatte sie eine Antwort parat, und ich fing langsam an zu kochen. Wegen mir konnte sie glänzen, aber meinst du etwa, sie hätte mir mal einen kleinen Erfolg gegönnt? Sie zischte einfach an mir vorbei, daß mir ihre verdammten roten Haare an der Backe langputzten – als ob ich ein Anfänger wäre oder was.

Andererseits hatte ich aber auch Grund zur Freude. Sie kam nämlich ins Schwitzen. Und als sie mich hochheben wollte, zitterten ihr vor Anstrengung die Beine. Wenn ich es richtig deutete, machte ich ihr mehr zu schaffen, als sie gewöhnt war.

Das einzige, was sie mir gönnte, waren Sprüche.

»Soll das etwa eine Klammer sein?« sagte sie, als ich sie im Schwitzkasten hatte und sie gerade auf den Rücken wälzen wollte. »Da habe ich ja schon bessere Klammern im Klammerbeutel von meiner Mama gesehen.« Und dann machte sie sich blitzschnell los, und ich konnte wieder von vorne anfangen.

Aber ich konnte sie kriegen – ich wußte, daß ich es konnte.

Ich war schneller als sie. Wirklich. Sie war eigentlich schon eine alte Dame. Wenn du nah an sie rankamst, sahst du, daß sie stramm auf die Dreißig zumarschierte.

Aber sie war stark. Meine Fresse, was war die stark! Und nicht nur stark von den Muskeln her, sondern genauso vom Kopf.

Wenn ich bloß öfter mal gegen eine wie sie hätte antreten können. Du lernst überhaupt nichts, wenn du ständig nur mit solchen Luschen wie der Blonden Bombe Ringelpiez spielst.

So ging es eine ganze Weile hin und her. Ich verknotete sie – sie flutschte mir weg. Ich warf sie – sie landete wie eine Katze auf den Füßen und sagte: »Schönen Dank für den Flug.« Kein Wunder, daß ich langsam anfing zu kochen.

Der Ringrichter mußte das gemerkt haben, denn als wir das nächste Mal im Clinch waren, sagte er: »Ach, nun tun Sie der Kleinen doch auch mal was Gutes, Miss Lewis.«

Sie hatte mir die Arme um den Oberkörper geschlungen, und sie hielt mich gepackt wie ein Fleischwolf. Ihr Mund war genau neben meinem Ohr.

»Na, soll ich dem Baby was Gutes tun?«

»Da kann ich drauf verzichten«, zischte ich.

»Baby will nicht«, sagte sie zum Ringrichter. »Baby will es auf die harte Tour.« Sie brachte mich wirklich in Rage.

Sie stemmte die Beine fest auf den Boden und ließ mich auf und ab hüpfen. Als ob ich eine Gummipuppe gewesen wäre. Auf und nieder, immer wieder. Wie ein Baby. Hoppe, hoppe, Reiter.

»Ha-ha-ha«, machte die Menge.

»Ro-ro-ro«, machte Ramses. Ich hörte ihn klar und deutlich.

Ich holte tief Luft und bekam den rechten Arm frei. Ich packte Sherry-Lee Lewis an der Kehle, genau unterm Kinn.

Sie machte weiter Hoppe-hoppe-Reiter mit mir. Sie traute es mir nicht zu. Aber ich brachte es fertig. Ich drückte ihr die Kehle zu. Im Ernst.

»Arrgh«, röchelte sie. Es klang mir wie Musik in den Ohren.

»Was für ein Tier«, schrie die Menge. »Was für ein dreckiges Miststück!«

»Aarrgh-gag-gag«, machte Sherry-Lee Lewis, im Ernst.

Sie ließ los. Blieb ihr ja wohl auch nichts anderes übrig. Sie wurde schließlich gewürgt – im Ernst.

Ich hätte sie einfach umhauen können, aber ich wollte etwas machen, was sie nie vergessen würde. Also machte ich mich an den Body-Slam. Ich packte sie mit der einen Hand unter den Schultern und mit der anderen im Kreuz. Ich stemmte sie hoch, genau wie eine von Sams Hanteln. Ich drückte sie hoch und immer höher – ein sauberer Stoß.

Ich schaffte es. Es war ein Wahnsinn. Ich kriegte es richtig hin, ich hielt sie hoch, über meinen Kopf.

Ich schwang herum. Alle sollten mich sehen. Ich hatte Rockin' Sherry-Lee Lewis in der Hand, und das sollten alle sehen. Ich drehte mich im Kreise. Wenn mir schon schwindelig war, kannst du dir leicht ausrechnen, wie es ihr ging.

Und dann knallte ich sie auf die Bretter.

Und dann schmiß ich mich mit dem ganzen Gewicht auf sie.

Es war ein Schulterwurf, und drei Sekunden gehalten hätte ich sie auch noch, aber da mußte dieser Mistkerl von einem Conférencier auf den Gong schlagen. Ding-dong, Ende der ersten Runde. Der Kotzbrocken, der miese kleine Hundehaufen gönnte mir nicht mal einen kleinen Schulterwurf.

Sie wußte, wie man fiel. Sie hatte sich nichts getan. Aber sie war durchgerüttelt, und ein bißchen sauer war sie auch. Sie ließ sich nicht mal von mir auf die Beine helfen.

Sie sagte: »Bilde dir bloß keine Schwachheiten ein, Baby. Sonst verhau ich dir den Popo, und das wird gar nicht nett.«

Ich hielt ihr den Stinkefinger unter die Nase. »Ich kriege dich, *Baby*. Ich verspeise dich zum Abendbrot.«

Sie schüttelte ihre blöde rote Mähne. »Zahnlos, wie du bist, kriegst du Zwieback und dein Fläschchen, wie immer, Baby.«

Der Ringrichter trennte uns. »Laßt es gut sein, Mädels. Tolle Runde, astreine Runde. Aber jetzt reicht's.«

Sie drehte mir den Rücken zu und ging in ihre Ecke. Dafür, daß sie gerade so schlimm gefallen war, schritt sie noch ganz flott aus.

Ich blieb in der Mitte stehen, als ob der Ring mir gehörte. »Du drehst mir nicht den Rücken zu«, brüllte ich aus vollem Hals. »Das traust du dich einmal und nie wieder, Täubchen.«

»Buuh«, machte die Menge.

»Ro-ro-ro«, machte Ramses, als ob er mich auch ausbuhen wollte.

»Gute Arbeit«, sagte der Ringrichter. »Und jetzt verzieh dich in deine Ecke.«

Bei diesem Spiel kannst du Spaß und Ernst manchmal kaum noch auseinanderhalten.

Harry kletterte in meine Ecke rauf und gab mir ein Handtuch.

»Komm bloß nicht auf dumme Gedanken, Eva«, sagte er. »Ich seh dir doch an, daß du was ausheckst.«

»Keine Tricks, Harry«, sagte ich. »Ich weiß, was sich gehört.«

»Wenn du eines nicht weißt, dann das, Eva. Schon deine Kräfte. Du wirst sie bald noch brauchen.«

Da fiel es mir wieder ein. Kaum zu glauben, daß ich es vergessen konnte. Aber ich hatte mich konzentriert, und so war mir der ganze Schlamassel mit den Chengs und den Rasiermesserfuzzis und Goldie völlig entfallen.

»Sie sind hier überall, Eva«, sagte Harry. »Vielleicht läßt du dir lieber Zeit mit dem Kampf. Hier oben bist du sicherer als da unten.«

Ich warf einen Blick zu Sherry-Lee Lewis rüber. Sie hatte die Arme ausgestreckt und lehnte mit dem Rücken am Pfosten. Sie wirkte völlig entspannt, aber als sie mich ansah, kniff sie die Augen zusammen. Ich merkte, daß ihre Mama mich mit genau demselben Gesichtsausdruck musterte. Sogar Ramses sah mich an, als wäre ich Hundefleisch.

»Ich weiß nicht recht, Harry«, sagte ich. »Allzu sicher sieht es mir hier oben auch nicht aus.«

»Wie schaffst du das bloß, Eva?« fragte Harry traurig. »Du machst dir überall Feinde. Warum? Das Leben ist nicht schön, wenn man nur Feinde hat, die einem Böses wollen.«

Ich wischte mir den Schweiß ab. Ich wußte nicht, was ich sagen sollte, er machte mich so traurig.

»Ich bin doch der Bösewicht, Harry.«

»Aber warum kein guter Bösewicht?« sagte Harry. »Es ist nicht Gottes Wille, daß du ein böser Bösewicht bist.«

»So bin ich eben, Harry. Es liegt nicht an mir. Es liegt an den ganzen anderen Saukerlen. Ich muß böse sein, sonst trampeln sie bloß auf mir rum.«

Ich dachte an den Saukerl mit dem Rasiermesser. Und ich dachte daran, wie Ramses ihn angesprungen hatte, als er in die Garderobe wollte.

»Der Hund weiß etwas«, dachte ich. Der Saukerl mit dem Rasiermesser war es gewesen. Der hatte Ramses aufgeknüpft und Lineker auch. Nur war Lineker zu blöd, sich daran zu erinnern und auf Rache aus zu sein. Aber ich nicht. Und Ramses auch nicht. Ramses verzieh ja noch nicht mal mir, daß ich es nicht verhindert hatte. Mir. Obwohl ich ihn gefüttert und zum Tierarzt gebracht hatte.

Ramses wäre lieber gestorben, als daß er vergeben und vergessen hätte. Genau wie ich.

Während mir noch all das durch den Kopf ging, wurde die zweite Runde eingeläutet, und mitten aus der Arena schrie einer: »Hoffentlich bringt sie dich um, du potthäßliches Monster. Wenn sie es nicht schafft, mache ich es selber.«

»Dann bring aber lieber deine Armee mit«, schrie ich zurück, weil ich plötzlich nicht mal beim Publikum mehr sicher sein konnte, was nun Spaß war und was Ernst.

Und dann erwischte Sherry-Lee Lewis mich von hinten. Sie war aus ihrer Ecke geschossen gekommen wie eine Kanonenkugel und traf mich voll im Rücken, so daß ich halb über die Seile ging. Mir blieb die Luft weg. Krach, wusch.

Sie riß mich an den Haaren und am Hosenboden aus den Seilen und knallte mich gegen den Pfosten in der Ecke.

Sie packte mich beim Arm, schleppte mich in die Ringmitte und riß mich an den Füßen, als ob mein Arm ein Peitschengriff gewesen wäre. Ich schlug ein Rad.

Das ist eine tolle Nummer, wenn das Timing stimmt. Sie hielt mich nur eine Sekunde zu lange am Handgelenk fest und hätte mir fast den Arm ausgerissen. Ich kriegte die Füße nicht rechtzeitig auf den Boden und landete schwer auf dem Rücken. Sie kam angerast wie ein Intercity und schlang mir die Beine um den Kopf. Sie faltete mich zusammen wie ein leeres Hemd und nagelte mich mit den Schultern auf die Bretter.

Zehn Sekunden. Länger hatte das Ganze nicht gedauert.

»Eins...«, schrie der Ringrichter.

»Mach sie fertig«, brüllte die Menge. »Kill das Tier. Kill das Tier.«

Zehn Sekunden! Was bildete die sich eigentlich ein? Na, ich konnte es mir denken. Sie wollte Baby eine Lektion erteilen. Und ihr Unterricht hatte Klasse. So ein Biest.

Aber in zehn Sekunden! Ich versuchte, eine Schulter zu lüften.

Sie knallte mich wieder auf die Bretter.

»Eins...«, schrie der Ringrichter noch einmal.

Ich konnte mich nicht rühren. Ich war zusammengeschnürt

wie ein Paket, und sie lag mit dem ganzen Gewicht auf mir. Ich kriegte kaum noch Luft, und von Entkommen konnte schon gar keine Rede sein.

Aber in nur zehn verdammten Scheißsekunden! Es war so furchtbar, daß ich es kaum glauben konnte.

»Zwei...«, sagte der Ringrichter. »Sind Sie sicher, Miss Lewis? Es kommt ein bißchen schnell.«

»Sicher bin ich sicher«, sagte Sherry-Lee Lewis. Sie war noch nicht mal außer Atem.

»Gib's ihr«, schrie die Menge.

»Drei!« schrie der Ringrichter.

Sherry-Lee Lewis stand auf.

Ich drehte mich um und kam auf die Knie. Zehn Sekunden, länger hatte sie nicht gebraucht. Sie hielt mir die Hand hin. Ich sah mir ihre Hand an. Sie war sehr weiß, die Nägel waren pink und glänzten. Ich überlegte.

»Vergiß es«, sagte sie und half mir hoch.

»Ich hab schon was Besseres als dich im Pariser von meinem Freund gefunden«, schrie eine Frau. In den ersten Reihen waren sie richtig am Feiern.

»Vornehme Fans hast du, Täubchen«, sagte Sherry-Lee. »Kopf hoch. Du hast was auf dem Kasten. Du kommst groß raus. Mach mich nicht lächerlich, und wir können die besten Freunde werden.«

»Okay, okay«, sagte der Ringrichter. »Sie haben es ihr gezeigt, Miss Lewis. Können wir jetzt weitermachen? Wir sind ja schließlich nicht zum Vergnügen hier.«

»Na na, Eva, na na«, sagte Harry. »Es war nicht zu ändern. Nimm es dir nicht so zu Herzen. Du mußt ein Profi sein, wie der alte Harry.«

Er hatte recht. Aber jämmerliche zehn Sekunden. In den Ladywell Baths. Vor all den Leuten. Ich kam mir so klein und klapperig vor, daß ich mich am liebsten hingehockt und geheult hätte.

Und das Publikum schrie sich um den Verstand.

»Was sagst du nun, du Tier? Das kannst du nicht vertragen, was? Buhuu, buh!«

Aber sie hatte gesagt, ich würde es schaffen, ich würde eine ganz Große werden. Vielleicht meinte sie es ernst.

Ich sah Ramses an, der da unten saß mit dem weißen Verband um den Hals. Er mußte Schmerzen haben mit dem Stachelhalsband. Aber er ließ sich nichts anmerken.

»Das würde ich von keiner anderen einstecken, Harry«, sagte ich.

»Das bräuchtest du auch nicht.«

»Du bist ein netter Mensch, Harry«, sagte ich.

Und schon ging es weiter. Wir gingen in die Hocke und umkreisten einander wie in der ersten Runde. Nur wußte ich jetzt, was sie alles drauf hatte, und ich wußte, wieviel sie wog und wie stark sie war.

Sie hatte auch einiges über mich gelernt, und nach einer Weile merkte ich, daß sie sich keine Gemeinheiten mehr mit mir erlauben würde. Sie wollte einfach nur anständige Arbeit leisten. Na schön, dachte ich mir, dann mache ich eben mit.

Sie zog ein paar tolle Nummern ab, und weil sie mich jetzt nicht mehr fertigmachen wollte, waren sie erstklassig getimt, und ich tat mir kein einziges Mal mehr weh. Und diesmal gönnte sie mir auch ein paar Punkte, so daß der Kampf ein bißchen ausgeglichener aussah.

Nach einer Weile vergaß ich meinen Rücken und die Zähne und ging voll in meiner Arbeit auf. Ich brachte ein paar herrlich dreckige Tricks an, trat sie zum Beispiel in den Magen und tat so, als ob ich ihr die Beine auseinanderspreizte, das Zeug eben, bei dem die Meute rot sieht.

Sie konnte mit den Zuschauern umgehen. Zu sehen, wie sie mit ihrer Sympathie spielte und sich als edles, gequältes Geschöpf hinstellte, war geradezu bildend.

Nur bei einer wirklich guten Heldin gibt es einen wirklich guten Bösewicht.

Stimmt, aber den Bösewicht darf man auch nicht unterschätzen. Je böser ich war, desto nobler stand sie da.

Ich wußte, daß wir eine gute Show abzogen. Dazu brauchtest du dir bloß die Meute anzuhören.

Ringrichter und Conférencier sahen schon auf ihre Uhren. Zeit, Schluß zu machen. Zeit für mich, die Oberhand zu gewinnen.

»Wenn ihr soweit seid«, sagte der Ringrichter. Er muß auf die Zeit achten, damit wir nicht zu lange machen.

Jetzt nahm ich sie nach Strich und Faden in die Mangel. Ich schmiß sie in alle vier Ringecken, ich knallte ihr Gesicht auf die Bretter, ich rammte ihr den Stiefel in die Rippen, ich schmiß mich auf ihre Titten und leistete mir jeden üblen Trick, der mir einfiel.

Nachdem ich sie in der Ringmitte auf den Rücken gelegt hatte, kletterte ich auf den Eckpfosten. Ich wollte einen Flying Slam machen. Noch eine letzte, spektakuläre Nummer, bevor sie den Kampf herumbog.

Ich duckte mich zum Sprung.

Da kam aus dem Publikum eine Flasche geflogen.

Sie verfehlte mich, aber sie zersplitterte auf der Matte. Glitzernde Glasscherben lagen genau an der Stelle, die ich anvisiert hatte. Sicher, eigentlich wollte ich auf Sherry-Lee Lewis landen, aber ich mußte auf Händen und Knien aufkommen, sonst hätte ich ihr das Rückgrat gebrochen.

Zum Sprung geduckt stand ich da, die Füße rechts und links neben dem Pfosten auf dem Seil. Aber ich konnte nicht springen.

»Warte, warte«, rief der Ringrichter. »Scherben.«

Sherry-Lee wälzte sich weg und stand auf.

Das wirkte wie ein Signal. Noch mehr Flaschen flogen in den Ring.

Eine traf mich im Rücken. Es tat zwar nicht weh, aber ich ließ mich trotzdem in den Ring fallen. Oben auf den Seilen gab ich eine zu gute Zielscheibe ab.

Die Menge brüllte und wogte. Leute aus den hinteren Reihen kletterten über die Sitze nach vorne und drängten in die Gänge. Leute aus den vorderen Reihen flüchteten Richtung Ring. Frauen und Kinder kreischten.

»Was zum Geier ist denn hier los?« sagte Sherry-Lee.

»Das ist gefährlich«, sagte der Ringrichter, der versuchte, mit den Füßen das Glas wegzuschieben. »Scheiße, ich wußte doch, daß sich da was zusammenbraut. Das ist alles deine Schuld, Eva. Stimmt's?«

Von allen Seiten kamen Geschosse geflogen, die auf mich gezielt waren.

»Macht, daß ihr wegkommt«, schrie ich Sherry-Lee und den Ringrichter an. »Euch lassen sie raus.«

»Scheiße«, sagte Sherry-Lee. »Weiterkämpfen. Komm, geh auf mich los.«

Also ging ich auf sie los. Es war ein schlimmes Durcheinander.

»Schneiden Sie sie«, sagte Sherry-Lee zum Ringrichter. »Nehmen Sie sich eine Scherbe und schneiden Sie sie.«

»Was?« sagte der Ringrichter.

»Schneiden Sie sie! Schnell.«

Wir rangen in der Ringmitte, tänzelnd wichen wir den Flaschen und Steinen aus. Und dann holte sie aus und schlug mir mit dem Unterarm ein paarmal fest ins Gesicht.

Die Zuschauer tobten. Ich weiß nicht, warum sie tobten. Ich glaube, sie wußten es selber nicht. Teils galt es wohl uns beiden im Ring – Sherry-Lee, die mit voller Kraft auf mich eindrosch. Teils war es aber auch wegen der Aufregung und dem Chaos und dem Glas unten in der Arena.

»Achtung, dein Kopf«, sagte Sherry-Lee.

Ich riß die Arme hoch. Was ein bißchen spät kam, weil ich gerade von einer Dose Seven-up getroffen worden war.

Der Ringrichter lief herbei, um sich mein Gesicht anzusehen. Ich spürte seine Hände auf dem Kopf, aber von dem Schnitt selber merkte ich nichts. Er machte es so schnell, daß ich nichts mitkriegte. Außerdem traf mich ungefähr in dem Moment ein Stein in der Kniekehle.

»Runter«, schrie Sherry-Lee, und prügelte weiter.

Also tauchte ich ab, krach, bumm.

»Der Kampf ist abgebrochen!« kreischte der Ringrichter. »Der Kampf ist abgebrochen!«

Er stand auf der einen Seite über mir. Sherry-Lee stand auf der anderen Seite über mir. Ich fühlte, wie mir Blut und Schweiß über das Gesicht liefen.

Dann kam der Gong und hörte nicht mehr auf. Ding-dong, ding-dong, ding-dong.

Die Meute verstummte. Es wurde totenstill. Nichts landete mehr auf mir. Blut floß mir vom Kopf über die Augenbrauen – tropf, tropf, tropf landete es auf der Matte. Ich muckste mich nicht.

Ich hörte Sherry-Lee rufen: »Ist hier ein Arzt?«

Der Ringrichter nahm den Schrei auf: »Einen Arzt. Sie ist schwer verletzt. Wir brauchen sofort medizinische Hilfe. Einen Arzt, bitte.«

»Ro-ro-ro«, machte Ramses.

»Yak-yak-yak«, machte Lineker.

Die Meute wurde unruhig, es wurde getuschelt.

Jetzt hatte der Conférencier endlich das Mikrofon gefunden. Wurde aber auch Zeit.

»Ladies und Gentlemen«, sagte er. »Bitte bewahren Sie Ruhe, und nehmen Sie Ihre Plätze wieder ein. Es sind Kinder im Publikum. Bitte begeben Sie sich langsam und ruhig auf Ihre Plätze.« Er legte eine Pause ein, und dann sagte er: »Doctor Foster, bitte zum Ring. Doctor Foster, bitte zum Ring.«

Falls du es nicht weißt, Doctor Foster ist ein Codewort. Es bedeutet, daß es Stunk gibt. Daraufhin kommen alle Deeds-Promotion-Leute sofort in die Arena und fangen an aufzuräumen.

Ich bekam nicht viel mit, weil ich nichts sehen konnte. Ich lag ja mitten im Ring und stellte mich tot, aber ich hätte trotzdem gedacht, daß es bei dem ganzen Tohuwabohu keinen Menschen mehr hinter den Kulissen geben konnte, der nicht wußte, daß es hier draußen drunter und drüber ging. Keine Ahnung, was die Doctor-Foster-Durchsage also noch sollte.

Ich lag wie mit der Axt gefällt auf der Matte und blutete vor mich hin. Ist schon toll, wieviel Blut du aus einer kleinen Kopfverletzung rausquetschen kannst. Und Sherry-Lee Lewis zog ihre Florence-Nightingale-Nummer ab. Die barmherzige Samariterin. Sie verteilte mir das Blut gründlich auf Gesicht und Hals.

»Du bist ein Star«, sagte ich. »Ein richtiges Genie, das bist du.«

»Halt's Maul und stell dich tot.«

»Wie geht's deiner Mama mit den Hunden?«

»Maul halten!« sagte sie. »Sonst sehen sie, daß du die Lippen bewegst.«

Sie half mir, mich aufzusetzen, damit auch ja alle das Blut sehen konnten.

»Uuuh!« machte die Menge. »Großer Gott. Seht euch das an.«

Ich kippte wieder hintenüber. Ermordet. Brutal ermordet.

»Meiner Mama geht's prima«, sagte Sherry-Lee Lewis. »Gut, daß sie deine Hundchen hatte, Spatz. Sie ist nicht mehr so gut zu Fuß, aber mit den beiden Kläffern hat ihr keiner ein Haar gekrümmt. Wir könnten noch ein bißchen Blut auf deinen Titten gebrauchen – so was kommt immer gut an.«

»Die Kavallerie ist da«, sagte der Ringrichter. »Die sorgen für Ordnung, aber hinten wird noch gekämpft.«

Der Ring bebte, als unsere Verstärkung durch die Seile geklettert kam.

»Großer Gott!« sagte Mr. Deeds. »Eine tolle Show, Miss Lewis, aber Sie brauchten sie doch nicht gleich abzuschlachten.«

»Nein?« sagte Sherry-Lee. »Wo hatten Sie sich denn versteckt? Auf dem Klo, die Einnahmen zählen?«

»Na, na«, sagte der Ringrichter. »Schon gut, George. Ist nichts passiert. Wir mußten den Kampf abbrechen, und Miss Lewis hat sich dafür die schnellste Lösung einfallen lassen.«

»Sie ist ein Star«, sagte ich.

»Maul halten!«

»Wir müssen sie hier rausschaffen«, sagte der Ringrichter. »Diese Schweinerei war kein Zufall. Die Ratten da draußen wollten ihr ans Leder.«

»Hoffentlich bilden Sie sich nicht ein, daß ich sie trage«, sagte Mr. Deeds.

»Wo ist Harry?« fragte ich.

»Maul halten!«

»Hinten prügeln sich ein Haufen Chinesen und ein Haufen Schwarze«, sagte Mr. Deeds. »Wenn wir sie nicht beruhigen können, kreuzt die Polizei auf und räumt die Halle.«

»Gehen wir«, sagte Sherry-Lee. »Ich friere langsam.«

»Wir können sie jetzt auf die Beine stellen«, sagte sie. »Ich helfe ihr. Gebt mir mal ein Handtuch rüber.«

Sie zog mich hoch, bis ich saß. Ich sackte wie eine Leiche gegen sie. Sie bearbeitete mich mit dem Handtuch.

»Ist sie nicht wunderbar?« sagte einer aus der Menge. »Kaum zu glauben, daß sie dieses häßliche Monster nach allem, was passiert ist, überhaupt noch anfassen will.«

Anscheinend ließ sogar noch mein Todeskampf den Star von Newcastle im hellsten Licht erstrahlen.

Sie drückte mir den Kopf zwischen die Beine, als ob ich ohnmächtig geworden wäre und sie mir Erste Hilfe leisten wollte. Aber in Wirklichkeit rubbelte sie nur an meinem Haaransatz rum, damit noch mehr Blut nachkam.

»Hoppala und auf mit dir, Kindchen«, sagte sie.

Ich kam schwankend hoch und stützte mich auf sie. Es tat mir richtig gut, wie alle japsten und tuschelten, als sie mein Gesicht zu sehen kriegten.

Wir stolperten und kippten in die Seile. Und da brach der Applaus los, eine Welle nach der anderen brandete uns entgegen. Hauptsächlich galt er der edelmütigen Sherry-Lee, aber es lag auch Mitleid für mich darin. Das weiß ich einfach.

Der Conférencier tobte sich am Mikro aus – »Applaus für die Siegerin durch Schulterwurf und K. o. – die unvergleichliche, die einmalige *Rockin'* Sherry-Lee Lewis, der Star von der Ostküste, der weibliche *Schwergewichtschampion* aus Newcastle … und einen tüchtigen Applaus für die Verliererin, Eva Wylie, die *Londoner Killerqueen*. Wir wollen Eva so rasch wie möglich ins Krankenhaus bringen, würden Sie also freundlicherweise die Durchgänge freimachen. Bitte räumen Sie schnellstmöglich die Gänge. Es ist ein Notfall. Ich bin sicher, wir alle wünschen Eva, daß sie sich gut von ihren schlimmen Verletzungen erholt. Applaus für unsere beiden tapferen Kämpferinnen. Alles Gute, Girls …«

Ich konnte zwar kaum was sehen, weil ich Blut in den Augen hatte, aber aus dem Lärm und der Spannung ging eindeutig hervor, daß am Ende der Halle immer noch dicke Luft herrschte. Und da mußten wir durch, wenn wir raus wollten.

»Gib mir die Hunde«, flüsterte ich.

»Maul halten. Meine Mama kommt schon klar. Sie geht voraus.«

»Sie soll ihnen die Maulkörbe abnehmen.«

»Maul halten!«

»Nehmt ihnen die Maulkörbe ab.«

»Scheiße«, sagte Sherry-Lee. »Mama, kriegst du die Maulkörbe ab?«

»Wie du willst, Täubchen«, sagte Mama. Keuchend und ächzend stemmte sie sich gegen Ramses und Lineker. Sie hielt die Hunde an den Ketten fest, und die gewaltige Schwester hielt die Mutter am Gürtel fest. Wir folgten ihnen. Ich hatte einen Arm auf Sherry-Lees Schultern, sie hatte mir einen um die Hüfte gelegt und stützte mich.

An den ersten Reihen vorbei und die Treppe hoch fiel ich von einer Ohnmacht in die andere. Die Leute, an denen wir vorbeikamen, erhoben sich von den Plätzen und klatschten. Es war wie ein Märchen. Na ja, fast wie im Märchen, weil sie wahrscheinlich nur deshalb aufstanden, um das Blutbad besser sehen zu können. Aber trotzdem kriegte ich mehr Applaus als je zuvor in meinem ganzen Leben.

Am liebsten wäre ich geblieben und hätte die klatschenden Leute gezählt, damit ich später, wenn ich in der Nacht allein war, zu mir sagen konnte: »Mach dir nichts draus, als du in den alten Ladywell Baths gegen Rockin' Sherry-Lee Lewis gekämpft hast, haben dir neunhundertundvierunddreißig Menschen Beifall geklatscht.« Es ist schön, wenn du so eine Zahl hast, an der du dich mitten in der Nacht festhalten kannst.

Kurz vor dem Ende der Halle blieben wir stehen. Wir mußten. Der Ausgang war von kämpfenden Männern blockiert. Sie gingen mit Fäusten, Messern und Flaschen aufeinander los.

Anscheinend waren es eine Handvoll Chengs gegen eine Handvoll von Count Suckles Leuten. Aber ich erkannte bloß ein paar Typen aus dem Beijing Garden wieder und den Schweinehund mit dem Rasiermesser, den Goldie angeschleppt hatte. Es war schwer, überhaupt jemanden zu erkennen, weil auch noch die Gorillas von Deeds Promotion und ein paar Statisten aus dem Publikum mitmischten. Die Ordner haben nicht für Ordnung gesorgt. Sie haben einfach jeden vertrimmt, der ihnen über den Weg lief, sogar ihre eigenen Kollegen.

Die einzigen, die sich aus der Sache raushielten, waren die Catcher, die nur gegeneinander kämpfen, und auch dann nur, wenn sie dafür bezahlt werden. Sehr richtig, wenn du mich fragst. Das ist eben der Unterschied zwischen Profis und Amateuren.

Sherry-Lees Mama konnte nicht weiter. Lineker wollte in die eine Richtung, Ramses in die andere, und sie rissen an ihren Armen, bis sie aussah wie Jesus zu Ostern.

»Meinen Seesack her«, sagte ich.

»Maul halten.«

»Jetzt ist es auch schon egal«, sagte ich. »Die Zuschauer können uns hier unten sowieso nicht sehen. Gib mir den Seesack.«

Irgendwer schmiß mir den Sack vor die Füße.

»Was hast du vor?« sagte Sherry-Lee.

Ich sagte nichts. Sie hatte mir den Auftritt versaut. Sie hatte mir den ganzen Abend geklaut. Sie hatte meine Verletzungen für sich ausgeschlachtet. Alles schön und gut, sie war der Star, aber den Abgang sollte sie mir nicht auch noch versauen. Jedenfalls nicht ganz.

Ich machte den Seesack auf.

Die Schweinekerle schmissen schließlich mit Gegenständen nach mir. Sie hatten mir den Kampf vermasselt. Wieso sollte ich ihnen dafür nicht ihre Prügelei versauen?

Ich schnappte mir eine Suppendose nach der anderen und feuerte sie ins Kampfgetümmel. Und ich fing an zu brüllen.

»Verpißt euch, ihr Bananenwichser«, röhrte ich.

Die Dosen knallten ihnen an die Köpfe.

»Aus dem Weg. Aus dem Weg, ihr Schweine.«

Ich wollte mir die Bolas schnappen, aber sie hatten sich total verheddert, und ich kriegte einen Koller. Also schmiß ich das ganze Knäuel nach dem nächstbesten Raufbold, der rückwärts über eine Stuhlreihe kippte. Er versuchte, um sich zu treten, aber seine Füße hatten sich in den Bolas verfangen.

»Die ist wahnsinnig«, sagte wer. »Die hat nicht mehr alle Tassen im Schrank.«

Ich stieß einen gellenden Schrei aus und riß Sherry-Lees Mama Ramses' Kette aus der Hand.

Eigentlich sollte er mir den Weg zum Ausgang freipflügen, aber er hatte seinen eigenen Kopf. Schnappend und knurrend stürzte er sich wie eine geballte Ladung Haß mit triefenden Lefzen in den Kampf.

Was er nicht biß, das bearbeitete ich mit einer Dose Campbell's Big Soup. Ich kannte keine Gnade.

»Die ist durchgedreht«, sagten sie. »Die ist ausgerastet!« Ich konnte das Blut riechen, das mir von der Stirn lief.

Wir machten uns tatsächlich einen Weg frei, nur führte der Weg leider genau zu dem Schweinehund mit dem Rasiermesser. Weil Ramses ein cleverer Hund war, der seine Feinde kannte. Von einem Hund kann man viel lernen. Ich war sehr froh, daß ich hinter ihm und nicht vor ihm war.

Ich sah, wie er nach der rechten Hand des Schweinekerls schnappte. Ich sah, wie die Hand das Messer losließ. Ich sah, wie Ramses Knochen und Sehnen zermalmte. Und ich sah das Blut spritzen.

Gut, daß zur Abwechslung mal jemand anderes blutete, aber der Schrei gefiel mir ganz und gar nicht. Der Kerl schrie, und es klang fürchterlich, weil er Angst hatte.

Konnte man ihm nicht verdenken. Als ich sah, wie Ramses sich die Hand vornahm, wie er noch fester zubiß, wurde mir selber ein bißchen mulmig zumute. Ich riß an der Kette.

»Das reicht!« schrie ich.

Der Kerl riß Ramses die Hand aus dem Maul und rannte. Taumelnd verschwand er zwischen den Sitzreihen, Ramses hätte mich fast zu Boden gerissen, als er hinter ihm her wollte.

»Nein!« schrie ich.

»Ro-ro-ro«, machte Ramses.

»Nein!« schrie ich Ramses an. »Das reicht.«

Als er sich umdrehte, sah ich, daß ihm Blut und Speichel aus dem offenen Maul troffen. Er sah wie ein Wahnsinniger aus.

Ich machte kehrt, und wir gingen zurück zum Ausgang. Niemand hielt uns auf. Ich war froh, weil es mir reichte. Ich konnte es kaum erwarten, hinter die Bühne zu kommen und Ramses den Maulkorb wieder anzulegen, bevor ihm einfiel, daß er mich auch haßte. Das ist das Blöde an Hunden – sie wissen nie, wann sie aufhören sollen –, genau wie Amateure.

24

»Du bist wahnsinnig«, sagte Mr. Deeds. »Du bist vollkommen verrückt geworden. Der Hund gehört eingeschläfert. Geh dir das Gesicht waschen. Bei deinem Anblick kann man ja nicht denken. Und dem Hund kannst du auch das Gesicht waschen. Das ist menschliches Blut, was er da am Maul hat. Der Hund hat Menschenblut geleckt, er gehört eingeschläfert.«

»Ich habe kein Waschbecken in der Garderobe«, sagte ich. »Sie haben mich in einen Besenschrank gesteckt, und da gibt es kein Wasser.«

»Komm mit zu mir, Spätzchen«, sagte Sherry-Lee Lewis. Also ging ich mit. Sie war immer noch der große Star, aber jetzt machte es mir nichts mehr aus, mir von ihr einen Gefallen tun zu lassen. Wir waren gleicher als vorher.

Alle standen glotzend im Korridor – die Julios, die Wolverines, Harsh, Gruff und Pete. Gruff und Pete mußten mit ihrem Auftritt warten, bis der Ring aufgeräumt war und die Zuschauer wieder auf ihren Plätzen saßen. Sie waren stinksauer.

»Schmeißen Sie sie raus, Boß«, sagte Gruff. »Die macht nichts als Scherereien.«

»Und du machst nichts als Sauereien«, sagte ich.

»Weiber im Ring sind was Perverses.«

»Ach ja?« sagte Sherry-Lee Lewis. Sie starrte auf seine Wampe. Ihre Mama und ihre Schwester hatten dieselbe Stelle im Visier.

»Kleiner Scherz am Rande, Mädels«, sagte Gruff und wickelte sich fester in seine Robe.

»War das ein Scherz?« fragte Sherry-Lee ihre Mama. »Ich habe jemand furzen hören, aber einen Scherz habe ich nicht gehört. Du vielleicht?«

»Meine Damen! Bitte«, sagte Mr. Deeds. »Wir sind alle ein wenig überreizt.«

»Wo ist Harry?« fragte ich.

Aber keiner wußte, wo Harry war, also folgte ich den drei gewaltigen Lewis-Frauen in Sherry-Lees Garderobe und duschte mich.

Ich war froh, daß ich mich nicht schweiß- und blutgebadet auf den Heimweg machen mußte, aber in der Dusche fühlte es sich so an, als ob ich beim Waschen auch Haut verlor. Ich konnte fast sehen, wie sie mit dem schmutzigen Wasser in den Abfluß gurgelte. Es ist so, als ob ich nicht mehr ich selber bin, wenn ich das schwarze Kostüm ausziehe, und als ob ich mir beim Duschen die harte Schale abwasche. Ich weiß nicht. Ich war müde, und vielleicht war einfach das Wasser zu heiß. Aber trotzdem, als ich rauskam, tat ich mir selber ein bißchen leid.

Ich dachte daran, daß ich kein richtiges Zuhause mehr hatte und auch kein Geld für ein schönes, großes Abendessen. Und das hätte ich wirklich gebrauchen können, weil ich im Ring viel Energie verbraucht hatte. Buhu, armes Baby.

Das Schlimmste war, daß die Lewis-Frauen so nett zu mir waren – netter, als unbedingt nötig.

Als ich mich abgetrocknet hatte, sah ich, daß sie die ganze Garderobe in einen Picknickplatz verwandelt hatten. Es gab Brathähnchen und Schinken, hartgekochte Eier, Lachskonserven und Kartoffelsalat, Brot und Butter, Rosinenkuchen, Schokoladenplätzchen und Thermoskannen mit Tee.

»Nur ein kleiner Happen vor der Heimfahrt«, sagte Sherry-Lees Mama.

»Mama ist das Essen in London zu teuer«, sagte Sherry-Lee.

Die schweigsame Schwester gab mir einen vollgepackten Pappteller, und ich haute rein, als ob ich zur Familie gehörte.

Als Mr. Deeds vorbeikam, um Sherry-Lee ihre Börse auszuzahlen, ließ sie ihn stehen, während sie nachzählte. Ich konnte nicht sehen, wieviel es war, weil sie mir den Rücken zudrehte.

»Kann ich mein Geld auch haben?« fragte ich.

»Du kriegst es am Dienstag, wie immer. Wenn ich die Abrechnung gemacht habe«, sagte er.

»Ich hatte Spesen«, sagte ich. »Ich bin blank.«

An jedem anderen Abend hätte er bloß gesagt: »Pech für dich, du kennst die Regeln.« Aber weil ihn die drei gewaltigen Lewis-Frauen, Ramses und Lineker streng in die Pupille faßten, drückte er mir einen Zwanziger in die Hand.

»Vorschuß«, sagte er. »Ich schreibe mir das auf, also beklag dich am Dienstag nicht, du hättest zwanzig Pfund zu wenig gekriegt.«

Als er wieder weg war, sagte Sherry-Lee: »Bei Kerlen wie dem mußt du aufpassen, Täubchen. Eines schönen Dienstags siehst du ihn nicht wieder. Das kannst du mir glauben, ich war mal mit einem von der Sorte verheiratet.«

»Ich auch«, sagte ihre Mama.

Die schweigsame Schwester sagte nichts.

»Was ist mit deiner Familie?« fragte Mrs. Lewis. »Sieht sich deine Mama deine Kämpfe nicht an?«

»Ach, Ma«, sagte ich. »Sie hatte heute abend was anderes vor, sonst wäre sie gekommen.«

Denn was ich auch insgeheim von meiner Ma halten mag, vor Fremden mache ich sie nie schlecht. So was gehört sich nicht. Und sie hat es nicht leicht gehabt im Leben, also kann ich ihr eigentlich keine Vorwürfe machen.

»Sie ist bestimmt mächtig stolz auf dich«, sagte Mrs. Lewis.

Sie war eine nette Frau, diese Mrs. Lewis, aber von meiner Ma hatte sie nicht den leisesten Schimmer.

Ich blieb nicht mehr lange, weil ich müde war und der Schrottplatz schon zu lange unbewacht geblieben war. Ich wollte vorher gern noch Harry sehen, aber der war nirgends zu finden.

Ich weiß gar nicht, warum ich ihn sehen wollte, wirklich nicht. Es war nur, daß er an dem Abend in meiner Ecke gewesen war, und es kam mir nicht richtig vor zu gehen, ohne mich zu verabschieden. Vom heißen Wasser wird man weich. Das war es.

Harsh habe ich auch nicht mehr gesehen. Er war schon weg, als ich ging. Das war schade, weil ich gern gewußt hätte, ob er was von meinem Kampf mitgekriegt hatte, und falls ja, hätte ich gern seine Meinung darüber gehört. Aber er war nicht da, also konnte ich ihn nicht fragen.

Eine gute Sache hatte der Abend noch zu bieten, als ich wieder auf dem Schrottplatz war.

Ramses fraß sein Futter.

Ich beschloß, die Hunde früher als sonst zu füttern, weil sie einen anstrengenden Tag hinter sich hatten. Also rührte ich ihnen ihr ekelhaftes Fressen zusammen und stellte es ihnen hin. Und Ramses schlang sein Abendessen runter, schmatz, schmatz, hamm, als ob nichts passiert wäre und er nie den Appetit verloren gehabt hätte.

Danach fühlte ich mich besser – obwohl ich auf dem harten Boden in meinem alten Schlafsack pennen mußte und der Hänger nach Autolack roch und obwohl ich schlecht träumte.

25

Als ich aufwachte, tat mir der Kopf weh. Es fühlte sich an, als wäre er eine heiße, dicke Blase und als könnte mir jeden Moment der Eiter aus den Ohren gequollen kommen, was komisch war, weil ich von Ma geträumt hatte. In dem Traum saß sie auf meinen Schultern und bohrte mir ein Loch in den Kopf.

Es war dunkel, und ich dachte, es wäre noch mitten in der Nacht. Aber dann fiel mir ein, daß ich Tür und Fenster zugenagelt hatte. Also stand ich auf und öffnete die Tür.

Es war heller Tag. Aber es war Sonntag, und ich kann Sonntage nicht ausstehen. Ich hasse Träume, und ich hasse Sonntage. Das waren die zwei Sachen, die ich nicht ausstehen konnte, und jetzt hatte ich sie beide auf einmal am Hals – Ma bohrte mir an einem Sonntag ein Loch in den Kopf. Was hatte ich für ein Glück.

Der Hänger war knallrot, aber ich war grün und blau – von oben bis unten zerschrammt nach der Keilerei mit Sherry-Lee

Lewis. Ich hätte gern gewußt, wie sie an dem Morgen aussah. Blaue Flecken kamen auf ihrer weißen Haut bestimmt prächtig zur Geltung. Ich hätte sie zu gern gesehen. Das hätte mich vielleicht aufgeheitert.

Ich hatte Hunger. Ich sah in meinen Seesack, aber ich hatte gestern abend auch noch die letzte Konservendose in die Meute geschmissen. Das ist das Dumme an mir – ich kann nicht vorausdenken. Hätte ich vorausgedacht, hätte ich mir eine Dose Eintopf fürs Frühstück aufbewahrt, statt sie als Wurfgeschoß zu verwenden. Ich hoffte bloß, daß die letzte Dose jemandem eine schöne Gehirnerschütterung beschert hatte.

Das ist die menschliche Natur, nicht wahr? Wenn es dir selber schlecht geht, soll es einem anderen noch schlechter gehen. Auf jeden Fall ist das meine Natur. Vielleicht hat Harry recht. Vielleicht bin ich wirklich kein netter Mensch. Aber sieh dir Harry doch an. Er mag vielleicht ein netter alter Kauz sein, aber mit Nettigkeit hat er es nicht weit gebracht. Er mußte sie hinter einer Maske verstecken, als er noch aktiv war.

Nettigkeit ist was für den Arsch. Mehr ist Nettsein nicht wert, das ist meine Meinung.

Aber immerhin hatte Mr. Deeds mich letzte Nacht bezahlt. Ich beschloß, mir bei Hanif Tee und Milch und was zu essen zu holen. Ich wollte gerade gehen, da brachte mich der blöde Traum auf eine Idee. Ich holte mir einen Zentimeterbohrer aus dem Schuppen, und dann bohrte ich mir Löcher in die Bretter auf Türen und Fenstern. Die Löcher waren groß genug, daß ich Licht und frische Luft bekam, aber sie waren so hoch, daß mich keiner beobachten konnte, der nicht auf einer Leiter stand. Sogar böse Träume sind zu was nütze.

Wo ich schon einmal dabei war, klemmte ich den Strom wieder ab. Wer braucht schon Strom? Ich jedenfalls nicht. Eine verweichlichte Zentralheizungstype wie du vielleicht, aber ich nicht. Luxus macht bloß weich und schwach. Du gewöhnst dich so sehr daran, daß du jämmerlich eingehst, wenn du mal ohne auskommen mußt. Nicht mit mir. Ich bin auf alles gefaßt.

Dasselbe mit Sonntagen – alle verkriechen sich mit ihren

schnuckeligen kleinen Familien in ihrem schnuckeligen kleinen Heim und verstecken sich vor der Welt. Kein Wunder, daß sie jammern, wenn der Montag da ist und sie wieder nach draußen müssen, kämpfen. Die sind auf den Kampf nicht vorbereitet. Sonntage machen zimperlich.

Hanif macht es richtig. Hanif hat sonntags geöffnet. Für ihn ist Sonntag auch nur ein Werktag.

Ich wollte gerade los und ihm einen Besuch abstatten, als ich die Hunde hörte. Sonntags haben sie den ganzen Tag Auslauf, weil keiner auf dem Platz arbeitet.

Ich hörte sie, weil sie am Tor einen Heidenlärm veranstalteten. Also schnappte ich mir ein Montiereisen und sah mal nach dem Rechten. Ich hoffte wirklich, daß mir nicht schon wieder Ärger ins Haus stand, denn obwohl ich auf alles gefaßt war, so reichte es mir doch für die eine Woche.

Aber als ich ans Tor kam, sah ich, daß ein weißer Peugeot davor stand und daß die Bullentante an der Wagentür lehnte.

»Sie schon wieder«, sagte ich. »Was wollen Sie?«

»Nicht viel«, sagte sie. »Ich dachte, Sie hätten vielleicht gern das Neueste über Ihre Freundin Eleanor gehört.«

»Falsch«, sagte ich. »Sie ist nicht meine Freundin.«

Daraufhin sagte sie erst mal eine Weile gar nichts. Ich stand bloß da. Ich hätte sie einfach stehenlassen können – aber irgendwie war sie immer noch besser als gar keine Gesellschaft.

»Und?« meinte ich schließlich. »Wenn Sie was zu sagen haben, spucken Sie's aus.«

»Ich habe mir gestern abend Ihren Kampf fast bis zum Ende angesehen.«

»Ja?«

»Tolle Leistung.«

»Und?«

Sie biß sich auf den Daumen. »Ich wollte im Cut eine Pastete essen. Kommen Sie mit?«

»Nee«, sagte ich. »Keine Kohle.« Wieso sollte ich ihr was von dem Zwanziger erzählen, den ich von Mr. Deeds hatte? Da hätte ich ja blöd gewesen sein müssen.

»Ich zahle«, sagte sie.

»Ich komme«, sagte ich.

Also gingen wir auf eine Pastete ins Cut.

»Ich hätte da eine Idee«, sagte sie, als wir beim Essen saßen.

»Was?« fragte ich.

»Ich arbeite in der Sicherheitsbranche.«

»Ja?«

»Manchmal brauchen wir Verstärkung.«

»Wozu?«

»Alles mögliche«, sagte sie. »Zum Personenschutz. Als Aufpasser. Manchmal müssen Immobilien bewacht werden.«

»Und?«

»Ich könnte Sie gebrauchen.«

»Ich soll für Sie arbeiten?«

»Aushilfsweise«, sagte sie.

»Geld?«

»Der normale Tarif«, sagte sie.

»Bar auf die Kralle?«

»Wenn Sie wollen.«

»Im voraus?«

Sie grinste mich an. Sie war nicht so dumm, wie sie aussah.

»Na schön«, sagte ich. »Sie können mich auf Ihre Liste setzen.«

Sie gab mir ihre Karte, ich steckte sie ein.

Ich war froh, daß ich einen neuen Job in Aussicht hatte, weil ich mit den Chengs ein für allemal fertig war. Selbst wenn sie sich doch noch für leben und leben lassen entschieden, würde ich nie mehr für sie arbeiten. Nie.

Aber eins war komisch. Ich haßte Tante Lo jetzt zwar, aber irgendwie fehlte sie mir auch. Mir fehlten ihre schicken Schuhe, ihre Prust-prust-Lache und ihre blöden Witze. Wenigstens war sie ein Mensch gewesen, mit dem man mal hatte reden können. Sie war fast so was wie meine eigene Tante für mich gewesen. Was schön blöd war, wenn du bedenkst, wie sie mich behandelt hat. Sie war viel zu clever für mich.

Die Bullentante war besser als gar nichts, aber ich brauchte einen Auftraggeber, mit dem ich umgehen konnte. Jemand, der reich war und dümmer als ich. Dabei fiel mir die Künstlertype ein. Kennst du einen, der so aussieht, als ob er nie ganz mitkommt? Tja, genau so sah Dave de Lysle aus, weshalb er sich zum Melken geradezu anbot.

Wir aßen weiter, die Bullentante und ich. Im Cut haben sie gute Pasteten. Nach der Pastete bestellte ich Siruptorte mit Vanillesoße.

»Na schön«, sagte ich, als ich den Nachtisch halb verdrückt hatte. »Wenn Sie es loswerden müssen, dann reden Sie schon.«

»Was?«

»Goldie«, sagte ich.

Sie hielt die Tasse in beiden Händen, als ob sie sich die Finger wärmen müßte. Sie hatte keinen Nachtisch bestellt, nur Tee.

»Sie ist wieder bei ihrer Familie«, sagte sie. »Ich habe sie weggebracht, als der Tumult in den Ladywell Baths losging.«

»Wollte sie mit?«

Die Bullentante grinste mich an. »Gekidnappt habe ich sie nicht«, sagte sie. »Sie hatte die Nase voll. Sie ist ein nettes Mädchen aus gutem Haus, und ihr wurde auf einmal das Klima zu rauh. Ihr Vater schickt sie nach Italien. Aber vorher stecken sie sie noch in eine Klinik.«

»Wozu?«

»Entzug.«

»Wieso?«

»Sie ist schon länger auf Koks und Crack. Als Sie sie kennengelernt haben, fing sie gerade mit Heroin an.«

»Mir hat sie gesagt, sie hätte das Zeug bloß genommen, damit dieser tuntige Sänger es nicht kriegt.«

»Man redet viel, wenn der Tag lang ist«, sagte sie.

Ich aß die Siruptorte auf.

Mein Kopf fühlte sich nicht mehr so aufgequollen an. Ich hatte nur etwas frische Luft und ein Stück Pastete im Magen nötig gehabt.

Die Bullentante sagte: »Wollen Sie sie sehen?«

»Wen?«

»Ihre Freundin, Goldie.«

»Verflucht«, sagte ich. »Wie oft soll ich das denn noch sagen? Sie ist nicht meine Freundin.«

»Dachte, es würde vielleicht helfen.«

»Wobei helfen?«

Sie lächelte mich richtig essigsauer an – wie ein Bulle – und sagte nichts.

»Wobei helfen?« sagte ich noch mal, aber wütend.

»Immer mit der Ruhe«, sagte sie. »Sie hat ein schlechtes Gewissen. Offene Rechnungen. So was in der Richtung. Sie wissen es vielleicht am besten.«

»Was soll ich wissen?« sagte ich. »Sind Sie Sozialarbeiterin oder was?«

Sie saß nur da und trank ihren Tee. Sie sah noch nicht mal beleidigt aus.

»Schlechtes Gewissen«, sagte ich. »Das ist ja wohl das Mindeste. Sie sollten hören, was sie mir alles schuldet. Mal ganz abgesehen davon, daß sie ein verräterisches Miststück ist. Mal abgesehen davon, daß sie mir die Bude auf den Kopf gestellt hat und daß ihre Klassenkameraden meine Hunde aufgehängt, mir meine Kröten geklaut und mir ins Bett geschissen haben. Vergessen wir das ruhig mal. Aber Baby hat ein schlechtes Gewissen. So was von abgestandenem Gesülze ist ja nicht zum Aushalten.«

»Mmm«, sagte sie. »Geht's jetzt besser?«

»Sie können mich mal«, sagte ich. Aber ich schmiß den Tisch nicht um, und einfach aus dem Lokal gestürmt bin ich auch nicht. Ich hatte meinen Tee noch nicht ausgetrunken.

»Sie haben ihr Geld geliehen?« fragte sie.

»Hunderte.«

»Ach, tatsächlich?« sagte sie mit ihrem säuerlichen Lächeln. »Seien Sie vernünftig, dann lege ich bei ihrem Vater ein gutes Wort für Sie ein.«

»Ach ja?«

»Wir wollen morgen abrechnen.«

»Für eine wie mich macht der doch nie was locker.«

»Er begleicht überall ihre Schulden.«

»Wer's glaubt, wird selig«, sagte ich.

»Sie sind wohl eine der letzten großen Optimistinnen auf dieser Welt, was?« sagte sie und trank aus.

»Da ist was Wahres dran«, sagte ich. Ich freute mich ein bißchen, weil es nämlich stimmte. Wenn du dir mal überlegst, was mir in den letzten paar Tagen alles passiert ist, mußt du zugeben, daß es dir imponiert, wie ich immer noch kämpfe, ohne das Lachen verlernt zu haben. Also, mir imponiert das.

Sie ging mit mir zum Schrottplatz zurück. Als wir ankamen, sagte sie: »Sehen Sie den Wagen hier?«

»Ja«, sagte ich.

»Weißer Peugeot«, sagte sie.

»Ja?«

»Kennzeichen?«

»Was?«

»Merken Sie sich das Kennzeichen.«

»Warum?«

»Tja«, sagte sie. »Wenn mein Wagen irgendwann mal verschwinden sollte, weiß ich, wo ich als allererstes danach zu suchen habe. Das wollte ich Ihnen nur gesagt haben.«

Und sie fuhr weg. Typisch Bulle. Die müssen dir immer unter die Nase reiben, wie gerissen sie sind. Zum Kotzen.

Ich sollte für sie arbeiten? O ja, ich würde für sie arbeiten, und ich würde sie nach Strich und Faden ausnehmen. Das kannst du mir ruhig glauben.

Einmal hatte ich sie sowieso schon geschröpft. Wer hatte denn schließlich für das Essen bezahlt? Na? Dabei hatte ich Geld in der Tasche. Habe ich bezahlt oder nicht? Wer war nun also die Gerissenere von uns beiden?

Aber als der kleine Peugeot um die Ecke gebrummt war, fiel mir wieder ein, daß Sonntag war. Ich wollte sie nicht unbedingt wieder zurückhaben, aber wenigstens hatte ich jemanden zum Reden gehabt. Jetzt wußte ich nicht, was ich machen, wohin ich gehen sollte. Sams Studio war garantiert gerammelt voll mit Trimmern, und für eine ernsthafte Sportlerin wie mich war da heute kein Platz. Nur für eine Horde von Sekretärinnen mit rosa

Stirnbändchen und schlabbrigen Söckchen, die nicht zu sehr ins Schwitzen geraten wollten. Sekretärinnen mögen keinen Schweiß. Sonntags stinkt es im Studio nach Deo und Haarspray, daß dir fast die Augen tränen. Die Kerle sind auch nicht viel besser. Jede Wette, manche von denen rasieren sich die Beine. Die Brust rasieren sie sich sowieso. Sie wollen nicht stark sein. Sie wollen hübsch sein.

Ich dachte daran, wie Goldie in dem grünen Trikot ausgesehen hatte, das ich ihr gekauft hatte.

»Hübschsein ist genauso was für den Arsch wie Nettsein«, sagte ich laut, und Ramses zeigte mir die großen, gelben Zähne.

Ich hielt es für eine gute Idee, noch mal nach seinem Hals zu sehen. Aber er wich knurrend zurück und ließ mich nicht an sich ran. Der Hund hat ein ziemlich nachtragendes Wesen.

Ich wollte nicht an Goldie denken. An einem Tag wie heute hätte sie sich die Haare gewaschen. Sie wusch sich andauernd die Haare. Hinterher hätten wir vielleicht vor dem Ofen gesessen und ferngesehen.

Ein Glück, daß ich sie so schnell wieder losgeworden war, sonst wäre ich noch genauso verweichlicht wie sie.

Sonntage sind was noch Widerlicheres als Gruff Gordons Gehänge. Sonntage sind für die Toten und die Sterbenden. Wenn ich mal den Löffel abgebe, dann bestimmt an einem Sonntag. Wetten?

26

Am nächsten Tag war Montag, und ich war froh. Die Schrottpresse kreischte, das Metall stöhnte, und die Männer schrien rum wie immer. Die Welt erwachte zum Leben nach dem toten Sonntag. Das war eine ziemliche Erleichterung, und ich konnte seit Ewigkeiten zum ersten Mal wieder richtig durchschlafen. Keine Träume, danke sehr.

Ungefähr um zwei Uhr nachmittags machte ich die Augen auf und sah weiße Flecken an der roten Wand. Die Sonne stach durch die Löcher, die ich in das Fenster gebohrt hatte. Ich stand auf. Ich reckte mich. Ich machte vierzig Liegestütze und vierzig Kniebeugen. Dann wusch ich mich und zog mich an.

Es war gar nicht so einfach, vom Schrottplatz wegzukommen, weil ich nämlich durch die Löcher in der Tür Rob sehen konnte. Er machte ein Gesicht, das so lang war wie ein Straßenkreuzer, und ich wußte, daß er mich wegen Goldie ausquetschen wollte. Kerle mit Liebeskummer gehen mir ziemlich auf den Zwirn, also schlich ich mich weg, als er nicht aufpaßte. Ich hatte Pläne, und ich wollte mir nicht von seiner Miesepetrigkeit den Tag verderben lassen. Miesepetrigkeit steckt an, und ich war selber noch nicht wieder ganz auf dem Damm.

Die Sonne schien, aber heiß war es nicht. Es war kalt genug, daß einem die Spucke im Mund einfror. In dem Café in der Mandala Street aß ich ein Bacon-and-Egg-Sandwich, wodurch mir gleich viel wärmer wurde. Dann sondierte ich gründlich das Terrain, ich mußte auf Nummer Sicher gehen. Du mußt sehr vorsichtig sein, wenn du so viele Feinde hast wie ich. Wo sie alle herkamen, werde ich wohl nie erfahren. Schließlich hatte ich mir überhaupt nichts vorzuwerfen. Oder?

Ich wollte mit der guten Tat des Tages anfangen. Ich wollte Dave de Lysle einen Gefallen tun. Nicht, daß du etwa denkst, ich wäre sentimental geworden. Ich doch nicht. Es war reine Berechnung. Ich will dir einen Rat geben – wenn du einen Kerl ausnutzen willst, mußt du ihn vorher weichkochen.

Also, wie schon gesagt, ich sondierte das Terrain und ließ dann den alten grauen Volvo an. Zügig fuhr ich Richtung Norden. Dave de Lysle würde sich so freuen, seinen Wagen wiederzuhaben, daß er wie Wachs in meinen Händen wäre. Dabei war er sowieso nicht besonders schwer zu handhaben. Aber ich war irgendwie gnädig gestimmt.

Unterwegs mußte ich an den Kampf mit Sherry-Lee Lewis denken. Es war schwer, nicht daran zu denken. Es war der allerbeste Kampf meines Lebens gewesen. Allein der Gedanke daran ließ mein Blut sprudeln. Dave de Lysle war nicht zu meinem Kampf gekommen. Da siehst du mal wieder, wie interessiert er wirklich war. Von einem so reichen Kerl wäre es doch sicher nicht zuviel verlangt gewesen, sich ein Taxi zu den Ladywell Baths zu nehmen, als er seine alte Rostlaube nicht finden konnte. Aber nein. Manche sind schon doof geboren. Die lernen's nie.

Tja, sein Pech. Aber mein Pech war es auch, weil ich unbedingt mit irgendwem über den Kampf reden wollte. Wenigstens ein Mensch sollte sagen: »Gut gemacht, Eva.«

Fast wäre ich deshalb schnurgerade weiter Richtung Norden gefahren, bis nach Newcastle rauf. Ich konnte mit Sherry-Lee Lewis reden. Sie wußte Bescheid. Sie war dagewesen. Sie hatte sogar gesagt: »Wenn dieser Mr. Deeds dir Scherereien macht, komm doch rauf zu uns.«

Jawohl, das hatte sie gesagt. Und sie hatte gesagt: »So ein Geschoß von einer Frau wie du kann bei uns da oben immer was verdienen.«

Was sagst du dazu? Das zeigt Respekt. Der Norden war das ideale Pflaster für mich.

Aber ich hatte nicht genug Sprit im Tank. Die Anzeige ging scharf gegen null. Also wollte ich statt dessen Harry besuchen. Natürlich nicht in Bermuda Smiths Club – ich bin doch nicht blöd. Ich fuhr zu dem Laden, wo Harry immer Domino spielt. Wenn er nicht dagewesen wäre, hätte mir bestimmt einer von den alten Knackern, mit denen er spielt, sagen können, wo er steckte. Aber er war da. Er saß am Fenster, und er sah irgendwie krumm und schief aus.

Ich ging rein und sah ihn mir richtig an. Eins von seinen Augen war völlig zugeschwollen, und er mußte sich den Hals verrenken, wenn er seine Dominosteine erkennen wollte. Es sah aus, als hätte ihm ein Vogel ein blaues Ei in die Augenhöhle gelegt.

»Ho!« sagte er, als er mich entdeckte. »Was machst du denn hier, Eva?«

»Wollte dich besuchen, Harry.«

»Was willst du von mir, Mädchen?« sagte er. »Gibt's Ärger? Hast du wieder was angerichtet?«

»Nichts gibt's«, sagte ich. »Keinen Ärger. Wieso? Sind die Schweinehunde immer noch hinter mir her?«

»Tauch lieber unter, Eva«, sagte er. »Laß es die großen Haie unter sich auskämpfen. Du und ich, Eva, wir sind kleine Fische.«

Der alte Knacker, mit dem er spielte, gackerte. Er legte einen Dominostein an und klatschte mit der flachen Hand darauf – patsch. »Kleine Fische!« kicherte er. »Hat dir noch einer eins aufs andere Auge gegeben, Mann? Bist du blind oder was?«

Harry sagte: »Geh nach Hause, Mädchen. Du bist für die großen Männer nicht mehr wichtig, aber gern gesehen bist du deshalb in ihrem Revier noch lange nicht. Hast du es noch nicht gehört?«

»Was gehört, Harry?«

»Verhandlungen«, sagte Harry. »Mr. Cheng und Count Suckle, sie waren am Flughafen Heathrow. Keine Soldaten, aber jede Menge Schutztruppen. Neutrales Gelände, verstehst du?«

»Was ist passiert, Harry?«

»Es heißt, Mr. Cheng kann Bermuda Smiths Kellerbar behalten. Mr. Cheng ist ein gerissener Hund, Eva. Bermuda Smith macht den Laden bald wieder auf, also krieg ich vielleicht meinen Job wieder.«

»Herzlichen Glückwunsch, Harry«, sagte ich. Ich hatte einen Kloß im Hals. Mir würde keiner meinen alten Job zurückgeben.

»Du läßt dich besser nicht mehr blicken, Eva«, sagte Harry. »Das war der größte Fehler meines Lebens, daß ich dich um Hilfe gebeten habe.«

»Du kannst mich auch mal, und zwar kreuzweise, Harry«, sagte ich. »Ich wollte doch nur mal freundlich vorbeischauen.«

Er starrte mich aus seinem gesunden Auge an.

»Versuch nicht zu sein, was du nicht bist, Eva«, sagte er. »Aus dir wird eines Tages eine gute Kämpferin, aber ein freundlicher Mensch wirst du nie. Du bringst mich noch ins Grab. Geh nach Hause. Paß auf dich auf.«

Dann eben nicht! Ich fuhr zu Dave de Lysle.

Als er mir die Tür aufmachte, hatte er eine Schürze um. Keine Frauenschürze. Einen großen, weißen Leinenlappen mit schmierigen Flecken drauf, aber trotzdem eine Schürze. Also ehrlich! Welcher Kerl würde dir schon mit einer Schürze um den Bauch die Tür aufmachen? Ich wäre seinetwegen rot geworden, wenn ich eine von der errötenden Sorte gewesen wäre.

»Eva!« sagte er. »Was für eine Überraschung. Kommen Sie rein, kommen Sie rein.«

Über Blödiane, die dir mit der Schürze um den Bauch die Tür aufmachen, läßt sich einiges sagen, aber wenigstens wissen sie, was Freundlichkeit ist, was du von einigen anderen, die ich jetzt nicht nennen will, nicht behaupten kannst.

»Ich gipse gerade«, sagte er. »Ich mach das eben noch fertig, dann gehen wir nach oben und setzen den Kessel auf.«

Ich dachte, er wäre irgendwas im Haus am Verputzen, eine Wand oder so was, aber da hatte ich mich geirrt. Er schmierte das Zeug auf eine große Kugel, die auf einer Eisenstange an einem Brett steckte.

»Ein Porträt«, sagte er.

»Wovon?« sagte ich. »Einem großen, weißen Hodensack?«

»Nein, nein«, sagte er. »Ich mache eine Form. Unter dem Gips ist ein Tonkopf.« Und er klatschte weiter Gips auf das Ding. Für die Bildhauerei brauchst du anscheinend nicht gerade ein Fachmann zu sein.

Sein Arbeitsraum war staubig grau, und du konntest nicht viel darin erkennen. Die großen Formen waren alle mit nassen Laken und Plastikplanen zugedeckt. Ziemlich langweilig eigentlich. Wenn ich mal wieder einen Tag der guten Taten habe, schlage ich ihm vielleicht vor, daß ich ihm die Wände rot sprühe, wie in dem Hänger. Rot ist eine gute Farbe. Rot hat ein bißchen Leben, nicht wie das ganze Weiß und Grau in Dave de Lysles Studio.

Um ihm eine Freude zu machen, sagte ich: »Ich dachte, Sie hätten Ihren alten, grauen Volvo verloren.«

»Habe ich auch«, sagte er. »Sonst wäre ich auch zu Ihrem Kampf gekommen. War wirklich schade, daß ich ihn verpaßt habe.«

Ich hätte sagen können: »Wie wär's denn mit einem Taxi gewesen, du Trottel? Wär das zuviel verlangt gewesen?«

Aber ich sagte es nicht. Ich sagte: »Ein paar Häuser weiter steht ein alter, grauer Volvo auf der Straße.«

»Nein!« sagte er, total verdattert.

»Überzeugen Sie sich«, sagte ich, hochzufrieden mit mir. »Sie können ihn bestimmt vom Fenster aus sehen.«

Er stellte den Gipstopf weg, der sowieso schon ziemlich leer war, und ging ans Fenster.

Er reckte den Hals. Er sagte: »Das ist er tatsächlich. Wie kommt denn der wieder hierher? So ein Mist aber auch.«

»Wieso?« fragte ich, mit einem Kloß im Hals.

»Ich hätte von der Versicherung einen neuen bekommen«, sagte er.

Er sah ärgerlich und verwirrt aus. »Verdammt«, sagte er. »Ich wollte einen neuen Wagen.«

Also wirklich. Da willst du mal einem was Gutes tun, und was kriegst du dafür? Einen Tritt in die Fresse – das kriegst du dafür.

Wütend drehte er sich vom Fenster weg. Er ging zu dem großen Ausguß in der Ecke und fing an, sich die Hände zu waschen.

»Es muß ihn jemand zurückgebracht haben«, murmelte er. »Weshalb sollte einer so was machen? Wie sonderbar.«

Er trocknete sich die Hände an der Schürze ab. Dann band er sie los und schmiß sie auf den Boden.

»Kann man nichts machen«, sagte er und lächelte. Er hatte sich wieder gefangen. »Trinken wir erst mal eine Tasse Tee, das hilft immer.«

Ich folgte ihm in die Küche. Er machte den Kessel voll.

»Setzen Sie sich«, sagte er. »Machen Sie es sich gemütlich.«

Er holte ein großes Glas aus dem Schrank. Das Glas war bis oben voll mit Plätzchen.

»Bedienen Sie sich«, sagte er. Das ließ ich mir nicht zweimal sagen.

»So«, sagte er, als wir uns mit einer großen Tasse Tee, das Plätzchenglas in der Mitte, am Tisch gegenübersaßen. »So, und was führt Sie an diesem Nachmittag zu mir?«

Er hatte es vergessen! Depp de Lusche hatte es vergessen, der Scheißkerl. Ich war froh, daß ich ihm seine Hämorrhoidenschaukel wiedergebracht hatte. Ich war froh, daß er keinen neuen Wagen kriegte.

»Was ist los?« fragte er.

»Sie haben es vergessen«, sagte ich.

»Was vergessen?«

»Meine Schwester«, sagte ich. »Sie haben mir versprochen, den Anwalt anzurufen. Ich habe mich ausgezogen, Sie haben mich gemalt. Aber Sie haben es vergessen.«

»Schreien Sie mich nicht an«, sagte er. »Herrgott noch mal! Sie brauchen doch nicht gleich auf die Palme zu gehen. Ich kann es jetzt sofort erledigen. Setzen Sie sich hin und... Wo ist nur der Brief geblieben?« Und er wuselte herum wie ein Furz im Hosenbein. Was willst du auch sonst von einem Mann mit Schürze erwarten? Ich war schon fast soweit, daß ich ihm die Teekanne in die Cordhose gestopft hätte, als er den Brief endlich fand.

Ich ging hinter ihm her ins Wohnzimmer, wo das Telefon stand, aber er sagte: »Bleiben Sie in der Küche, Eva.«

»Nein«, sagte ich. »Sie lassen sich von diesen mickerigen Schleimscheißern ja doch nur besabbern.«

»Herzlichen Dank«, sagte er.

»Garantiert.«

»Nein«, sagte er. »Aber ich freue mich, daß Sie so eine hohe Meinung von mir haben.« Er starrte mich an. Ich hielt es für klüger, ein bißchen mehr Rücksicht auf seine Gefühle zu nehmen. Ich hatte nicht mehr daran gedacht, daß er Künstler war. Es heißt ja, daß Künstler sehr empfindlich sind, was ihre Gefühle angeht, und womöglich stimmt das sogar. Ich hatte noch nie einen gekannt.

»Na schön«, sagte ich. »Aber ich weiß, wovon ich rede. Ich hatte auch mal einen Anwalt, der hat mir nie zugehört, da konnte ich mir den Mund fusselig quatschen. Ich mußte erst seine Aktentasche aus dem Fenster schmeißen, damit er mir wenigstens mal ins Gesicht gesehen hat.«

»Das hast du tatsächlich gemacht?« fragte er gespannt.

»Türlich.« Natürlich hatte ich es gemacht. Aber genützt hatte es mir überhaupt nichts. Hinterher war ich immer noch auf Bewährung, und der Rechtsverdreher konnte einfach nach Hause gehen und sich sein Abendessen schmecken lassen.

»Die vermurksen anderen Leuten das Leben«, sagte ich. »Wenn die einen Fehler machen, dann tut das doch denen nicht weh. Sie gehen nach Hause, genehmigen sich einen Gin-Tonic und vergessen dich und den Hundehaufen, in den sie dich gepflanzt haben.«

Er mußte es wissen, wie wichtig es war.

»Sie ist doch meine Schwester«, sagte ich. »Ich habe sie nicht mehr gesehen, seit sie zwölf war und ich elf. Und daß wir uns nicht mehr gesehen haben, ist alles die Schuld von Anwälten und Sozialarbeitern. Die verstehen nichts von Familiensinn. Die stecken dich ins Heim, nur weil es ihnen so am besten paßt. Auch wenn du vorher ganz zufrieden warst, bis sie sich eingemischt haben.«

Innerlich war ich heiß und wund, und die Zähne taten mir auch wieder weh. Ich fischte das Foto, das ich Ma geklaut hatte, weil sie es nicht verdiente, aus der Tasche.

»Da«, sagte ich. »Das ist sie. Das ist Simone, zwei Tage, bevor ich sie zum letzten Mal gesehen habe. Das war zwei Tage, bevor sie in Pflege kam. Und wer war daran schuld? Anwälte und Sozialarbeiter waren daran schuld. Sonst keiner.«

Er sah sich das Foto lange und gründlich an. Ich ließ ihn, weil er wissen sollte, warum es so wichtig war.

»Na schön«, sagte er. »Ich werde sehr, sehr vorsichtig sein. Ich verstehe.«

»Das verstehen Sie nicht«, sagte ich. »Aber das macht nichts. Sie sollen mir nur glauben.« Was die Wahrheit war.

»Ich glaube Ihnen doch«, sagte er. »Aber gehen Sie trotzdem lieber wieder in die Küche. Ich kann nicht denken, wenn Sie mir im Nacken sitzen. Sie bringen mich durcheinander. Vielleicht muß ich ein bißchen lügen.«

»Lügen Sie ihnen ruhig die Hucke voll«, sagte ich, und es ging mir schon wieder besser. »Lügen Sie, daß sich die Balken biegen. Meinen Segen haben Sie.«

»Danke«, sagte er. »Aber Sie gehen jetzt Ihren Tee austrinken.«

Also ging ich. Ich dachte daran, daß er jetzt am Telefon einen

Haufen Rechtsanwälte belügen wollte. Wegen mir. Fast kam er mir dadurch wie ein Kumpel vor. Und ich sah mir das Foto an, und ich dachte daran, wie oft ich für Simone gelogen hatte und sie für mich. Lügen verbindet. Das Komische war, daß man ihr immer alles abgenommen hat, wenn sie log, und mir fast nie geglaubt hat, auch wenn ich die reine Wahrheit sagte.

Dave de Lysle glaubte mir. Und das glaubte ich ihm. Aber zuviel darfst du keinem glauben, vor allem einem Mann nicht. Also ging ich und lauschte an der Tür.

Schöne, große Häuser haben gute, dicke Türen. Obwohl ich die Lauscher so weit wie möglich ausfuhr, konnte ich nicht verstehen, was er sagte, und mir fiel wieder ein, daß ich auch von dem Krach zwischen ihm und seiner langhalsigen Freundin nichts mitgekriegt hatte. Dicke Türen sind was Enttäuschendes. In Mas Wohnung hätte ich jedes Wort verstanden. In Mas Wohnung hättest du noch drei Türen weiter jedes Wort verstanden. Immer dasselbe – Geheimnisse kosten Geld.

Er ließ sich Zeit.

Eigentlich weiß ich selber nicht, warum ich das sage. Im Grunde klaute er schließlich mir die Zeit. Ich meine, wer mußte denn hier warten? Ich. Und sonst keiner. Ich bin froh, daß ich eine relaxte mentale Einstellung habe, sonst hätte ich bestimmt angefangen, sein blauweißes Porzellan zu zerdeppern, so lange dauerte es. Was schade gewesen wäre, weil das Porzellan schön war und mich an blaue Augen erinnerte.

Aber nach einer Weile kam er doch wieder. Er runzelte die Stirn und klopfte sich mit einem Bleistift an die Zähne. Er hatte einen Zettel in der Hand, aber er rückte ihn nicht raus.

»Na?« sagte ich. »Wie ist es gelaufen?«

»Sie brechen noch durch den Fußboden, wenn Sie immer so herumhopsen«, sagte er. »Setzen Sie sich hin. Bitte. Ich habe etwas herausbekommen, aber ich glaube nicht, daß es Ihnen gefallen wird.«

»Was?« sagte ich. »Was ist los? Los doch.«

»Viel ist es nicht. Setzen Sie sich jetzt hin und hören Sie mir ruhig zu?«

Ich setzte mich hin, und er sagte: »Sie wollten die Adresse von Simones Familie...«

»Wieso Familie?« sagte ich. »Simones Familie bin ich.«

»Schon gut, schon gut«, sagte er. »Bitte, setzen Sie sich hin.«

»Pflegefamilie«, sagte ich. »Merken Sie sich das.«

»Eva«, sagte er. »Sie müssen jetzt tief durchatmen. Hören Sie mir ruhig zu. Simone ist adoptiert worden. Sie heißt jetzt Simone Redman.«

»O nein, so heißt sie nicht«, sagte ich. »Sie heißt Wylie, genau wie ich. Sie würde nie einen anderen Namen annehmen.«

»Sie ist adoptiert worden«, sagte er. »Bitte, setzen Sie sich hin.«

Ich setzte mich hin. »Die haben Sie angelogen, diese Anwälte«, sagte ich.

Er sagte: »Das glaube ich nicht, Eva.«

»Die haben gelogen«, sagte ich. »Das beweise ich Ihnen.«

»Wie?«

»Haben Sie die Adresse rausgekriegt?«

Er hielt den Zettel hoch.

»Na, dann los«, sagte ich.

»Wohin?«

»Zu der Adresse auf dem Zettel«, sagte ich. »Wir fahren hin, und ich beweise es Ihnen. Meine Schwester würde sich nie adoptieren lassen, und sie würde in einer Million Jahre keinen anderen Namen annehmen.«

»Vielleicht hatte sie in der Angelegenheit nicht viel zu sagen.«

»Nein!«

»Sie sind wütend, Eva«, sagte er. »Das kann ich verstehen. Aber durch Geschrei und Rumgehopse wird es auch nicht besser.«

»Ich bin nicht wütend«, sagte ich. »Die versifften Anwaltsärsche haben Sie angelogen, und Sie haben ihnen geglaubt. Ich kann es Ihnen beweisen. Los, kommen Sie.«

Ich riß ihm den Zettel aus der Hand. Aber irgendwas Komisches war mit dem Licht passiert, und ich konnte ihn nicht lesen.

»Was steht da?« fragte ich. »Sie haben vielleicht eine Klaue.«

Er gab mir ein Geschirrtuch.

»Putzen Sie sich die Nase«, sagte er. »Ich mache uns noch eine Kanne Tee.«

»Ihren Tee können Sie sich in die Haare schmieren«, sagte ich. »Ich gehe Simone besuchen. Ich habe lange genug gewartet.«

»Sie können nicht einfach unangemeldet da auftauchen.«

»Soll das ein neues Gesetz sein?«

»Eva«, sagte er. »Eva, haben Sie je überlegt, warum Simone in all den Jahren nicht nach Ihnen gesucht hat?«

»Was wollen Sie damit sagen?« sagte ich. »Was wollen Sie damit sagen?«

»Ich frage doch bloß, Eva.«

»Was für Lügen haben sie Ihnen noch aufgetischt?« fragte ich. »Alles Lügen, nichts als Lügen.«

Weil mir plötzlich, ganz plötzlich etwas eingefallen war. Mir fiel etwas ein über den Tag, an den ich mich normalerweise nicht erinnere. Mir fiel etwas ein über den Tag, an dem ich nach Braintree in Essex gefahren war, um Simone vor den Redmans zu retten. Den Tag, an dem sie mich nicht zu ihr ließen.

Ich weiß noch, daß ich hinfuhr und daß es Samstag war. Mr. Redman war zu Hause. Er machte mir die Tür auf. Mrs. Redman kam von hinten aus dem Haus und stellte sich neben ihn. Sie wollten mich nicht reinlassen. Sie sagte, Simone wäre beim Ballettunterricht. Lügen, alles Lügen. Simone und ich hätten uns nie im Leben mit so was Mädchenhaftem abgegeben wie Ballett.

Sie wollten mich nicht ins Haus lassen. Aber ich war noch ein junges Mädchen damals, elf oder so, und ich kannte Harsh noch nicht, und deshalb hatte ich auch keine relaxte mentale Einstellung. Ich zwängte mich an ihnen vorbei, und ich rannte zur Treppe und rief immer wieder Simones Namen. Weil ich wußte, daß sie mich angelogen hatten mit dem Ballettunterricht und allem.

Ich wäre die Treppe raufgelaufen, aber Mr. Redman hat mich festgehalten und zurückgezogen. Er sagte was zu mir. Irgend etwas darüber, daß Simone nun ein neues Leben hätte und eine neue Chance und daß ich sie nicht aufregen dürfte.

Ich und Simone aufregen! Er log mich an, und ich wurde so wütend, daß ich ihn getreten und geboxt habe. Und ich weiß noch, daß er sich gewehrt hat und daß er seiner Frau zugerufen hat, sie soll die Polizei holen.

Tja, die Bullen kamen dann auch. Aber vorher hatte ich Mr. Redman ziemlich zugesetzt. Weil ich sogar damals schon eine Kämpfernatur war. Ich weiß noch, daß ihm Mund und Nase geblutet haben, und die ganzen kleinen Porzellandinger in der Diele waren kaputt gegangen. Ich kann mich nicht erinnern, sie zerdeppert zu haben, aber überall auf dem Fußboden lagen Porzellan- und Glasscherben rum. Und Mrs. Redman hatte eine böse Schramme am Knie. Und ihr Gesicht war rot und geschwollen.

Die Bullen kamen. Und ich weiß nicht mehr wie, aber plötzlich hatten sie mich so am Wickel, daß ich mich nicht mehr bewegen konnte. Ich konnte mich überhaupt nicht mehr rühren. Ich kam mir vor wie ein hilfloser Säugling. Ich!

Und Mrs. Redman sagte: »Schaffen Sie sie weg. Schaffen Sie sie weg. Sie ist wahnsinnig. Geisteskrank. Sie ist gewalttätig. Schon immer gewesen. Meine Tochter muß vor ihr beschützt werden.«

Meine Tochter muß vor ihr beschützt werden.

Ist das zu fassen?

Die Lügen, die sie über mich verbreitet haben!

Ich schrie die Bullen an, daß alles gelogen war und daß ich Simone retten wollte. Aber sie haben nicht auf mich gehört. Immer dasselbe Spiel!

Sie schleppten mich rückwärts aus dem Haus.

Aber jetzt kommt die Stelle, die mir plötzlich wieder eingefallen war, an die ich mich sonst nie erinnern kann...

»Eva!« sagte Dave de Lysle. »Eva, was haben Sie?«

»Nichts«, sagte ich. »Ich habe nur nachgedacht.«

»Ich hole Ihnen etwas zu trinken«, sagte er.

Er brachte mir ein Glas mit was drin.

»Langsam«, sagte er.

Also trank ich langsam. Es schmeckte nicht besonders, aber es wärmte von innen und ich hörte auf zu zittern.

Wir saßen da, keiner sagte was. Er auf seiner Seite vom Tisch und ich auf meiner, das große Plätzchenglas dazwischen.

»Besser?« sagte er nach einer Weile.

»Ich habe nichts«, sagte ich. Nur war ich furchtbar müde. Was komisch war, weil ich seit dem Kampf überhaupt noch nicht wieder richtig trainiert hatte.

»Sie haben mir einen ganz schönen Schrecken eingejagt«, sagte er. »Ich dachte schon, Sie wollten mich zusammenschlagen und aus dem Fenster schmeißen.«

»Ich?« sagte ich überrascht. »Ihnen was tun? Was haben Sie mir denn getan?«

»Nichts«, sagte er. »Aber ich dachte, Sie wären wütend.«

»Ich?« sagte ich. »Wütend?«

»Weil ich Ihnen geraten habe, sich den Besuch bei den Redmans noch einmal zu überlegen.«

Was für ein komischer Kerl. Ich war nicht wütend. Ich war mal wütend gewesen, aber das war Jahre her.

»Ich überlege es mir noch mal«, sagte ich. »Vielleicht haben Sie recht.«

»Gut«, sagte er. »Hals über Kopf loszustürmen, kann mehr schaden als nützen.«

»Sie hören sich an wie Harsh«, sagte ich. Was mich selber überraschte, weil ich vor Harsh sehr viel Respekt habe, während Dave de Lysle doch bloß ein Künstler ist.

»Kraft nur mit Vorsicht einsetzen«, sagte ich. Das sagt Harsh immer. Harsh sagt: »Gedankenlose Kraftanwendung kann dir schaden.«

Er bezieht sich dabei aufs Catchen, falls du es noch nicht kapiert haben solltest. Aber obwohl es sich vielleicht ein bißchen verworren anhört, kam es mir jetzt in Verbindung mit den Redmans in den Kopf, und ich dachte darüber nach.

Das, was mir nämlich wieder eingefallen war über den Tag, an dem ich Simone vor den Redmans retten wollte – das, woran ich mich normalerweise nicht erinnere –, das war die Sache, die passierte, als ich ging.

Die Bullen schleppten mich rückwärts aus dem Haus, und ich

konnte mich nicht bewegen, und ich konnte nicht abhauen, und ich konnte mich nicht in Sicherheit bringen. Und das letzte, was ich sah, als sie mich aus dem Haus schleppten, war Simone, die oben an der Treppe stand.

Sie war also doch da.

Ich hatte es ja die ganze Zeit gewußt, daß sie da war. Die Redmans hatten mich angelogen. Ich wußte, daß sie Simone eingesperrt hatten, weil sie mich nicht sehen sollte. Aber sie hatte sich befreit, und jetzt stand sie oben an der Treppe. Was habe ich mich gefreut, sie zu sehen. Sie würde alles erklären. Sie würde es ihnen sagen, und ihr würden sie glauben. Weil Simone immer alle Leute glaubten.

»Simone!« sagte ich. »Sag's ihnen. Sag's ihnen.«

Aber sie kam nicht dazu, was zu sagen, weil Mrs. Redman schon die Treppe rauf lief. Sie sagte: »Reg dich nicht auf, Schatz. Wir sind ja da. Bei uns bist du sicher.« Und sie nahm Simone in den Arm. Da kochte ich über. Was für ein Recht hatte sie dazu?

Ich wartete darauf, daß Simone die blöde, alte Kuh die Treppe runterschmiß. Aber sie hat es nicht gemacht.

Ich konnte es nicht verstehen.

Und das Schlimmste war, daß Simone so ein niedliches, rüschiges Ballettkleidchen anhatte und niedliche Ballettschühchen. Und die Haare hatten sie ihr zu einem lachhaften kleinen Knoten auf dem Kopf hochgesteckt. Sie hatten sie in eine Fremde verwandelt.

Und dann knallte Mr. Redman die Tür zu, und das war das Ende vom Lied. Was danach passiert ist, weiß ich nicht mehr.

Über das alles dachte ich nun nach.

Ich bin nämlich kein wütendes kleines Mädchen mehr. Ich bin Eva Wylie, die Londoner Killerqueen. Und wenn ich das nächste Mal die Redmans besuchen gehe, sollen sie Respekt vor mir haben. Das nächste Mal will ich Schwergewichtschampion sein, und ich will Geld in der Tasche haben. Richtiges Geld, damit ich richtig für Simone sorgen kann.

Ich meine, wir sind schließlich keine kleinen Ausreißerinnen mehr.

Ich bin erwachsen. Und wenn ich Simone das nächste Mal retten komme, dann soll es ein Erfolg sein. Sie soll wissen, daß ich jemand bin, zu dem sie aufblicken kann. Jemand, den sie respektieren kann. Jemand, der ihre Familie zusammenhalten kann.

Also sah ich Dave de Lysle an, der da in seiner großen Küche hockte und wie immer ein Gesicht machte, als ob er nicht ganz mitkam. Und ich dachte, ich könnte gut bei ihm anfangen. Weil ich natürlich Knete brauchte, nachdem die Schweinehunde mein Versteck ausgeräumt hatten. Ich mußte mir die Zähne richten lassen, und ich brauchte Geld für Simone.

Also sagte ich: »Soll ich Ihnen jetzt Modell stehen?«

»Jetzt?« sagte er.

»Jetzt«, sagte ich.

»Gut«, sagte er.

»Für Geld, diesmal?« fragte ich.

»Gut.«

»Im voraus?« sagte ich.

»Wenn Sie wollen«, sagte er.

Manche Leute warten nur darauf, ausgenutzt zu werden, ist doch wahr. So eine Chance lasse ich mir nicht entgehen. Da müßte ich ja blöd sein.